魔法科高校の劣等生
SS
The irregular at magic high school
佐島勤
Tsutomu Sato
illustration／石田可奈
Kana Ishida
illustrator assistant／ジミー・ストーン、末永康子
design／BEE-PEE

The irregular at magic high school
竜神の虜《とりこ》
「僕は、竜神を喚起する。自分の全てを懸けて。自分の全てで、今日をその日にする」
吉田幹比古
よしだ・みきひこ
2年B組。二年度から一科生となった。古式魔法の名家で、エリカとは幼少時からの顔見知り。

「エイミィちゃん。派手にぶちかましてやりましょう！」
「はい、クーちゃん先輩！ドーンと思いっ切りやりましょう！」
英美＝アメリア＝ゴールディ＝明智《えいみ・あめりあ・ごーるでぃ・あけち》
2年B組。クォーター。普段は『エイミィ』と呼ばれている。名門ゴールディ家の子女。
国東久美子《くにさき・くみこ》
3年B組。九校戦の新競技「ロアー・アンド・ガンナー」にてエイミィとペアを組む選手。やたらフランクな性格。
The irregular at magic high school
ショットガン！

「次の試合、絶対勝つっ！」
「めざせ、優勝」
千代田花音
ちよだ・かのん
三年生。九校戦の競技「アイス・ピラーズ・ブレイク」のペア代表選手。五十里啓（いそり・けい）という許嫁がいる。
北山　雫
きたやま・しずく
２年Ａ組。感情の起伏をあまり表に出さない少女。「アイス・ピラーズ・ブレイク」で花音とペアを組む。
The irregular at magic high school
一人でできるのに

「大丈夫だよ。今日の相手は雑魚ばかり。本命は明日の一高戦さ」
「文弥、遂に本番よ」
黒羽亜夜子《くろば・あやこ》
達也と深雪の再従妹（はとこ）にあたる。文弥という双子の弟を持つ。黒羽家からとある指令を受け、九校戦に参加している。
黒羽文弥《くろば・ふみや》
四葉家の元・当主候補。第四高校の生徒。優秀な魔法師だが、なぜか作戦行動時には女装させられる。
The irregular at magic high school
目立とうミッション

千葉エリカ《ちば・えりか》
2年F組。達也の友人。二科生生徒。チャーミングなトラブルメーカー。剣道の達人。
「レオ、生きてる？」
西城レオンハルト《さいじょう・れおんはると》
2年F組。達也の友人。二科生生徒。硬化魔法が得意な、明るい性格の持ち主。
「見りゃ分かんだろ」

『改良型である私たちの方が優れていることを、今から証明してあげます！』
The irregular at magic high school
薔薇の誘惑

九校戦新ルール

●エントリー人数：本戦男女各12名、新人戦男女各9名

■アイス・ピラーズ・ブレイク	3名（ソロ1名、ペア2名）新人戦はペアのみ。
■ロアー・アンド・ガンナー	3名（ソロ1名、ペア2名）新人戦はペアのみ。
■シールド・ダウン	3名（ソロ1名、ペア2名）新人戦はペアのみ。
■ミラージ・バット	3名（個人戦）
■モノリス・コード	3名（チーム戦）
■スティープルチェース・クロスカントリー	2年生以上全員エントリー可能

従来のルールでは一人二種目に出場できたが、
今年はスティープルチェース・クロスカントリーとそれ以外の一種目のみ出場可能。

○競技方法

■アイス・ピラーズ・ブレイク ■シールド・ダウン	ソロ、ペア共に、1組3チームの予選リーグ、 各組1位の3チームによる決勝リーグ。
■ロアー・アンド・ガンナー	選手・チームごとのタイムトライアル。走行回数は1回。 練習走行が1回認められる。
■ミラージ・バット	二つの会場、1組5名と4名で予選6試合（四人になるか 五人になるかは抽選）。各組上位1名計6名で決勝戦。
■モノリス・コード	総当たりリーグ戦。一試合の制限時間1時間。 引き分けは両チーム敗戦扱い。
■スティープルチェース・クロスカントリー	男女別各校12名計108名同時出走。

新競技『ロアー・アンド・ガンナー』詳細

　ボート上から水路に設置された的を破壊しながらゴールするタイムを競う。ペアは一人がボートを走らせ、一人が的を撃つ。ソロはこれを一人で行う。的は水路の脇と頭上に設置され、水上をミニチュアボートの標的が走り回る。

　同時に複数の選手（ペア）が出走する競争では無く、一人（一組）ずつ走る完全なタイムトライアル方式。

　出走順による有利・不利をなくす為、一周目は練習走行に当てられ二周目が本番となる。

　ゴールタイムから破壊した的の個数に応じた時間を差し引き、差引合計時間が最も短いチームが優勝。的1個あたりの調整時間は（＝最も早くゴールしたチームの走破秒数／最も多く的を破壊したチームの撃破個数）で決める。つまり最短時間でゴールしたチームが最多撃破だった場合、差引合計時間はゼロになる。

　予選は無く、1回の走行で競う一発勝負。但し的の配置場所等、競技順による有利、不利を無くす為、各選手（ペア）に1回、練習走行の機会が与えられる。

　ボートは無動力で水路に収まれば大きさ、形状に制限は無い。スピードを重視して船幅を狭くすれば射撃が不利となり、射撃を重視して安定性を確保すればスピードが低下するという仕組。

The irregular
at magic high school
Contents

ある欠陥を抱える劣等生の兄。
全てが完全無欠な優等生の妹。
二人の兄妹が魔法科高校に入学した時から、
波乱の日々の幕が開いた——。

魔法科高校の劣等生SS

The irregular at magic high school

佐島勤
Tsutomu Sato
illustration
石田可奈
Kana Ishida

Character
キャラクター紹介

司波達也《しば・たつや》
2年E組。新設された
魔工科に進学した。
全てに達観している。
妹・深雪の『ガーディアン』。

司波深雪《しば・みゆき》
2年A組。達也の妹。
昨年主席入学した優等生。
冷却魔法が得意。兄を溺愛する。

西城レオンハルト《さいじょう・れおんはると》
2年F組。達也の友人。
二科生生徒。硬化魔法が得意な、
明るい性格の持ち主。

千葉エリカ《ちば・えりか》
2年F組。達也の友人。
二科生生徒。チャーミングな
トラブルメーカー。

柴田美月《しばた・みづき》
2年E組。今年も達也と
同じクラスになった。
霊子放射光過敏症。
少し天然が入った真面目な少女。

吉田幹比古《よしだ・みきひこ》
2年B組。今年から一科生となる。
古式魔法の名家。
エリカとは幼少時からの顔見知り。

光井ほのか《みつい・ほのか》
2年A組。深雪のクラスメイト。
光波振動系魔法が得意。
思い込むとやや直情的。

北山 雫《きたやま・しずく》
2年A組。深雪のクラスメイト。
振動・加速系魔法が得意。
感情の起伏をあまり表に出さない。

英美＝アメリア＝ゴールディ＝明智《えいみ・あめりあ・ごーるでぃ・あけち》

2年B組。クォーター。
普段は『エイミィ』と
呼ばれている。
名門ゴールディ家の子女。

里美スバル《さとみ・すばる》

2年D組。
美少年と見まごう少女。
明るくノリの良い性格。

森崎 駿《もりさき・しゅん》

2年A組。深雪の
クラスメイト。CAD早撃ちが得意。
一科生としてのプライドが高い。

桜小路紅葉《さくらこうじ・あかは》

2年B組。スバル、エイミィの友達。
私服はゴスロリ風で、
テーマパーク好き。

十三束 鋼《とみつか・はがね》

2年E組。『レンジ・ゼロ』(射程距離ゼロ)の異名を持つ。
『マーシャル・マジック・アーツ』の使い手。

七草真由美《さえぐさ・まゆみ》

卒業生。今は魔法大学生。
小悪魔的な性格を
持つものの、
攻められると弱い。

中条あずさ《なかじょう・あずさ》

三年生。前・生徒会会長。
オドオドした性格で
引っ込み思案。

市原鈴音《いちはら・すずね》

卒業生。今は魔法大学生。
冷静沈着な頭脳派。

服部刑部少丞範蔵《はっとり・ぎょうぶしょうじょう・はんぞう》

三年生。前・部活連会頭。
優秀だが、生真面目
すぎる一面も。

渡辺摩利《わたなべ・まり》

卒業生。真由美の親友。
物事全般にやや好戦的。

十文字克人《じゅうもんじ・かつと》

卒業生。現在は
魔法大学に進学している。
達也曰く『巌(いわお)のような人物』。

辰巳鋼太郎《たつみ・こうたろう》
卒業生。元・風紀委員。
豪快な性格の持ち主。

関本 勲《せきもと・いさお》
卒業生。元・風紀委員。
論文コンペ校内選考次点。
スパイ行為を犯した人物。

沢木 碧《さわき・みどり》
三年生。風紀委員。
女性的な名前が
コンプレックス。

桐原武明《きりはら・たけあき》
三年生。剣術部所属。
関東剣術大会中等部の
チャンピオン。

五十里 啓《いそり・けい》
三年生。前・生徒会会計。
魔法理論に優れている。
花音とは許嫁同士。

壬生紗耶香《みぶ・さやか》
三年生。剣道部所属。
中等部剣道大会女子部の
全国二位。

千代田花音《ちよだ・かのん》
三年生。前・風紀委員長。
先輩の摩利同様に
好戦的。

七草香澄《さえぐさ・かすみ》
今年、魔法科高校に入学した
『新入生』。七草真由美の妹。
泉美の双子の姉。
元気で快活な性格。

七宝琢磨《しっぽう・たくま》
今年の『新入生』総代を
務める生徒。一科生。
有力魔法師の家系
「師補十八家」のひとつ
『七宝』の長男。

七草泉美《さえぐさ・いずみ》
今年、魔法科高校に
入学した『新入生』。
七草真由美の妹。
香澄の双子の妹。
大人しく穏やかな性格。

桜井水波《さくらい・みなみ》
今年、魔法科高校に入学した
『新入生』。達也、深雪の
従妹という立場をとる、
深雪のガーディアン候補。

隅守賢人《すみす・けんと》
1年G組。両親がUSNAから
日本に帰化した、白人の少年。

安宿怜美《あすか・さとみ》
第一高校保険医。
おっとりホンワカした笑顔が
男子生徒に人気。

平河小春《ひらかわ・こはる》
卒業生。
昨年の九校戦ではエンジニアで参加。
論文コンペメンバーを辞退。

廿楽計夫《つづら・かずお》
第一高校教師。
専門は魔法幾何学。
論文コンペの世話役。

平河千秋《ひらかわ・ちあき》
2年E組所属。
達也に敵意を向ける。

ジェニファー・スミス
日本に帰化した白人。達也のクラスと
魔法工学の授業の指導教師。

千倉朝子《ちくら・ともこ》
三年生。九校戦新競技
『シールド・ダウン』の女子ソロ代表。

小野 遥《おの・はるか》
第一高校に所属する
総合カウンセラー。
いじられ気質だが、
裏の顔も持つ。

五十嵐亜実《いがらし・つぐみ》
卒業生。元バイアスロン部部長。

五十嵐鷹輔《いがらし・ようすけ》
二年生。亜実の弟。
やや気弱な性格。

九重八雲《ここのえ・やくも》
古式魔法「忍術」の使い手。
達也の体術の師匠。

三七上ケリー《みなかみ・ケリー》
三年生。九校戦『モノリス・コード』
本戦の男子代表。

国東久美子《くにさき・くみこ》
3年B組。九校戦の新競技
「ロアー・アンド・ガンナー」にて
エイミィとペアを組む選手。
やたらフランクな性格。

一条剛毅《いちじょう・ごうき》
将輝の父親。十師族・
一条家の現当主。

一条将輝《いちじょう・まさき》
第三高校の二年生。
今年も九校戦に出場。
十師族・一条家の次期当主。

一条美登里《いちじょう・みどり》
将輝の母親。
温和な性格で
料理上手。

吉祥寺真紅郎《きちじょうじ・しんくろう》
第三高校の二年生。
今年も九校戦に出場。
「カーディナル・ジョージ」の
異名で知られている。

一条 茜《いちじょう・あかね》
一条家の長女。将輝の妹。
今年地元の名門私立中学に入学。
真紅郎に好意を抱く。

北山 潮《きたやま・うしお》
雫の父親。実業界の大物。
ビジネスネームは北方潮。

一条瑠璃《いちじょう・るり》
一条家の次女。将輝の妹。
マイペースなしっかりもの。

北山紅音《きたやま・べにお》
雫の母親。かつては、
振動系魔法で名を馳せた
Aランクの魔法師。

北山 航《きたやま・わたる》
雫の弟。小学六年生。
姉をよく慕っている。
魔工技師を目指す。

鳴瀬晴海《なるせ・はるみ》
雫の従兄。国立魔法大学付属
第四高校の生徒。

ピクシー
魔法科高校が所有する
ホームヘルパーのロボット。
正式名称は3H
〔Humanoid Home Helper：
人型家事手伝いロボット〕・タイプP94。

牛山《うしやま》
フォア・リーブス・
テクノロジーCAD開発
第三課主任。
達也が信頼を置く人物。

千葉寿和《ちば・としかず》
千葉エリカの長兄。
警察省のキャリア組。
一見は遊び人風。

エルンスト・ローゼン
有数のCADメーカー、
ローゼン・マギクラフト
日本支社長。

千葉修次《ちば・なおつぐ》
千葉エリカの次兄。摩利の恋人。
千刃流剣術免許皆伝で
「千葉の麒麟児」の異名をとる。

九島 烈《くどう・れつ》
世界最強の魔法師の
一人と目されていた人物。
敬意を以て「老師」と
呼ばれる。

稲垣《いながき》
警察省の警部補。
千葉寿和の部下。

九島真言《くどう・まこと》
日本魔法界の長老・九島烈の
息子で、九島家の現当主。

アンナ=ローゼン=鹿取《あんな・ろーぜん・かとり》
エリカの母。日独のハーフで、
エリカの父・千葉家当主の
「妾」だった人物。

九島光宣《くどう・みのる》
真言の息子。国立魔法大学
付属第二高校の一年生だが、
病気がちで頻繁に欠席している。
藤林響子の異父弟でもある。

九鬼 鎮《くき・まもる》
九島家に従う師補十八家の一つ。
九島烈を先生と呼び
敬っている。

小和村真紀《さわむら・まき》
由緒ある映画賞の
主演女優部門に
ノミネートされるほどの女優。
美貌だけでなく、演技も認められている。

風間玄信《かざま・はるのぶ》
陸軍101旅団・
独立魔装大隊・隊長。
階級は中佐。

周公瑾《しゅう・こうきん》
大亜連合の
呂と陳を横浜に手引きした
美貌の青年。中華街に
巣くっていた、謎の人物。

真田繁留《さなだ・しげる》
陸軍101旅団・
独立魔装大隊・幹部。
階級は少佐。

陳祥山《チェンシャンシェン》
大亜連合軍
特殊工作部隊隊長。
非情な性格の持ち主。

藤林響子《ふじばやし・きょうこ》
風間の副官を務める
女性士官。階級は中尉。

呂剛虎《ルゥガンフゥ》
大亜連合軍特殊工作部隊
所属のエース魔法師。
別名『人喰い虎』。

佐伯広海《さえき・ひろみ》
国防陸軍第101旅団旅団長。階級は少将。
独立魔装大隊隊長・風間玄信の上官。
その風貌から「銀狐」の異名を持つ。

リン
森崎が助けた少女。フルネームは
『孫美鈴(スンメイリン)』。
香港系国際犯罪
シンジケート「無頭竜」の
新たなリーダー。

柳 連《やなぎ・むらじ》
陸軍101旅団・
独立魔装大隊・幹部。
階級は少佐。

山中幸典《やまなか・こうすけ》
陸軍101旅団・独立魔装大隊・幹部。
軍医少佐。一級の治癒魔法師。

酒井《さかい》
国防陸軍総司令部所属。階級は大佐。
対大亜連合強硬派と目されている。

四葉真夜《よつば・まや》

達也と深雪の叔母。
深夜の双子の妹。
四葉家の現当主。

司波深夜《しば・みや》

達也と深雪の実母。故人。
精神構造干渉魔法に長けた
唯一の魔法師。

葉山《はやま》

真夜に仕える
老齢の執事。

桜井穂波《さくらい・ほなみ》

深夜の『ガーディアン』。故人。
遺伝子操作により魔法資質を
強化された調整体魔法師
『桜』シリーズの第一世代。

新発田勝成《しばた・かつしげ》

元・四葉家次期当主候補の
一人。防衛省の職員。
第五高校のOB。
収束系魔法を得意とする。

司波小百合《しば・さゆり》

達也と深雪の義母。
二人を嫌悪している。

堤 琴鳴《つつみ・ことな》

新発田勝成のガーディアン。
調整体「楽師シリーズ」の
第二世代。音に関する魔法に
高い適性を持つ。

津久葉夕歌《つくば・ゆうか》

元・四葉家次期当主候補の一人。
第一高校の元・生徒会副会長。
魔法大学四年生で
精神干渉系魔法が得意。

堤 奏太《つつみ・かなた》

新発田勝成の
ガーディアン。調整体
「楽師シリーズ」の第二世代。
琴鳴の弟で、彼女と同じく
音に関する魔法に
高い適性を持つ。

吉見《よしみ》

黒羽家と縁戚関係にある四葉の魔法師。
人体に残された想子情報体の
痕跡を読み取るサイコメトリスト。
極度の秘密主義。

アンジェリーナ＝クドウ＝シールズ

USNAの魔法師部隊『スターズ』総隊長。
階級は少佐。愛称はリーナ。
戦略級魔法師「十三使徒」の一人でもある。

ヴァージニア・バランス

USNA統合参謀本部情報部内部監察局第一副局長。
階級は大佐。リーナを支援するため日本にやってきた。

シルヴィア・マーキュリー・ファースト

USNAの魔法師部隊『スターズ』惑星級魔法師。階級は准尉。
愛称はシルヴィで、『マーキュリー・ファースト』はコードネーム。
日本での作戦時は、シリウス少佐の補佐役を務める。

ベンジャミン・カノープス

USNAの魔法師部隊『スターズ』ナンバー・ツー。
階級は少佐。シリウス少佐が不在時は
総隊長を代行する。

ミカエラ・ホンゴウ

USNAより日本に送り込まれた諜報員
（ただし本職は国防総省所属の魔法研究者）。
愛称はミア。

クレア

ハンターQ――『スターズ』になれなかった
魔法師部隊『スターダスト』の女兵士。
Qは追跡部隊の17番目を意味する。

レイチェル

ハンターR――『スターズ』になれなかった
魔法師部隊『スターダスト』の女兵士。
Rは追跡部隊の18番目を意味する。

アルフレッド・フォーマルハウト

USNAの魔法師部隊『スターズ』一等星魔法師。
階級は中尉。愛称はフレディ。
スターズを脱走。

チャールズ・サリバン

USNAの魔法師部隊『スターズ』
衛星級魔法師。『デーモス・セカンド』の
コードネームで呼ばれる。
スターズを脱走。

上野《こうづけ》

東京を地盤にする与党の若手政治家。
魔法師に好意的な議員として
知られている。

神田《かんだ》

民権党に所属している若手政治家。
国防軍に対して批判的な
人権派である。反魔法主義でもある。

レイモンド・S・クラーク

雫が留学したUSNAバークレーにある高校の同級生。
なにかにつけ、雫にモーションを掛けてくる、
白人の少年。その正体は
『七賢人』の一人。

顧傑《グ・ジー》

『七賢人』の一人。
ジード・ヘイグとも呼ばれる、
大漢軍方術士部隊の生き残り。

黒羽 貢《くろば・みつぐ》

司波深夜、四葉真夜の従弟。
亜夜子、文弥の父。

近江円磨《おうみ・かずきよ》

『反魂術』に詳しいという魔法研究家で、
『人形師』とあだ名される古式魔法師。
死体を操り人形に変える
禁断の魔法を使うと噂される。

黒羽亜夜子《くろば・あやこ》

達也と深雪の再従妹(はとこ)に
あたる少女。文弥という
双子の弟を持つ。
第四高校の生徒。

ジョー＝杜《ジョー・ドゥ》

顧傑の逃走を
手助けする謎の男。
十師族の魔法師たちから
身を躱すという困難な仕事も
手際よくこなす程、
その能力は高い。

黒羽文弥《くろば・ふみや》

元・四葉家の次期当主候補。
達也と深雪の再従弟(はとこ)にあたる少年。
亜夜子という双子の姉を持つ。
第四高校の生徒。

七草弘一《さえぐさ・こういち》

真由美の父で、七草家当主。
超一流の魔法師でもある。

名倉三郎《なくら・さぶろう》

七草家に雇われている強力な魔法師。
主に真由美の身辺警護をしていた。

二木舞衣《ふたつぎ・まい》

十師族『二木家』当主。兵庫県芦屋在住。
表の職業は複数の化学工業、食品工業会社の大株主。
阪神・中国地方を監視、守護している。

三矢 元《みつや・げん》

十師族『三矢家』当主。神奈川県厚木在住。
表の職業（と言えるかどうかは微妙なところだが）は、
国際的な小型兵器ブローカー。
今も稼働する第三研の
運用を担当している。

五輪勇海《いつわ・いさみ》

十師族『五輪家』当主。愛媛県宇和島在住。
表の職業は海運会社の重役で実質オーナー。
四国地方を監視、守護している。

六塚温子《むつづか・あつこ》

十師族『六塚家』当主。宮城県仙台在住。
表の職業は地熱発電所掘削会社の実質オーナー。
東北地方を監視、守護している。

八代雷蔵《やつしろ・らいぞう》

十師族『八代家』当主。福岡県在住。
表の職業は大学の講師で複数の通信会社の大株主。
沖縄を除く九州地方を監視、守護している。

十文字和樹《じゅうもんじ・かずき》

十師族『十文字家』の元・当主。東京都在住。
表の職業は国防軍を得意先とする土木建設会社のオーナー。
七草家と共に伊豆を含む関東地方を監視、守護している。

東道青波《とうどう・あおば》

八雲からは『青波入道閣下（せいはにゅうどうかっか）』と呼ばれる。
僧侶のように剃髪した老人だが、素性は不明。
八雲曰く四葉家のスポンサーであるらしい。

一部イラスト協力／魔法科高校製作委員会

Glossary
用語解説

魔法科高校
国立魔法大学付属高校の通称。全国に九校設置されている。
この内、第一から第三までが一学年定員二百名で
一科・二科制度を採っている。

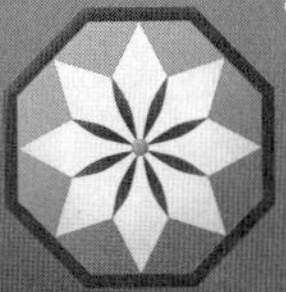
一科生のエンブレム

ブルーム、ウィード
第一高校における一科生、二科生の格差を表す隠語。
一科生の制服の左胸には八枚花弁のエンブレムが
刺繍されているが、二科生の制服にはこれが無い。

CAD〔シー・エー・ディー〕
魔法発動を簡略化させるデバイス。
内部には魔法のプログラムが記録されている。
特化型、汎用型などタイプ・形状は様々。

司波達也のCAD

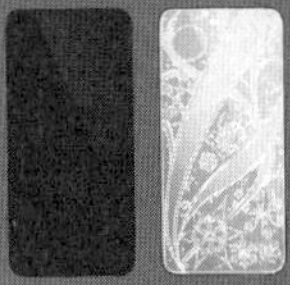
司波深雪のCAD

フォア・リーブス・テクノロジー〔FLT〕
国内CADメーカーの一つ。
元々完成品よりも魔法工学部品で有名だったが、
シルバー・モデルの開発により
一躍CADメーカーとしての知名度が増した。

トーラス・シルバー
僅か一年の間に特化型CADのソフトウェアを
十年は進歩させたと称えられる天才技術者。

エイドス〔個別情報体〕
元々はギリシア哲学用語。現代魔法学において
エイドスとは、事象に付随する情報体のことで、
「世界」にその「事象」が存在することの記録で、
「事象」が「世界」に記す足跡とも言える。
現代魔法学における「魔法」の定義は、エイドスを改変することによって、
その本体である「事象」を改変する技術とされている。

イデア〔情報体次元〕
元々はギリシア哲学用語。現代魔法学においてイデアとは、エイドスが記録されるプラットフォームのこと。
魔法の一次的形態は、このイデアというプラットフォームに魔法式を出力して、
そこに記録されているエイドスを書き換える技術である。

起動式
魔法の設計図であり、魔法を構築するためのプログラム。
CADには起動式のデータが圧縮保存されており、
魔法師から流し込まれたサイオン波を展開したデータに従って信号化し、魔法師に返す。

サイオン(想子)
心霊現象の次元に属する非物質粒子で、認識や思考結果を記録する情報素子のこと。
現代魔法の理論的基盤であるエイドス、現代魔法の根幹を支える技術である起動式や魔法式は
サイオンで構築された情報体である。

プシオン(霊子)
心霊現象の次元に属する非物質粒子で、その存在は確認されているがその正体、その機能については
未だ解明されていない。一般的な魔法師は、活性化したプシオンを「感じる」ことができるにとどまる。

魔法師
『魔法技能師』の略語。魔法技能師とは、実用レベルで魔法を行使するスキルを持つ者の総称。

魔法式
事象に付随する情報を一時的に改変する為の情報体。魔法師が保有するサイオンで構築されている。

魔法演算領域

魔法式を構築する精神領域。魔法という才能の、いわば本体。魔法師の無意識領域に存在し、魔法師は通常、魔法演算領域を意識して使うことは出来ても、そこで行われている処理のプロセスを意識することは出来ない。魔法演算領域は、魔法師自身にとってもブラックボックスと言える。

魔法式の出力プロセス

❶起動式をCADから受信する。これを「起動式の読込」という。
❷起動式に変数を追加して魔法演算領域に送る。
❸起動式と変数から魔法式を構築する。
❹構築した魔法式を、無意識領域の最上層にして意識領域の最下層たる「ルート」に転送、意識と無意識の狭間に存在する「ゲート」から、イデアへ出力する。
❺イデアに出力された魔法式は、指定された座標のエイドスに干渉しこれを書き換える。

単一系統・単一工程の魔法で、この五段階のプロセスを半秒以内で完了させることが、「実用レベル」の魔法師としての目安になる。

魔法の評価基準(魔法力)

サイオン情報体を構築する速さが魔法の処理能力であり、構築できる情報体の規模が魔法のキャパシティであり、魔法式がエイドスを書き換える強さが干渉力、この三つを総合して魔法力と呼ばれる。

基本コード仮説

「加速」「加重」「移動」「振動」「収束」「発散」「吸収」「放出」の四系統八種にそれぞれ対応したプラスとマイナス、合計十六種類の基本となる魔法式が存在していて、この十六種類を組み合わせることで全ての系統魔法を構築することができるという理論。

系統魔法

四系統八種に属する魔法のこと。

系統外魔法

物質的な現象ではなく精神的な現象を操作する魔法の総称。

心霊存在を使役する神霊魔法・精霊魔法から読心、幽体分離、意識操作まで多種にわたる。

十師族

日本で最強の魔法師集団。一条(いちじょう)、一之倉(いちのくら)、一色(いっしき)、二木(ふたつぎ)、二階堂(にかいどう)、二瓶(にへい)、三矢(みつや)、三日月(みかづき)、四葉(よつば)、五輪(いつわ)、五頭(ごとう)、五味(いつみ)、六塚(むつづか)、六角(ろっかく)、六郷(ろくごう)、六本木(ろっぽんぎ)、七草(さえぐさ)、七宝(しっぽう)、七夕(たなばた)、七瀬(ななせ)、八代(やつしろ)、八朔(はっさく)、八幡(はちまん)、九島(くどう)、九鬼(くき)、九頭見(くずみ)、十文字(じゅうもんじ)、十山(とおやま)の二十八の家系から四年に一度の「十師族選定会議」で選ばれた十の家系が『十師族』を名乗る。

数字付き

十師族の苗字に一から十までの数字が入っているように、百家の中でも本流とされている家系の苗字には“『千』代田”、“『五十』里”、“『千』葉”家の様に、十一以上の数字が入っている。

数値の大小が力の強弱を表すものではないが、苗字に数字が入っているかどうかは、血筋が大きく物を言う、魔法師の力量を推測する一つの目安となる。

数字落ち

エクストラ・ナンバーズ、略して「エクストラ」とも呼ばれる、「数字」を剥奪された魔法師の一族。

かつて、魔法師が兵器であり実験体サンプルであった頃、「成功例」としてナンバーを与えられた魔法師が、「成功例」に相応しい成果を上げられなかった為に捺された烙印。

様々な魔法

●コキュートス

精神を凍結させる系統外魔法。凍結した精神は肉体に死を命じることも出来ず、
この魔法を掛けられた相手は、精神の「静止」に伴い肉体も停止・硬直してしまう。
精神と肉体の相互作用により、肉体の部分的な結晶化が観測されることもある。

●地鳴り

独立情報体「精霊」を媒体として地面を振動させる古式魔法。

●術式解散〔グラム・ディスパージョン〕

魔法の本体である魔法式を、意味の有る構造を持たないサイオン粒子群に分解する魔法。
魔法式は事象に付随する情報体に作用するという性質上、その情報構造が露出していなければならず、
魔法式そのものに対する干渉を防ぐ手立ては無い。

●術式解体〔グラム・デモリッション〕

圧縮したサイオン粒子の塊をイデアを経由せずに対象物へ直接ぶつけて爆発させ、そこに付け加えられた
起動式や魔法式などの、魔法を記録したサイオン情報体を吹き飛ばしてしまう無系統魔法。
魔法といっても、事象改変の為の魔法式としての構造を持たないサイオンの砲弾であるため情報強化や
領域干渉には影響されない。また、砲弾自体の持つ圧力がキャスト・ジャミングの影響も撥ね返してしまう。
物理的な作用が皆無である故に、どんな障碍物でも防ぐことは出来ない。

●地雷原

土、岩、砂、コンクリートなど、材質は問わず、
とにかく「地面」という概念を有する固体に強い振動を与える魔法。

●地割れ

独立情報体「精霊」を媒体として地面を線上に押し潰し、
一見地面を引き裂いたかのような外観を作り出す魔法。

●ドライ・ブリザード

空気中の二酸化炭素を集め、ドライアイスの粒子を作り出し、
凍結過程で余った熱エネルギーを運動エネルギーに変換してドライアイス粒子を高速で飛ばす魔法。

●這い寄る雷蛇〔スリザリン・サンダース〕

『ドライ・ブリザード』のドライアイス気化によって水蒸気を凝結させ、気化した二酸化炭素を
溶け込ませた導電性の高い霧を作り出した上で、振動系魔法と放出系魔法で摩擦電気を発生させる。
そして、炭酸ガスが溶け込んだ霧や水滴を導線として敵に電撃を浴びせるコンビネーション魔法。

●ニブルヘイム

振動減速系広域魔法。大容積の空気を冷却し、
それを移動させることで広い範囲を凍結させる。
端的に言えば、超大型の冷凍庫を作り出すようなものである。
発動時に生じる白い霧は空中で凍結した氷や
ドライアイスの粒子だが、レベルを上げると凝結した
液体窒素の霧が混じることもある。

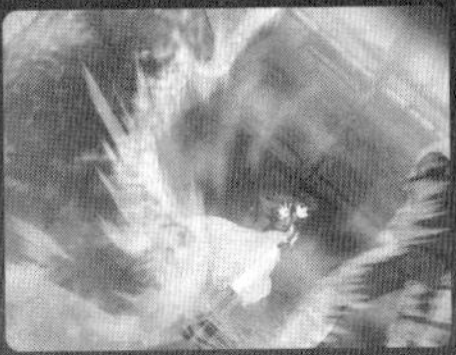

●爆裂

対象物内部の液体を気化させる発散系魔法。
生物ならば体液が気化して身体が破裂、
内燃機関動力の機械ならば燃料が気化して爆散する。
燃料電池でも結果は同じで、可燃性の燃料を搭載していなくても、
バッテリー液や油圧液や冷却液や潤滑液など、およそ液体を搭載していない機械は存在しないため、
『爆裂』が発動すればほぼあらゆる機械が破壊され停止する。

●乱れ髪

角度を指定して風向きを変えて行くのではなく、「もつれさせる」という曖昧な結果をもたらす
気流操作により、地面すれすれの気流を起こして相手の足に草を絡みつかせる古式魔法。
ある程度丈の高い草が生えている野原でのみ使用可能。

魔法剣

魔法による戦闘方法には魔法それ自体を武器にする戦い方の他に、
魔法で武器を強化・操作する技法がある。
銃や弓矢などの飛び道具と組み合わせる術式が多数派だが、
日本では剣技と魔法を組み合わせて戦う「剣術」も発達しており、
現代魔法と古式魔法の双方に魔法剣とも言うべき専用の魔法が編み出されている。

1. 高周波(こうしゅうは)ブレード

刀身を高速振動させ、接触物の分子結合力を超えた振動を伝播させることで
固体を局所的に液状化して切断する魔法。刀身の自壊を防止する術式とワンセットで使用される。

2. 圧斬り(へしきり)

刃先に斬撃方向に対して左右垂直方向の斥力を発生させ、
刃が接触した物体を押し開くように割断する魔法。
斥力場の幅は1ミリ未満の小さなものだが光に干渉する程の強度がある為、
正面から見ると刃先が黒い線になる。

3. ドウジ斬り(童子斬り)

源氏の秘剣として伝承されていた古式魔法。二本の刃を遠隔操作し、
手に持つ刀と合わせて三本の刀で相手を取り囲むようにして同時に切りつける魔法剣技。
本来の意味である「同時斬り」を「童子斬り」の名に隠していた。

4. 斬鉄(ざんてつ)

千葉一門の秘剣。刀を鋼と鉄の塊ではなく、「刀」という単一概念の存在として定義し、
魔法式で設定した斬撃線に沿って動かす移動系統魔法。
単一概念存在と定義された「刀」はあたかも単分子結晶の刃の様に、
折れることも曲がることも欠けることもなく、斬撃線に沿ってあらゆる物体を切り裂く。

5. 迅雷斬鉄(じんらいざんてつ)

専用の武装デバイス「雷丸(いかづちまる)」を用いた「斬鉄」の発展形。
刀と剣士を一つの集合概念として定義することで
接敵から斬撃までの一連の動作が一切の狂い無く高速実行される。

6. 山津波(やまつなみ)

全長180センチの長大な専用武器「大蛇丸(おろちまる)」を用いた千葉一門の秘剣。
自分と刀に掛かる慣性を極小化して敵に高速接近し、
インパクトの瞬間、消していた慣性を上乗せして刀身の慣性を増幅し対象物に叩きつける。
この偽りの慣性質量は助走が長ければ長いほど増大し、最大で十トンに及ぶ。

7. 薄羽蜻蛉(うすばかげろう)

カーボンナノチューブを織って作られた厚さ五ナノメートルの極薄シートを
硬化魔法で完全平面に固定して刃とする魔法。
薄羽蜻蛉で作られた刀身はどんな刀剣、どんな剃刀よりも鋭い切れ味を持つが、
刃を動かす為のサポートが術式に含まれていないので、術者は刀の操作技術と腕力を要求される。

魔法技能師開発研究所

西暦2030年代、第三次世界大戦前に緊迫化する国際情勢に対応して日本政府が次々に設立した魔法師開発の為の研究所。その目的は魔法の開発ではなくあくまでも魔法師の開発であり、目的とする魔法に最適な魔法師を産み出す為の遺伝子操作を含めて研究されていた。

魔法技能師開発研究所は第一から第十までの10ヶ所設立され、現在も5ヶ所が稼働中である。

各研究所の詳細は以下のとおり。

魔法技能師開発第一研究所

2031年、金沢市に設立。現在は閉鎖。

テーマは対人戦闘を想定した生体に直接干渉する魔法の開発。気化魔法「爆裂」はその派生形態。ただし人体の動きを操作する魔法はパペット・テロ(操り人形化した人間によるカミカゼテロ)を誘発するものとして禁止されていた。

魔法技能師開発第二研究所

2031年、淡路島に設立。稼働中。

第一研のテーマと対をなす魔法として、無機物に干渉する魔法、特に酸化還元反応に関わる吸収系魔法を開発。

魔法技能師開発第三研究所

2032年、厚木市に設立。稼働中。

単独で様々な状況に対応できる魔法師の開発を目的としてマルチキャストの研究を推進。特に、同時発動、連続発動が可能な魔法数の限界を実験し、多数の魔法を同時発動可能な魔法師を開発。

魔法技能師開発第四研究所

詳細は不明。場所は旧長野県と旧山梨県の県境付近と推定。設立は2033年と推定。現在は閉鎖されたことになっているが、これも実態は不明。旧第四研のみ政府とは別に、国に対し強い影響力を持つスポンサーにより設立され、現在は国から独立しそのスポンサーの支援下で運営されているとの噂がある。またそのスポンサーにより2020年代以前から事実上運営が始まっていたとも噂されている。

精神干渉魔法を利用して、魔法師の無意識領域に存在する魔法という名の異能の源泉、魔法演算領域そのものの強化を目指していたとされている。

魔法技能師開発第五研究所

2035年、四国の宇和島市に設立。稼働中。

物質の形状に干渉する魔法を研究。技術的難度が低い流体制御が主流となるが、固体の形状干渉にも成功している。その成果がUSNAと共同開発した「バハムート」。流体干渉魔法「アビス」と合わせ、二つの戦略級魔法を開発した魔法研究機関として国際的に名を馳せている。

魔法技能師開発第六研究所

2035年、仙台市に設立。稼働中。

魔法による熱量制御を研究。第八研と並び基礎研究機関的な色彩が強く、その反面軍事的な色彩は薄い。ただ第四研を除く魔法技能師開発研究所の中で、最も多く遺伝子操作実験が行われたと言われている(第四研については実態が不明)。

魔法技能師開発第七研究所

2036年、東京に設立。現在は閉鎖。

対集団戦闘を念頭に置いた魔法を開発。その成果が群体制御魔法。第六研が非軍事的色彩の強いものだった反動で、有事の首都防衛を兼ねた魔法師開発の研究施設として設立された。

魔法技能師開発第八研究所

2037年、北九州市に設立。稼働中。

魔法による重力、電磁力、強い相互作用、弱い相互作用の操作を研究。第六研以上に基礎研究機関的な色彩が強い。ただし、国防軍との結び付きは第六研と異なり強固。これは第八研の研究内容が核兵器の開発と容易に結びつくからであり、国防軍のお墨付きを得て核兵器開発疑惑を免れているという側面がある。

魔法技能師開発第九研究所

2037年、奈良市に設立。現在は閉鎖。

現代魔法と古式魔法の融合、古式魔法のノウハウを現代魔法に取り込むことで、ファジーな術式操作など現代魔法が苦手としている諸課題を解決しようとした。

魔法技能師開発第十研究所

2039年、東京に設立。現在は閉鎖。

第七研と同じく首都防衛の目的を兼ねて、大火力の攻撃に対する防御手段として空間に仮想構築物を生成する領域魔法を研究。その成果が多種多様な対物理障壁魔法。

また第十研は、第四研とは別の手段で魔法能力の引き上げを目指した。具体的には魔法演算領域そのものの強化ではなく、魔法演算領域を一時的にオーバークロックすることで必要に応じ強力な魔法を行使できる魔法師の開発に取り組んだ。ただしその成否は公開されていない。

これら10ヶ所の研究所以外にエレメンツ開発を目的とした研究所が2010年代から2020年代にかけて稼働していたが、現在は全て閉鎖されている。

また国防軍には2002年に設立された陸軍総司令部直属の秘密研究機関があり独自に研究を続けている。九島烈は第九研に所属するまでこの研究機関で強化措置を受けていた。

戦略級魔法師・十三使徒

現代魔法は高度な科学技術の中で育まれてきたものである為、
軍事的に強力な魔法の開発が可能な国家は限られている。

その結果、大規模破壊兵器に匹敵する戦略級魔法を開発できたのは一握りの国家だった。

ただ開発した魔法を同盟国に供与することは行われており、
戦略級魔法に高い適性を示した同盟国の魔法師が戦略級魔法師として認められている例もある。

2095年4月段階で、国家により戦略級魔法に適性を認められ対外的に公表された魔法師は13名。

彼らは十三使徒と呼ばれ、世界の軍事バランスの重要ファクターと見なされていた。

十三使徒の所属国、氏名、戦略級魔法の名称は以下のとおり。

USNA
■アンジー・シリウス：「ヘビィ・メタル・バースト」
■エリオット・ミラー：「リヴァイアサン」
■ローラン・バルト：「リヴァイアサン」
※この中でスターズに所属するのはアンジー・シリウスのみであり、
エリオット・ミラーはアラスカ基地、ローラン・バルトは国外のジブラルタル基地から
基本的に動くことはない。

新ソビエト連邦
■イーゴリ・アンドレイビッチ・ベゾブラゾフ：「トゥマーン・ボンバ」
■レオニード・コンドラチェンコ：「シムリャー・アールミヤ」
※コンドラチェンコは高齢の為、黒海基地から基本的に動くことはない。

大亜細亜連合
■劉雲徳(りゅううんとく)：「霹靂塔」
※劉雲徳は2095年10月31日の対日戦闘で戦死している。

インド・ペルシア連邦
■バラット・チャンドラ・カーン：「アグニ・ダウンバースト」

日本
■五輪 澪(いつわみお)：「深淵(アビス)」

ブラジル
■ミゲル・ディアス：「シンクロライナー・フュージョン」
※魔法式はUSNAより供与されたもの。

イギリス
■ウィリアム・マクロード：「オゾンサークル」

ドイツ
■カーラ・シュミット：「オゾンサークル」
※オゾンサークルはオゾンホール対策として分裂前のEUで共同研究された魔法を原型としており、
イギリスで完成した魔法式が協定により旧EU諸国に公開された。

トルコ
■アリ・シャーヒーン：「バハムート」
※魔法式はUSNAと日本の共同で開発されたものであり、日本主導で供与された。

タイ
■ソム・チャイ・ブンナーク：「アグニ・ダウンバースト」
※魔法式はインド・ペルシアより供与されたもの。

The International Situation

2096年現在の世界情勢

世界の寒冷化を直接の契機とする第三次世界大戦、二〇年世界群発戦争により世界の地図は大きく塗り替えられた。現在の状況は以下のとおり。

ＵＳＡはカナダ及びメキシコからパナマまでの諸国を併合して北アメリカ大陸合衆国（ＵＳＮＡ）を形成。

ロシアはウクライナ、ベラルーシを再吸収して新ソビエト連邦（新ソ連）を形成。

中国はビルマ北部、ベトナム北部、ラオス北部、朝鮮半島を征服して大亜細亜連合（大亜連合）を形成。

インドとイランは中央アジア諸国（トルクメニスタン、ウズベキスタン、タジキスタン、アフガニスタン）及び南アジア諸国（パキスタン、ネパール、ブータン、バングラデシュ、スリランカ）を呑み込んでインド・ペルシア連邦を形成。

他のアジア・アラブ諸国は地域ごとに軍事同盟を締結し新ソ連、大亜連合、インド・ペルシアの三大国に対抗。

オーストラリアは事実上の鎖国を選択。

ＥＵは統合に失敗し、ドイツとフランスを境に東西分裂。東西ＥＵも統合国家の形成に至らず、結合は戦前よりむしろ弱体化している。

アフリカは諸国の半分が国家ごと消滅し、生き残った国家も辛うじて都市周辺の支配権を維持している状態となっている。

南アメリカはブラジルを除き地方政府レベルの小国分立状態に陥っている。

The irregular at magic high school

二〇九六年七月二日、第一高校生徒会を震撼《しんかん》させるニュースが飛び込む。九校戦——「全国魔法科高校親善魔法競技大会」競技種目の大幅な変更の通知である。選手にとってリスクの高い、軍事色の強い種目の導入は、魔法師《まほうし》が活躍《かつやく》した横浜事変の影響《えいきょう》を受けたものだった。

しかしその裏で、魔法兵器開発に関わる陰謀《いんぼう》が進行する。正体不明の電子メールによりそれを知った達也《たつや》は、調査を進めていく内にパラサイトを使った禁断の人型兵器「パラサイドール」と、九校戦の新競技「スティープルチェース・クロスカントリー」を舞台《ぶたい》にしたパラサイドールの運用試験計画の存在を知る。

試験計画は「スティープルチェース・クロスカントリー」に参加する魔法科高校生を新兵器の実験台にする危険で非人道的なものだった。達也は第一高校の技術スタッフとして九校戦に参加する傍《かたわ》ら、これを阻止《そし》すべく行動を起こす。

様々な思惑《おもわく》と陰謀の交錯《こうさく》する中、「スティープルチェース・クロスカントリー」が行われている富士の人工樹海の中で、達也はパラサイドール十六体と対決し、何度も傷を負いながらこれを撃破《げきは》した。

しかし二〇九六年八月、富士の裾野《すその》で繰り広げられていた戦いはこれだけではなかった。その謀略《ぼうりゃく》と闘争《とうそう》の表側では、今年も九校戦優勝の栄冠《えいかん》を目指す魔法科高校生たちの、魔法を駆使《くし》した熱戦が繰り広げられていた。そして、それ以外にも……。

ここに、魔法科高校生たちの戦いの記録、その一端《いったん》をご紹介したい。

The irregular at magic high school

竜神の虜《とりこ》

［二〇九六年八月十三日］

二〇九六年度九校戦、九日目の夜。一高の夕食会場は前日までの切迫感漂《ただよ》うムードとは打って変わり、意気軒昂《いきけんこう》たる空気に包まれていた。

「光井《みつい》さん、優勝おめでとう」

「里見《さとみ》さんも準優勝だなんてすごいわ」

「本当。ワンツー・フィニッシュだなんて、去年の新人戦の再現ね！」

ほのかとスバルが三年生女子に囲まれて賑《にぎ》やかな祝福を受けている。

「中条《なかじょう》さんもお疲れさま。さすがだね。里見さんの特長を活《い》かした見事な調整だった」

「ありがとうございます、五十里《いそり》くん。結局、司波《しば》くんには負けちゃいましたけど」

「同じチームだから良いんじゃない？　それにあれはちょっと別よ」

あずさが五十里と花音《かのん》に祝福され、励《はげ》まされている。

「司波、御苦労だったな」

「相変わらず見事な腕だったぜ」

服部《はっとり》が何となく硬《かた》い態度で達也を労《ねぎら》っている隣《となり》で、桐原《きりはら》が（おそらく友人の態度を）笑いながら達也を慰労《いろう》している。

彼女たち当事者だけでなく、ほとんどのテーブルが今日の試合に関する話で熱く盛り上がっている。この少々浮《うわ》ついた雰囲気《ふんいき》もその背景を考えれば無理のないことだった。

九校戦、四日目が終了した時点で一高の成績は三百九十点で二位。一位の三高との差、六十点。

昨日の時点で、一高のポイント五百七十五点に対して三高が五百八十点。

そして今日、大会九日目が終了した時点で、三高六百点に対して一高のポイントは六百五十五点。大会二日目以降ずっと後塵《こうじん》を拝してきた三高を逆転して、遂《つい》にトップに立ったのだ。

前評判でも「最強世代」が卒業して、一高は苦戦するのではないかと予想されていた。そして実際、ずっと苦しい戦いが続いていたのだ。多少、躁《そう》状態になるのも当然かもしれない。

「服部《はっとり》、安心するのはまだ早いぞ。俺《おれ》たちは明日が本番なんだからな」

三年生の三七上《みなかみ》ケリーが服部の背後から声を掛けた。服部の隣に座っていた達也がトレーを持って席を立つと、ケリーは「すまんな」と言ってその席に腰を下ろす。

「吉田《よしだ》も座れ」

ケリーの隣、服部と反対側の席に座っていた沢木《さわき》は、新人戦で活躍《かつやく》した一年生を労いに行っている。幹比古《みきひこ》はケリーに呼ばれ、大人しく指図された席に着いた。

「俺たちがこけたら、せっかく女子が逆転してくれたのが水の泡《あわ》だ」

「分かっているさ。明日もこのまま、全て勝つ。そして一高の総合優勝を俺たちの手で決定づける」

明日のモノリス・コードで優勝しても、現在総合二位の三高が準優勝すれば点差は九十五点。今年のルールでは、最終競技スティープルチェース・クロスカントリーの順位次第で逆転可能な点数だが、事実上優勝が決まる点差でもある。

そしてモノリス・コードのリーグ戦全十回戦の半数、五回戦終了時点で一高と三高は共に四勝零敗《れいはい》。試合が無かったのは一回戦ずつ。全くの互角だ。

「ああ。明日はいよいよ、三高との直接対決が控《ひか》えている。何が何でも勝つぞ」

服部《はっとり》の力強い言葉を受けて、ケリーも必勝を宣言する。そして、幹比古《みきひこ》の方へ振り返った。

「吉田《よしだ》、今日の調子で頼むぞ」

「頑張《がんば》ります」

幹比古は急に話を振られても慌《あわ》てることなく、しっかりと答えを返した。必勝の意気込みが表情に表れているのは、幹比古も上級生二人と同じだった。

◇◇◇

CADに想子《サイオン》を流し込む。それをCADの中枢《ちゅうすう》部品である感応石のエイドスが、本体を通過する電気信号に対応する想子信号に変換する。こうして出力された起動式を、肉体を介《かい》して魔法演算領域へ送り込む。

「……うん、大丈夫《だいじょうぶ》。いつもながら見事な調整だね、達也《たつや》」

「それが俺《おれ》の仕事だ」

幹比古の称賛《しょうさん》に達也は素《そ》っ気《け》なく答えた。

達也の態度がポーズでないことを幹比古は知っている。彼は自分の仕事に誇りを持っているが故《ゆえ》に、自分の仕事を徒《いたずら》に誇らない。それに、彼にとってこれは数ある特技の一つ。達也の本領はもっと根本的な魔法のシステム構築であり、ＣＡＤの調整はその為《ため》の一技術にすぎない。

「本当は幹比古がいつも使っている補助具と同じインターフェイスが使えれば良かったんだがな。多少使い勝手が違うのは我慢《がまん》してくれ」

「いや、十分だよ。いつも使い慣れているＣＡＤより数段スペックの劣《おと》る物を使わなきゃならない他校の生徒に比べれば、僕は恵まれている」

これは強がりではなかった。前《さき》の冬から使い始めた扇形《おおぎがた》の法具。金属製の呪符《じゅふ》を扇子《せんす》の形に纏《まと》め、要《かなめ》の部分から伸びた、刻印魔法に使用される感応性合金のコードで前腕部に巻いた想子波発振器へとつなげた、呪符とＣＡＤのハイブリッドとも言うべき術式補助具だ。

呪符に描かれた象徴《シンボル》に従って精霊《せいれい》に対するコマンド＝魔法式を自力で組み上げ、それを呪符に投射して精霊を使役《しえき》するのが従来の呪符を使った魔法発動の仕組みである。

それに対してこの補助具は、呪符に刻印されたパターンから発せられる、起動式に相当する信号をコードで発振器に送り込み、発振器から皮膚《ひふ》を通して想子波を受け取り魔法演算領域に送り込む。そうすることで精霊《せいれい》に対するコマンドを半自動的に構築し、そこから先は通常の手順と同じように呪符《じゅふ》へ投射する。これによって、CADを使った魔法《まほう》とほぼ遜色《そんしょく》のないスピードで、慣れた呪符による魔法を使えるようにした物だった。

残念ながら、九校戦のレギュレーションでは呪符から想子《サイオン》信号を取り出す部分が引っ掛かってしまう。カード型の単一起動式特化型CADを束ねるというアイデアもあったが、これも薄型化する為《ため》の部品がレギュレーションに抵触する。結局調整は市販のCADのプログラムを書き換えることだけしかできなかった。

達也《たつや》はこの結果に不満を持っている。だが幹比古《みきひこ》は、これで十分だと感じていた。去年の新人戦に急遽《きゅうきょ》ピンチヒッターで出場した時も達也が調整したCADを使ったが、あれは所詮《しょせん》間に合わせにすぎなかったと嫌《いや》でも理解させられてしまう。去年もエンジニアの腕一つでこんなに使い易《やす》さが変わるのかと思ったが、今年は更《さら》に別物だった。ずっと楽に、ストレス無く魔法が発動できる。

「これで文句を言ったら罰《ばち》が当たる。ここから先はエンジニアではなく選手の責任、僕が頑張《がんば》るべき領分だ」

「おっ。ミキ、随分《ずいぶん》気合いの入ったセリフじゃない」

いきなり割り込んできた声に、達也と幹比古が調整作業用車輌《しゃりょう》の入り口を見る。キャンピングカーを流用した作業車の入り口から、エリカが顔をのぞかせていた。

「エリカ、どうした？」

「うん、想子波の放出が途切《とぎ》れたから、作業が一段落したんじゃないかと思ってさ。お茶にしない？　みんな待ってるよ」

「呼びに来てくれたのか」

「そんな大したことじゃないけどね。この車の横にいるんだし」

エリカと言葉を交わしていた達也が幹比古に顔を向ける。

「幹比古、どうする？　お前が必要な作業はもう終わったから部屋に戻《もど》って休んでも構わないが？」

「いや、みんなと一服していくよ。その方がぐっすり眠れそうだしね」

「りょーかい」

エリカが顔を車外へ引っ込める。達也と幹比古がその後に続いた。

車を降りてすぐの所に組み立て式のテーブルが広げられ、折《お》り畳《たた》み式の椅子《いす》が置かれていた。

頭上には作業車のルーフから伸びたオーニングテント。ちょっとしたキャンプ風景だ。

二人の席は既《すで》に用意されていた。達也の隣《となり》は幹比古と深雪《みゆき》、幹比古の隣は達也と美月《みづき》だ。

「お兄様、遅くまでお疲れさまです」

深雪が達也のカップにコーヒーを注《そそ》ぎ、

「あの、吉田《よしだ》君。どうぞ」

幹比古《みきひこ》の湯飲みに美月《みづき》が緑茶を注《そそ》ぐ。

「あっ、わざわざ別に用意してくれたんだ。ありがとう、柴田《しばた》さん」

幹比古の言ったとおり、緑茶が置かれているのは幹比古の前だけだった。

「お茶を用意したのはピクシーなんだけどね」

「吉田《よしだ》くん、美月しか見えてないんじゃないかな」

テーブルは二つ出ていた。一つのテーブルでは座りきれない人数がこのお茶会に参加しているからだ。そしてその声は隣《となり》のテーブルから聞こえてきた。

「スバル！　エイミィも、意地の悪いこと言っちゃダメよ！」

「ほのか。二人は羨《うらや》ましいんだよ」

「ちゃ、ちゃうわい！　羨ましくなんかにゃーもん！」

「エイミィ、落ち着きなって……。何処《どこ》の人だか分からなくなってるよ」

「というか、何処で覚えたの？　その方言」

「方言、なのかなぁ……」

隣から聞こえてくる混沌《こんとん》とした会話に、幹比古は顔を赤らめながらも笑《え》みを浮かべた。

「何だ、幹比古。ちゃんとリラックスしてるじゃねえか。もっと入れ込んでるかと思ってたぜ」

テーブルの向かい側からレオが掛けた言葉に、幹比古は笑いながら首を左右に振った。

「リラックスなんてしてないよ。何て言うかな、自然に闘志《とうし》が湧《わ》き上がってくるんだ。何も考えなくても『絶対に勝つ』という気持ちになっているんだ」

「へぇ……ミキ、とても良い状態に仕上がっているね」

幹比古の言葉を聞いて、エリカが本気の感嘆《かんたん》を漏《も》らす。

「そういう境地には滅多《めった》になれないわよ。本当の意味で心気が充実していなければ、そうはなれない。これなら明日も期待できそうね」

「ああ。必ず勝つさ」

そうは言いながら、幹比古の中にもプレッシャーはある。だが勝負の場に立つことすらできなかったあの日々を思えば、それすらも心地良い。

（そうだ。僕はもう二度と、こんな充実した気持ちにはなれないと思っていた。あの日、あの出来事さえなければ……僕はずっと、そう思っていた……）

今なら分かる。あれは、事故ですらなかった。あれは何時《いつ》か必ず遭遇《そうぐう》して、自分が乗り越えなければならなかった試練だったのだと、今では思えるようになっていた。

魔法《まほうか》科高校入学試験の半年前のあの日の出来事で、自分は魔法を思いどおりに使えなくなった。不合格にこそならなかったものの、自分は八枚花弁のエンブレムを得ることができず、雑草に甘んじなければならなかった。そんな自分が、惨《みじ》めだった。

だがそれは、天の配剤だった。二科生だったからこそ、自分はこの仲間たちと親しくなれた。彼と友誼《ゆうぎ》を結ぶことができた。

それは望外の幸運。エンブレムなどより遥《はる》かに価値のある出会い。それは全て、あの日から用意されていたことだと、今なら信じられる。ずっと悔《く》いてきたあの日の挑戦《ちょうせん》が間違っていなかったと、今なら自信を持って言える気がする。

西暦二〇九四年八月十七日。旧暦七月七日、七夕の夜。その日の記憶《きおく》を、幹比古《みきひこ》は深い感慨《かんがい》と共に噛《か》み締《し》める――。

［二〇九四年八月十七日］

西暦二〇九四年八月十七日。旧暦七月七日。太陰暦《たいいんれき》七夕の夜、吉田《よしだ》家では毎年、重要な儀式《ぎしき》が行われる。

儀式の名は「星降ろしの儀」。正統的な宗教から足を踏み外し、伝統的な宗教者からは「邪《じゃ》教《きょう》の徒《と》」と誹《そし》られることもある吉田家が、神道から取り入れた「降神《こうしん》」の技術のみを利用し、「国」レベルの大規模な気象操作が可能な神霊《しんれい》——大規模独立情報体（孤立情報体とも言う）を喚起《かんき》する技を競う儀式である。ここで言う「国」とは府県制導入前の「令制国」のこと。広域行政区導入前の県にほぼ該当《がいとう》する広さの領域を指している。そして「喚起」とは精霊《せいれい》、神霊、妖精《ようせい》——フェアリーではなく妖怪《ようかい》・妖魔《ようま》を生み出す精気——を呼び出して活性化すること。つまりは神霊にアクセスし、これをアクティベイトする魔法《まほう》の優劣を争う、吉田一門の競技会だ。

（なお神道における「帰神」は召喚《しょうかん》魔法に該当し「降神」が喚起魔法に該当する）

古くはこの儀式で最も優れた技を示した者が家督《かとく》継承者に選ばれていた。その所為《せい》で儀式が血なまぐさいものになってしまった時期があり、その反省を踏まえて今では基本的に吉田家の長男が当主を相続すると定められている。

しかし次期当主選びと切り離された現代においても、一門で最も優れた術者を決めるという重要な意味を持っている。それに、「星降ろしの儀」で弟や従兄弟《いとこ》が長男より格段に優れた技を示し続けた場合は、その者に継承権を譲《ゆず》るのが長男の徳とされる不文律《ふぶんりつ》もある。現に今の当主、つまり幹比古《みきひこ》たち兄弟の父親は四人兄弟の次男だった。

今のところ、吉田《よしだ》家の次期当主は幹比古の兄の元比古《もとひこ》と定められている。彼の弟は幹比古のみで姉も妹もいない。しかし従兄《いとこ》弟は男子だけで九人いる。兄弟二人というのがむしろ例外的に少ないのであって、血統を重視する古式魔法師《まほうし》は一般に兄弟姉妹の人数が多い。特に現当主の兄の息子たちは次期当主の座を元比古から奪《うば》い取るべく、毎年激しい闘志《とうし》を秘めてこの儀式《ぎしき》に参加していた。

もっとも彼らの年代で、去年までに元比古の地位を脅《おびや》かしそうな喚起《かんき》魔法の技術を示したのはただ一人、元比古の実弟の幹比古のみである。「吉田家の神童」と呼ばれている幹比古は、神祇《じんぎ》魔法（吉田家では精霊《せいれい》魔法をそう呼ぶ）の基礎であり根幹である喚起魔法の技術において既《すで》に兄を凌駕《りょうが》し、当主の技に迫っていると噂《うわさ》されていた。現に去年の儀式で当主に次ぐ二番目の技量を示したと認められたのは幹比古だった。

幹比古には兄に代わって当主になりたいという欲は無い。彼は控《ひか》えめな性格の少年で、指導者には不向きな気性だった。本人もそれは自覚していて、当主はあくまで兄の元比古がなるべきだと考えていた。

彼の欲は、野心は、もっと別の所にあった。

——全ての自然精霊の頂点に立つ神霊《しんれい》「竜神《りゅうじん》」。これを使役《しえき》する術を自分の手で完成させる。

それが幹比古の野望だった。それは吉田家代々の悲願でもあった。

吉田家の祖先は雨乞《あまご》いの祈禱《きとう》師だったと伝えられている。かの高名な神道の名門「吉田」氏ではなく、何処《どこ》の村にも一人はいるような呪《まじな》い師。ただ一つ違っていたのは、吉田家の祖先は本物の力を持っていた。勘《かん》が人より鋭《するど》い程度、風や雲を読み天気予報が上手《うま》い程度ではなく、本当に雲を呼び雨を降らせる力を持っていた。

だがそれは、小さな力だった。祖先の持っていた力は風に流される雲を集めて、本来であれば雨を降らせることなく散っていった雲を雨雲に変える程度。空気が乾燥しきった、長期にわたる日照りに対しては為《な》す術《すべ》がなかった。祖先が住んでいた村は、結局旱魃《かんばつ》で滅《ほろ》びた。村人はそれまでの恩を忘れ、祖先を恨《うら》みながら散り散りに流れていった。

以来、その祈禱師の子孫たちは、受《う》け継《つ》いだ血に宿る力で旱魃に対抗する術を、模索《もさく》し続けてきた。

川をせき止め、池を作る。

地下水の流れを変え、本来井戸《いど》にならない所に井戸を作る。

より大規模な風を操り、遠くから雲を呼ぶ。

その試行錯誤の中で、吉田家は一つの結論に達した。

——結局は、水そのものが無いとどんな術も役に立たない。

旱魃を克服《こくふく》する為《ため》には、水を呼ぶ必要がある。では、何処から水を持ってくれば良いのか？

どんなに日照りが続いても、常に水を湛《たた》えている所は何処《どこ》にある？

そこまで考えれば、答えを得るのは難しくなかった。

——海だ。

彼らは「水の大循環《じゅんかん》」に独力でたどり着いた。

日本において、海神と言えば竜《りゅう》である。それは仏教伝来以後の概念《がいねん》だが、起源の在処《ありか》は全く重要ではなかった。海神にして水神。竜宮《りゅうぐう》にあって海を支配し、雲に乗って天に昇り、風を呼んで雨を降らせる「竜神」。それは吉田家が追い求めた降雨の理《ことわり》そのものだった。

吉田家の先祖は竜を祀《まつ》る社《やしろ》を巡《めぐ》り、仙人《せんにん》が竜を御《ぎょ》した術を学ぶ為《ため》に陰陽道《おんみょうどう》と修験道に教えを請《こ》い、竜を守護神とする仏門を叩《たた》いた。彼らは宗教的な徳や智慧《ちえ》には目もくれず、ただ竜へ、神へ至る道を追い続けた。やがて旱魃《かんばつ》を克服するという当初の目的は二の次となり、竜神へ至る術法を見出《みいだ》すことそのものが目的となった。その結果として、古式魔法《まほう》の名門とまで言われるようになった今の吉田家がある。

今の吉田家の教義では、自然現象の化身たる精霊《せいれい》の最上位に竜神を置いている。他の精霊を使役《しえき》する術、大規模精霊＝神霊に干渉する術は全て最上位精霊たる神、竜神へ至る術法の足掛かりと捉《とら》えられている。

いずれその「神へ至る術法」を自分の手で編み出す。それが幹比古《みきひこ》の望みであり、この夢の前には家督《かとく》など些細《ささい》なもの、むしろ術理の解明に当てるべき時間を家の経営に割かなければならない邪魔《じゃま》な地位と見做《みな》していた。

故《ゆえ》に、兄への対抗心があったとすれば、それはこの「星降ろしの儀《ぎ》」でどれほど上位の神霊を喚起《かんき》するのか、その一点だった。元比古《もとひこ》の演術は最後から三番目、幹比古の直前。これは去年の「星降ろしの儀」の実績を反映して決められた順番だった。

元比古が祭壇《さいだん》に上がる。

幹比古はその姿を一心に見詰《みつ》めていた。

彼ら兄弟の仲は悪くない。年が離れている所為《せい》で——元比古は幹比古の七歳年上だ——兄弟喧嘩《げんか》をしたことがない代わりに仲良く遊んだという経験もなかったが、幹比古は年長者として兄を敬い、元比古は優れた才能を持つ弟を周囲の嫉妬《しっと》から守っていた。

幼い頃《ころ》、元比古は幹比古の先生だった。

幹比古の才が元比古の技を上回り始めた頃には、幹比古は一人で修行することを好むようになっていた。彼は無意識に、自分と兄の才能が比較されるのを避《さ》けていた。兄の才が自分に劣《おと》るという声を聞くのを嫌《きら》った。

だが、この儀式《ぎしき》だけはそうもいかない。

自分こそが「神へ至る術法」に相応《ふさわ》しいのだと示さなければならない。

だからその最大のライバルとなる兄の魔法を、固唾《かたず》を呑《の》んで見守っていた。

兄が祭壇に置かれた鏡を仰《あお》ぎ見る。祭祀場《さいしじょう》の南奥に作られた祭壇の鏡は、北極星を映すように調節されていた。

兄が鏡へ差し伸べた物を見て、幹比古《みきひこ》は意外感に打たれた。

（呪符《じゅふ》じゃない？）

元比古《もとひこ》が手にしているのは、榊《さかき》の枝、玉串《たまくし》だった。

吉田《よしだ》家の魔法《まほう》は神道の思想を基盤《きばん》にしているが、技術面は陰陽道《おんみょうどう》の影響《えいきょう》が強い。だが元比古が行おうとしている儀式《ぎしき》は神道の形式をなぞっているように見える。神道の儀式そのものではなく、その形を借りて神霊《しんれい》の喚起《かんき》を行おうとしている。

（木綿四手《ゆうしで》か……？）

捧《ささ》げ持つ榊に結びつけられた四手《しで》が紙製ではなく今は使われることのほとんどなくなった木綿《ゆう》であることを幹比古は直感的に覚《さと》った。そしてこの木綿四手が折り曲げられて作られているのでなく、貼《は》り合《あ》わせて作られていることも。

（木綿《ゆう》で呪符を作り、それを貼り合わせて四手《しで》にしている……？）

それは、あらゆる宗派の秘術のみを節操なく取り込んだ吉田家の魔法に相応《ふさわ》しい術具だと幹比古には思われた。そう感じたのは彼だけでなく、儀式を見守る一族の間から幾《いく》つかの感嘆《かんたん》が漏《も》れる。彼らもまた、幹比古同様元比古が何を使っているのか、それに気づいたのだった。

元比古が玉串《たまくし》を捧げ持ったまま、それを神前に捧げるのではなく鏡に映った北極星――北辰《ほくしん》に捧げる。北極星は天帝《てんてい》の星であり同時に「辰《たつ》」は竜《りゅう》を意味する。

呪文《じゅもん》や祝詞《のりと》はない。息吹《いぶき》すらも発しない。ただ「力」を――霊力《れいりょく》と言い法力と言い、あるいは魔力《まりょく》と呼ばれる心の力を、吉田家では単に「力」と称《しょう》する――この日の為《ため》に準備した術具へ注ぎ込んでいく。

（……つながった？）

幹比古は確かに、兄が「何か」とつながったのを感じた。

人間の意識よりも遥《はる》かに巨大な、何か。

元比古の顔が過度の精神集中により蒼白《そうはく》となっている。かつて接触したことのない巨大な神霊を喚起する為、必死に接触を保ち、強めているのだ。

風が吹いた。

元比古の祭服も髪も捧げ持つ玉串も、そよとも揺《ゆ》れていない。それは幹比古も、幹比古の父も、祭壇《さいだん》を見守る一族全員が同じだった。

物理的に、風は吹いていない。

だが、その場に居合わせた全ての者が、風を感じていた。

徐々《じょじょ》にその勢力を増し、やがては嵐《あらし》に等しくなった吹《ふ》き荒《すさ》ぶ風を心で知覚していた。

「風神……？」

轟々《ごうごう》と鳴る風音の幻聴《げんちょう》に紛《まぎ》れて、誰《だれ》かが呟《つぶや》く声が聞こえた。

「この『風』は、風神のものではないか……？」

その声に、幹比古《みきひこ》が夜空を見上げる。彼の右でも、彼の左でも、皆が空を見上げていた。

彼らは頭上を彼方《かなた》まで覆《おお》い尽《つ》くす、巨大な風の渦《うず》を幻視《げんし》した。

「風神を、喚起《かんき》なされたのか……？」

呟《つぶや》きはざわめきとなり、祭壇《さいだん》の周りに広がる。

厳《おごそ》かな空気があたりを包む。その中で幹比古は夜空を見上げたまま、指一本動かせない重圧を感じていた。

やがて、風が止《や》んだ。

元比古《もとひこ》は呼吸を荒《あら》げ肩を大きく上下させたまま振り返り、精根尽き果てたたたずまいで一族に向かって一礼した。

歓声《かんせい》が上がる。抑制された熱狂が、口々に元比古を褒《ほ》め称《たた》える。

予想を遥《はる》かに超えていた、と。

さすがは次期殿だ、と。

今年一番の術者は元比古殿で決まりだ、と。

最初の二つは幹比古も全くの同感だった。

だが、最後の声には反発を覚えた。

（確かに兄上の術は素晴らしかった。術具も独自の工夫が為《な》され、今日の為《ため》に万全の準備をしてこられたのがよく分かる）

儀式《ぎしき》の進行を助ける若い女性の弟子に支えられて祭壇から降りる兄の姿を見ながら、幹比古はそう思った。満足に歩けなくなるまで力を振《ふ》り絞《しぼ》って、兄は風神の喚起に成功したのだ。

重要な儀式で全力を発揮できる。それだけでも兄は尊敬に値すると、幹比古は素直に思った。

だから彼は――

(僕も、自分の全《すべ》てを懸《か》ける。自分の全てで、今日をその日にする)

幹比古は逸《はや》る心を静めて心を研《と》ぎ澄《す》ませた。十分な精神集中ができたと判断したところで、控《ひか》えの座から立ち上がる。

ざわめきが収まった。儀式に集《つど》う一族の目が、祭壇へ歩み寄る幹比古に集中する。

儀式は野外で行われている。人里離れた山奥の特別な祭祀場《さいしじょう》だが、時折吹く夜風には葉擦《はず》れの音や虫の鳴き声が混ざっている。それなのに、この時、儀式に集まった人々の耳に届いた音は、祭壇へ登る幹比古の足音だけだった。

幹比古が気息を整える。袖《そで》の中から呪符《じゅふ》の束を取り出し、扇形《おおぎがた》に広げる。一枚の呪符ではなく、九枚の呪符が連動して一つの術を編み上げるよう彼が三ヶ月掛かりで書き上げた物だ。

「待て、幹比古」

異様な雰囲気《ふんいき》に一族が圧倒される中、声を上げたのは当主であり幹比古の父である幸比古《さちひこ》だった。儀式に入った術者を止める。それは当主であろうと軽挙の誹《そし》りを免《まぬか》れない、異例なことだった。

幹比古《みきひこ》は然《さ》して心を乱された様子もなく、呪符《じゅふ》を収め、振り返った。

「何でしょうか、父上」

しかし完全に平静でないことは、壇上《だんじょう》に留まったままそう答えたことが示していた。本来の礼儀《れいぎ》を考えれば、当主に対して上から見下ろす格好で言葉を掛けるべきではない。

「お前は今、何を喚《よ》ぼうとした？」

だが幸比古《さちひこ》もそれを咎《とが》めなかった。彼もまた、動揺《どうよう》を抑《おさ》えきれずにいた。

幹比古はわずかな躊躇《ためら》いの後、決然とその問いに答えた。

「竜神《りゅうじん》を、お喚びするつもりです」

どよめきが広がった。その半分は「まさか」という驚きを表したものであり、残りの半分は「遂《つい》に」という期待が込められたものだった。

「止めよ」

それに対する幸比古の応えは、期待を断ち切るものだった。

「何故《なぜ》です？　何をお喚びするかは、儀式《ぎしき》に参加する個々の術者に任せられているはずです」

幹比古の反論に頷《うなず》いたのは、一人や二人ではなかった。術者は孤高《ここう》な存在だ。その孤独と誇りは、親であろうと侵《おか》すべきものではない。

幸比古もその道理は心得ていた。それでも彼は、息子を止めた。

「幹比古、お前は本気で『水晶眼《すいしょうがん》』の導きも無しに竜神を喚起《かんき》するつもりか？」

当主の言葉に再びざわめきが起こる。

「それは……そんなものは必要ありません」

「幹比古、竜神の持つ情報量は他の神霊《しんれい》の比ではない」

幸比古の口から「情報量」という言葉が飛び出すのを聞いて、顔を顰《しか》める者がちらほらと見られた。

吉田《よしだ》家の魔法《まほう》は特定の宗教を背景に持たない。必要な技術を無差別に取り込んできた。中には邪法《じゃほう》と忌《い》み嫌《きら》われていたものもあったが、彼らは手を出すことに躊躇いを持たなかった。

(その代わり、邪法の使い手は術を取り込んだ後に始末した。そのお蔭《かげ》で彼らは「邪教《じゃきょう》集団」として魔法の世界で排斥《はいせき》されずに済んでいる)

しかし、今世紀になって体系化された現代魔法に忌避感《きひかん》を持つ者は、一族に決して少なくなかった。それはコンプレックスの裏返しだったが、そのことを含めて、現代魔法を認めまいとする風潮は確かに存在する。

幸比古はそんな一族内の感情的反発を押し切って現代魔法の知識を積極的に取り入れていた。彼は反対意見を述べる一族の者にこう説いた。「我が一族の魔法は、元々そういうものではないか」と。

それでもなお、現代魔法に対する反感は残っている。現代魔法の理論を以《もっ》て息子を制止しようとするその態度に不快感を示す者がいたのはその所為《せい》だった。

「竜神《りゅうじん》は水の大循環《じゅんかん》の独立情報体。水の理《ことわり》、風の理、火の理を内包し、しかもそれぞれが極めて広域に及《およ》ぶ情報から構成されている。竜神を御《ぎょ》するには、その情報の大海を先導する『目』が必要だ」

竜神を御するには、否《いな》、竜神に接触するだけでも、術者一人だけでは不十分だ。喚起《かんき》と制御を行う術者に、神霊《しんれい》の核となる部分、突破口となる部分、その力がもっとも薄い部分と、そこから神霊の中枢《ちゅうすう》部分へ至る道を示す先導役が不可欠だと、現時点で吉田《よしだ》家は結論していた。

「御言葉ですが父上、それは全て仮説にすぎません」

しかし幹比古《みきひこ》は、先人の研究成果に公然と疑問を投げ掛けた。

「そもそも竜王《りゅうおう》の住まう水晶宮《すいしょうきゅう》への道を示す目、『水晶眼《すいしょうがん》』の持ち主自体が未確認の、伝説上の存在でしかありません。吉田家は既《すで》に二百年以上、水晶眼の持ち主を探し続けているではありませんか。最早《もはや》、最後の一歩を踏み出す時だと思います」

何人もの弟子たちが幹比古の言葉に頷《うなず》いていた。一族の中にも、明らかに賛同の表情を浮かべている者が少なくなかった。

彼らは、待ちくたびれていたのだ。

幾《いく》ら探しても見つからない、水晶眼の持ち主の登場に。

「世の人々は、魔法《まほう》を伝説上の存在だと考えていた。確認できないことを理由に、無いものだと考えていた」

幸比古《さちひこ》は淡々《たんたん》とした口調で幹比古に遠回しな反論を突《つ》きつけた。

「それは……我々が知識を秘匿《ひとく》していたからで……」

「だが魔法は実在する。我々自身がその証拠だ。魔法は、それを知らぬ人々にとって伝説上のもので、今では誰《だれ》もが実在すると知っている。幹比古、何故《なぜ》伝説に語られる水晶眼が存在しないと言い切れる？」

幹比古は父の言葉に、言い返す道理を持たなかった。

「仮に実在するとしても、見つからなければ意味がありません。僕が生きている内に出会えなければ、僕にとって意味は有りません。水晶眼の持ち主が今ここにいない以上、別の道を進むことは決して間違いではないと思います」

だから幹比古は、話をすり替えた。

「父上。この『星降ろしの儀《ぎ》』は何の為《ため》にあるのです？　我が吉田家の目的は何なのですか？」

大義名分を振りかざし、道理を押《お》し潰《つぶ》す。幸比古は当主の地位にあるからこそ、幹比古の論法を否定できない。

「……元比古《もとひこ》、お前からも幹比古に何か言ってやってくれ」

幸比古は当主としてではなく、父親として長男に助けを求めた。

「父上、私には幹比古に対して告げるべき言葉がありません」

しかし、元比古は幸比古の求めに応じなかった。

「本来であれば、竜神《りゅうじん》の喚起《かんき》は私が挑《いど》むべき術法です。ですが私にはその力が無い。単一属性の神霊《しんれい》を喚起するだけで私はこの有様《ありさま》です」

そう言って、未《いま》だ身体の軸《じく》が定まらない我が身に自嘲《じちょう》の笑《え》みを浮かべる。

「それにこの『星降ろしの儀《ぎ》』は術者が一族に己《おのれ》の技を示すもの。兄といえどその邪魔《じゃま》はできません」

「兄上……」

思いがけない援護《えんご》射撃《しゃげき》に、幹比古《みきひこ》が言葉を失う。

「だが幹比古、無茶《むちゃ》はするなよ。お前の力はここにいる誰《だれ》もが知っているし、『神へ至る術法』の至難なことも皆弁《わきま》えている。無理だと思ったら、すぐに術を中断するんだ」

「……心得ました」

元比古《もとひこ》は「今年一番の術者」の名声欲しさにそんなことを言っているのではないと、幹比古にも分かっていた。

兄はただ、自分の身を案じてくれているだけだ。反感を懐《いだ》くのは心情として醜《みにく》く、態度としてみっともない。それを幹比古はきちんと理解していた。

だが同時に、絶対に成功させるという意識が幹比古の中に芽生《めば》えたのも事実だった。

幹比古が祭壇《さいだん》の鏡へと身体《からだ》を向けた。

もう彼を止める声は無かった。

改めて呪符《じゅふ》を取り出し広げる。そこに描かれた文字と模様から、魔法《まほう》を構築する手順を読み出す。現代魔法学の用語で表現するなら、呪符《じゅふ》に想子《サイオン》を流し、返って来た信号を順次魔法演算領域に送ってパーツごとに魔法式を組み立てていく。

そうして組み上げた魔法式を呪符の上に投射して重ねる。こうすることで、呪符は精霊《せいれい》、即《すなわ》ち独立情報体を制御《せいぎょ》するコントローラーになるのだ。独立情報体の規模が大きすぎて完全にコントロールするには至らなくても、術者の意思を伝える通信機になる。

精霊とは要するに、自然現象を記録した想子情報体だ。物理的な意味でのエネルギーは持たない。自然現象の仕組みのみを記録し、作用点と作用方向に対する情報を持たないので、そのままでは現象として顕在化《けんざいか》することはない。

この想子情報体に作用点と作用方向に関する情報を与え、それに基づいて独立情報体が事象改変を引き起こすのが精霊魔法、ＳＢ魔法の正体であり、その為《ため》の想子情報体にアクセスし、作用点と作用方向に関する情報をインプット可能な状態に想子情報体を活性化するのが喚起魔法である。

精霊を喚起する為には、まず目的の精霊を見つけなければならない。ただ今回は、目当ての精霊が何処《どこ》にいるのか探す必要は無い。「竜神」は「水の大循環」の独立情報体。これほど巨大な情報体を見失うことはない。

問題はその先にある。

情報体とアクセスする為《ため》には、闇雲《やみくも》に接触すれば良いというものでもない。ラジオのチューニングを合わせるように波形を合わせなければならない。無論そのプロセスはラジオよりもずっと複雑だ。波長と振動数、その変動の規則性。チューニングというよりアナログ曲線暗号の解読プロセスに似ているだろうか。大規模で複雑な独立情報体ほど、合わせなければならない波形の変化は多い。

波形を解読できたとして、次に術者を待っている試練は情報量による圧力だ。人間の精神が有する情報量は自然現象の情報量を凌駕《りょうが》するほど莫大《ばくだい》なものだが、意識として露出《ろしゅつ》している情報量はその内のわずかな一部分だけだ。それでは自然現象の情報量に押《お》し潰《つぶ》されてしまう。大抵《たいてい》は意識が壊《こわ》れる前に気絶してアクセスが切れる。独立情報体との接触により廃人となることは滅多《めった》に無いが、魔法《まほう》としては失敗だ。

波形を合わせ、圧力に耐《た》える。その上で、相手を支配、少なくとも誘導可能な状態に置く。無論、情報を現象化するだけの活動性を持たせることも必要だ。

水晶眼《すいしょうがん》の持ち主が本当にいれば、同調、即《すなわ》ち波形を合わせるところまでは容易に進むだろう。しかし、力に耐え力を与えるプロセスは、結局術者自身で行わなければならない。同調を容易にするという意味しか無いのなら、水晶眼など必要無いと幹比古《みきひこ》は思っていた。

それだけの為に足踏《あしぶ》みし続けるくらいなら、自分で全てのプロセスをやり遂《と》げてみせる。幹比古はそう念じて、コントローラーと化した呪符《じゅふ》に意識を凝《こ》らした。

竜神《りゅうじん》の気配は、すぐに捉《とら》えた。ここまでは予想していたとおり。だが、中々同調ができない。波長と振動数を読み取っても、すぐにそれが変化する。波形変動のパターンが複雑すぎて、同調だけで気力を消耗《しょうもう》していく。

それでも幹比古は「神童」の名に相応《ふさわ》しい集中力と持続力で、少しずつ自身の想子《サイオン》波を竜神のものに合わせていった。見ている者にも、その手応《てごた》えが感じられるのだろう。時折祭壇《さいだん》を取り囲む人垣《ひとがき》の中からどよめきが起こった。

どよめきはやがて、

――つながるぞ

――つながるぞ

――つながるぞ

そんな声に変わった。そんな言葉が、高位の術者の口から漏《も》れた。

（……捉《つか》まえた！）

完全に同調した、その手応えを幹比古が感じたその時。

《満たせ……》

山彦《やまびこ》のような、潮騒《しおさい》のような、そんな遠い声が幹比古に届いた。

（幻聴《げんちょう》？）
それは明らかに、耳で聞いた声ではなかった。
幹比古《みきひこ》はその声に構わず、竜神《りゅうじん》とのつながりをより確かなものとする為《ため》に、同調させた自分の想子《サイオン》波を送り込み、相手の想子波を手繰《たぐ》り寄《よ》せる。
《満たせ……》
最初よりも近くで、その声は聞こえた。
《満たせ……》
幹比古が竜神の想子波を強く手繰り寄せるほどに、その声も強くなっていく。
《満たせ》
（これはまさか、竜神の声？）
そんなバカな、と幹比古は思った。竜神とは彼らが便宜的にそう呼んでいるだけで、その正体は「水の大循環《じゅんかん》」の独立情報体のはずだ。
だがそんな彼の思いとは裏腹に、
幹比古がそう思った直後、
一際《ひときわ》大きく明瞭《めいりょう》な声が、彼の意識に轟《とどろ》いた。
《吾《われ》を満たせ！》
「うわあぁぁ！」

幹比古《みきひこ》の喉《のど》から絶叫が迸《ほとばし》る。

彼はそれを自覚していなかった。

意識が焼き切れそうに痛い、よりも熱い。

自分の魔法《まほう》の源泉、現代魔法学に言う魔法演算領域が強制的に高速稼働《かどう》させられているのが何故《なぜ》か分かった。

そうと認識した途端《とたん》、幹比古はそのことを忘れた。

覚えていられなかった。

想子《サイオン》が彼の中からごっそり失われた。

奪《うば》われた、と思った。

喰《く》われた、と思った。

その喪失《そうしつ》の痛みに耐《た》えかねて、幹比古は意識を失った――。

［二〇九五年一月某日］

吉田《よしだ》家の、道場とは反対側の裏庭で、一人の少年が携帯端末《けいたいたんまつ》形態ＣＡＤを慣れた手つきで操作していた。

両手使いの大型端末を叩《たた》く少年の動きに淀《よど》みは無い。何百回も、何千回も同じ動作を繰り返した者だけが手に入れることのできる自然な技術を少年は身につけていた。

少年の前には松明《たいまつ》が置かれている。彼の目は、火の点《つ》いていない松明を見詰《みつ》めて――睨《にら》んでいた。

少年がＣＡＤの操作を終えてから、およそ一秒。

松明が一気に燃え上がる。

「くそっ！」

少年が悪態を吐《つ》いた。

「遅い！　遅すぎる！　僕は何故、こんなにのろまになったんだ！」

高校受験を間近に控《ひか》えた少年、幹比古は、自分自身を罵《ののし》り、嘆《なげ》いた。

五ヶ月前の儀式《ぎしき》の夜。気絶から醒《さ》めた幹比古は、魔法《まほう》を上手《うま》く使えなくなっていた。

術式を発動することはできる。狙《ねら》いも威力も、思いどおりに。

ただ速度が、思うに任せになかった。

何度繰り返しても遅いと感じる。自分はもっと速く魔法《まほう》を使えるはずなのに、という感覚が意識から拭《ぬぐ》い去れない。

父は「気の所為《せい》だ」と言った。

兄も「気の所為だ」と言った。

二人とも、何時《いつ》もと変わらぬ速度で術を使えていると太鼓判《たいこばん》を押した。儀式《ぎしき》の失敗で神経質になっているのだろうと兄の元比古《もとひこ》は幹比古《みきひこ》を慰《なぐさ》めた。

だが幹比古は納得できなかった。

彼は焦《あせ》った。

——自分はもっと速く術を完成させられるはずだ。

——自分はもっと自由に術を使えていたはずだ。

焦って、無茶《むちゃ》をして、思いどおりの結果が得られず余計に焦って、そうしている内に幹比古は本当に魔法を上手《うま》く使えなくなった。

父の幸比古《さちひこ》は、幹比古《みきひこ》に修行を休むよう命じた。我武者羅《がむしゃら》になることだけが上達の道ではないと諭《さと》した。

幹比古は道場の修行を休んで、魔法塾《じゅく》の門を叩《たた》いた。

彼は魔法を使えなくなった原因が、現代魔法学を学べば分かるのではないかと思った。彼は、自分が魔法を今までどおり使えなくなったのに、以前と変わらないとしか言ってくれなかった父と兄に不信を懐《いだ》いていた。

しかし、魔法塾も幹比古の期待に応《こた》えてはくれなかった。そもそも魔法科高校受験の為《ため》の魔法塾では、高度な魔法を教えてはならないことになっている。魔法塾で教えて良いのは系統魔法の発動に関する基礎理論とその実践《じっせん》、ＣＡＤの基本操作とこれを使った基礎単一系魔法の実技だけだった。

幹比古は独学で魔法理論の文献《ぶんけん》を読みあさった。唯一教えてもらえた基礎単一系魔法を、型後れのＣＡＤを使って何度も練習した。

何百回も、何千回も練習した。

それでも、彼の力は元に戻らなかった。

水の精霊《せいれい》を使役《しえき》して松明《たいまつ》の火を消す。精霊に命じて水気を飛ばし、幹比古は練習を繰り返すべく元の位置についた。

ＣＡＤを操作しようとした幹比古の背中に、兄の声が掛けられた。

「幹比古、学校の時間だぞ」

幹比古は頑《かたく》なに松明を睨《にら》みつけていたが、長くない時間の後、肩の力を抜《ぬ》いて振り返った。

「兄上、わざわざ申し訳ございません」

幹比古《みきひこ》は家族に八つ当たりしようとしなかった。癇癪《かんしゃく》を起こすこともなかった。あくまで礼《れい》儀《ぎ》正しく、他人に対するように、壁を作り振《ふ》る舞《ま》っていた。

「幹比古、あまり無茶《むちゃ》をするな。誰《だれ》にでもスランプはある」

元比古《もとひこ》の心から弟を心配する言葉にも、黙って一礼するだけだった。

「自分をいじめても成果につながらない時期だってある」

「分かっています」

幹比古は上辺《うわべ》の言葉だけで、兄の助言を受け容《い》れるふりをした。実は元比古もまた、自分の限界を超えた「風神」の喚起《かんき》によりすぐに魔法力が尽《つ》きてしまう後遺症《こういしょう》に悩まされていたが、幹比古にはそれが見えていなかった。彼は自分だけが苦しんでいると思っていた。

「焦《あせ》るな。時には回り道が近道となることもある」

「ご助言、ありがとうございます」

幹比古は兄に一礼して母屋《おもや》に向かった。

居間に顔を出し、今日も朝食を食べる時間の無いことを父と母に詫《わ》びて、幹比古は簡単な身《み》繕《づくろ》いの後、学校へ向かった。

［二〇九六年八月十四日］

「達也《たつや》、おはよう」

「おはよう、幹比古。よく眠れたか？」

「ははっ、睡眠は十分、体調は万全だよ」

「確かに、大丈夫《だいじょうぶ》のようだな」

相変わらず自分の全てを見透《みす》かしているような達也の視線に居心地の悪さを懐《いだ》きながら、同時に幹比古は確かな信頼感を彼に覚えていた。

（そう言えば、去年の九校戦がスランプ脱出のきっかけだった）

昨晩思い出した、苦悩の日々。その記憶は、何故《なぜ》か辛《つら》くなかった。それは幹比古にとって、既《すで》に過去の出来事となっていた。むしろ彼は、自分の勘違《かんちが》いと、家族に不信感を懐き自分の殻《から》に閉じこもっていたあの日々に羞恥心《しゅうちしん》を覚えていた。

「どうした、幹比古。いきなり笑い出したりして」

「えっ？　僕、笑ってた？」

「思い出し笑いか？　気持ちの悪いやつだな」

「……達也。君に言われると本気で気持ち悪がられているみたいに聞こえるから止めてくれないか。正直、へこむ」

「無論、本気ではないさ」

少しも冗談《じょうだん》に聞こえない口調でそう返されて、幹比《みきひ》古《こ》は本気でへこんだ。

こんな些《さ》細《さい》なことに落ち込める今が、あの頃のことを思い出していた幹比古には貴重なものに思えた。

去年の「星降ろしの儀《ぎ》」に幹比古は参加することを許されなかった。父親に「本来、お前が立っているはずだった場所を見てこい」と言われて、強引に九校戦会場へ送り出された。

今年の「星降ろしの儀」は九校戦終了後、太陽暦八月二十四日だ。だが幹比古は、今年も儀《ぎ》式《しき》を辞退するつもりでいる。彼は儀式に参加する為《ため》の準備をしていない。今は、九校戦の方が大切だった。

「冗談はこのくらいにして、最終調整を始めよう」

達也《たつや》に促《うなが》されて、幹比古は物思いから現実に意識を戻した。彼は調整装置の前に移動して、計測用のゴーグルをつけ、パネルに手を置いた。

「……体調が良いというのは嘘《うそ》ではないようだな。だが少し興奮気味か」

「えっ、そんなところまで分かるのかい⁉」

幹比古の驚きぶりに、達也は軽く笑った。

「情動は霊子《プシオン》の領域だからな。美月《みづき》なら分かるかもしれないが、機械で直接計れるわけがない。だが想子《サイオン》波の形で推測することならできる。思考も感情の影響《えいきょう》を免《まぬか》れられないからな」

「へえ、すごいんだね」

「幹比古、ここは感心するところじゃないぞ」

思いがけない高度技術に素直な感心を示していた幹比古だったが、達也に釘《くぎ》を刺されてしまう。

「入れ込みすぎるのは気を抜《ぬ》くのと同じくらい良くない。平常心を保つことの大切さは、お前たち古式魔法師《まほうし》の方が良く知っているはずだが？」

達也の言葉に、幹比古は苦笑してしまう。

「そうだね。古式魔法の方が現代魔法より心理状態に左右されやすいことは確かだ」

幹比古は呼吸を整えた。そう言えば、魔法も息吹《いぶき》も昔以上に自然に行えていると言われたのも去年の九校戦だった。あの時はまさかエリカの口からそんな言葉を聞くとは思わず、目を白黒させたのも、今では良い思い出だ。

「これでどうかな？」

もう一度計測パネルに手を置いて幹比古が訊《たず》ねる。

「問題無い。こんなにすぐアジャストできるとは、さすがだな」

さすがなのは君の方だよ、とは、幹比古は口にしなかった。口にすると嘘っぽく聞こえてしまうのではないかと彼は恐れた。

幹比古がスランプから脱することができたのは、達也と同じチームでモノリス・コードに出場したからだ。正確に言うなら、モノリス・コードで達也《たつや》の調整したＣＡＤを使うことができたからだった。

今では自分の不調の原因が分かっている。魔法《まほう》の力を失ったと思い込んでいたあの時期は、兄の言うとおり単なるスランプだった。

儀式《ぎしき》の夜、喚起《かんき》魔法の最中に聞いたあの声。

——吾《われ》を満たせ！

あの声は確かに、「竜神《りゆうじん》」のものだった。自分がアクセスした巨大独立情報体が、接続を維《い》持《じ》するのに不足していた情報処理速度を要求する、喚起魔法の逆流だった。あの時、「竜神」から実力以上の処理能力を求められ、無意識領域で魔法演算領域が超過作動していた。想子《サイオン》の枯渇《こかつ》を感じたのは、魔法演算領域が自身の意図を超えて次々と魔法式を吐《は》き出《だ》し続けていた副作用だった。

自分の魔法発動速度が落ちたと思い込んでいたのは、無理やり加速させられていたあの時の感覚を引きずっていた所為《せい》だった。遅いと感じたのは当然だ。自分の実力以上の速度を基準に判断していたのだから、魔法演算領域の通常の作動速度が遅いと感じるのは当たり前のことだった。言うなれば高速道路から一般道路へ降りた直後、自走車は普通《ふつう》に制限速度で走っているのに徐行《じよこう》運転しているように錯覚《さつかく》するのと同じだった。

そして、正常に作動している魔法演算領域の動作を無駄《むだ》に変えようとしたのだから、調子が悪くなるのもこれまた当然だった。間違った努力は過去の正しい努力の成果すら食い潰《つぶ》してしまう。父が言ったとおり、あの時は修行を休むのが正解だったのだ。

他の一高生はおそらく気づいていないが――気づいているとすれば「深雪《みゆき》さん」だけだ――、達也が本気でアレンジした起動式は、その魔法師《まほうし》の限界能力を強制的に引き出す。一切の無駄を省き、徹底的に使用者の魔法特性に合わせて調整されているが故《ゆえ》に、魔法演算領域も遊びが皆無《かいむ》の状態で作動する。起動式に頼って無意識に魔法式を構築する現代魔法師ではなく、非効率でも自力で魔法式を構築することに慣れた古式魔法師の自分だから気づけたことだと幹比古《みきひこ》は思っている。

去年のモノリス・コードで達也が調整したＣＡＤを使った幹比古もまた、自分では意図しない魔法演算領域の全力運転を強《し》いられた。達也がアレンジした起動式で発動する魔法は、「竜神」によって強制的に吐き出させられた魔法式の構築よりも速かった。自分の能力の限界で、あの時以上の速度を経験させられた幹比古は、ようやく「竜神」に与えられた錯覚から脱出することができたのだった。

「幹比古、微調整してみたから試してくれ」

「……もう終わったのかい？　何と言うか、速いね」

幹比古の言葉に、服部《はっとり》の担当エンジニアとケリーの担当エンジニアが苦笑している。彼らも最早《もはや》、嫉妬《しっと》の欠片《かけら》すら見せなくなっている。

幹比古《みきひこ》は達也《たつや》の手からCADを受け取って左手にはめた。片手で持つ為《ため》に親指の所がえぐれた形状になっているCADは、大きい代わりに薄く軽い。背面に親指以外の手を通すベルトが付いていて、激しく動いても落とすことはない。ボタンは円弧《えんこ》状に五個配置されていて、裏側の人差し指の位置に決定ボタンがある。起動式の数より使用感を優先したデザインだ。

起動式を展開して、魔法《まほう》を発動寸前の状態で止める。心配はしていなかったが、いつもながらこの上ないフィット感を幹比古は覚えていた。今更《いまさら》ながら、驚きすら湧《わ》いてくる。

「大丈夫《だいじょうぶ》だ。これなら今日も、全力を出せそうだ」

笑っている先輩《せんぱい》のエンジニアたちは、幹比古のセリフの意味を正確には理解していなかっただろう。幹比古は「今日も否応《いやおう》なく全力を引っ張り出されそうだ」という意味で言ったのだった。

「ペース配分は気をつけてくれよ。こればかりは、魔法師《まほうし》本人にしか調節できない」

「分かっているって。今日は幸い、午前の第二回戦が休みだ。第一試合の後休憩《きゅうけい》を挿《はさ》んで第二試合、その後また昼食休憩を挿んで午後二試合。スタミナの心配は無いよ」

「そうだな。試合順には恵《めぐ》まれている」

「運も実力の内さ」

服部《はっとり》とケリーが幹比古のセリフに乗ってくる。モノリス・コード本戦、一高チームは良い具合にリラックスしていた。

第一試合、一高対六高は草原ステージだった。

見晴らしの良い草原ステージでは、正直なところ幹比古の出番はあまり無い。モノリスの守備は三七上《みなかみ》ケリーの「相殺《そうさい》による魔法の無効化」という超絶技巧により万全だ。せいぜい、一発目の魔法阻止《そし》を幹比古がアシストするくらいである。そしてその隙《すき》に服部が敵陣へ攻《せ》め入り、得意のコンビネーション魔法で六高のディフェンダーを一気に沈める。

二日目第一試合は、一高の危なげない勝利に終わった。


三回戦、一高にとっての第二試合は、いよいよ三高との因縁《いんねん》対決だ。幸いなことに、今年のルールではスティープルチェース・クロスカントリー以外の掛け持ちは認められていない。アイス・ピラーズ・ブレイクに出場した一条将輝《いちじょうまさき》は、モノリス・コードに出られない。

一条将輝も吉祥寺真紅郎《きちじょうじしんくろう》もいない三高チーム。それでも一高にとっては最大の強敵だった。

試合は渓谷《けいこく》ステージ。左右にそびえる崖《がけ》と、細長く、大きく曲がった池が特徴《とくちょう》のステージだ。

（水、か……）

スランプの原因になったのは水属性の最高位神霊《しんれい》。だが幹比古が最も得意とする属性はやはり水だ。

「吉田《よしだ》、去年の新人戦のあれでいこう」

試合が渓谷《けいこく》ステージと決まってすぐ、ケリーが悪戯《いたずら》っぽい笑顔でそう提案した。

去年の新人戦モノリス・コード、九高と渓谷ステージで戦うことになった一高チームは、幹《みき》比古《ひこ》が霧《きり》の結界《けつかい》でステージ全域を覆《おお》い尽《つ》くすことにより一度も戦闘《せんとう》を交えること無く勝利した。

「三七上《みなかみ》、あの作戦は三高も警戒しているんじゃないか？」

服部《はっとり》が彼らしい慎重論を唱《とな》える。

「警戒されていたって有効な策だと思うがな。司波《しば》はどう考える？」

ケリーが幹比古本人ではなく、達也《たつや》に話を振った。これには達也と幹比古が顔を見合わせて苦笑する。だが上級生のご指名だ。幹比古は達也に回答を譲《ゆず》った。それに幹比古も達也の考えを聞きたかった。

「多少アレンジを加える必要はあると思いますが、有効でしょう」

「どう変える？」

服部の問い掛けに、達也は作戦を説明し始めた。


試合開始直後、渓谷ステージ全体を深い霧が覆った。

スタンド席にどよめきが走る。九校戦に直接足を運ぶ観客の多くは、去年の新人戦のことを覚えていた。

三高はこれを予期していたのだろう。モノリスを中心にして半径十五メートルの対物障壁を張り、霧の侵入《しんにゅう》を阻止《そし》している。

モノリスの「鍵《かぎ》」となる無系統魔法《まほう》の射程距離は十メートル。対物障壁《しょうへき》は魔法力を消耗《しょうもう》しないよう出力を絞《しぼ》っているので一高選手の侵入を阻止することはできない。だが障壁が破れた瞬間《しゅんかん》、どちらから敵が接近しているのか三高の選手には分かる。三高はモノリスを選手三人で囲んで、持久戦の構えを取った。

三高の考え方は決して間違っていない。普通なら、これほど広い範囲にわたる魔法を長時間維持《いじ》できるものではない。現に去年の新人戦でこの作戦が使われた一高対九高の試合は五分ちょっとで決着が付いている。

だが、五分が過ぎ十分が過ぎても、霧はますます濃くなる一方だった。

三高の選手たちはSB魔法――精霊《せいれい》魔法の性質に詳《くわ》しくなかった。独立情報体を介《かい》して事象改変を行う精霊魔法は、時間を掛ければ掛けるほど多くの独立情報体を集め術を強化できる。

持久戦を仕掛けているのは、実は一高の方だった。

達也は三高の作戦をピンポイントに読んでいたわけではない。彼の示した作戦はマルチチャート方式のものだった。「霧の結界」発動に対し、三高の取るであろう対応について仮説を立てる。そして予測された対応に対して、こちらがどう動くのかを決める。

達也がやったことは特別でも非凡でもなく、当たり前の作戦立案だ。敵の行動を予測し、それに対策を立てる。ただその予測が正確で、対策が妥当性の高いものだったというだけにすぎない。

しかし、彼の作戦は結果として見事に的中した。三高の選手は交互に対物障壁《しょうへき》を張っているが、十分を過ぎた頃《ころ》から選手の消耗《しょうもう》が目立ち始めた。そして一高の選手も、幹比古《みきひこ》だけが働いていたのではない。服部《はっとり》も着々と攻略《こうりゃく》の準備を進めていた。

幹比古の術により霧《きり》の中でも視界を確保していた服部は、三高の陣地《じんち》の手前三十メートルまで接近していた。そしてドライアイスの雨を三高の対物障壁に触れないよう、その周りにパラパラと降らせていた。地面に落ちたドライアイスはそこらに転がっている石ころや疎《まば》らに生えた草をしっとりと濡《ぬ》らす霧の雫《しずく》に溶け込み消える。

ドライアイスの粒《つぶ》が地面に落ちる音は、ケリーが雷のような音を作り出すことで誤魔化《ごまか》している。この渓谷《けいこく》に反響《はんきょう》する遠雷《えんらい》も、三高選手の精神力を着実に削《けず》っていた。

観客は轟音《ごうおん》を作り出す傍《かたわ》ら、岩を砕《くだ》いたり石礫《いしつぶて》を崖《がけ》にぶつけたりするケリーのパフォーマンスに大喜びだ。その歓声《かんせい》も、三高選手の疑心暗鬼《ぎしんあんき》を誘《さそ》う。

そして十五分が経過した時、焦《じ》れた三高が遂《つい》に動いた。対物障壁を二重に展開し、外側の障壁を解除して本来オフェンスの役目を担っていた選手が外に出た。

その直後、彼は地面を這《は》う電撃《でんげき》の網《あみ》に捕《と》らわれる。服部の得意とするコンビネーション魔法《まほう》、「這い寄る雷蛇《スリザリン・サンダース》」。服が十分に湿《しめ》っていないので完全な効果は得られないが、その分準備に時間を掛けている。不十分な効率は、高い威力でお釣《つ》りが出た。

対物障壁のすぐ外側で明滅《めいめつ》する電光に、障壁の中の三高選手は動揺《どうよう》した。敵がすぐ近くまで接近していたのに気づかなかったことも、彼らの平常心を奪《うば》った。

対物障壁が揺らぐ。そこへ、石礫を巻き込んだ突風《とっぷう》が叩《たた》きつけられた。服部の魔法「砂塵流《サンド・ストーム》」のバリエーション。リニア・ストーン・ストームともいうべきその魔法に、三高の対物障壁が崩壊《ほうかい》する。

障壁を破った石礫は、二酸化炭素を溶かした霧の雫でしっとりと濡れていた。雷蛇《らいだ》は新たな通り道を見つけて、三高モノリスの周りを蹂躙《じゅうりん》する。一気に流れ込んだ霧も、たっぷりと二酸化炭素を取り込んでいた。

絶縁障壁を張ってしゃがみ込んだ服部の前で、美しくも残酷《ざんこく》な雷光《らいこう》のイルミネーションが三高の選手に纏《まと》わり付いた。

三高に勝利して、服部、ケリー、幹比古の三人は一高の応援《おうえん》席の前に並んだ。チーム全員でスタンドに手を振る。

幹比古は応援の生徒の中に、大喜びで手を叩いている美月《みづき》の姿を見つけた。

――吉田《よしだ》家が二百年を掛けて見つけられなかった、水晶眼《すいしょうがん》を持つ少女。

――彼女がいれば、二年前の儀式《ぎしき》は成功しただろうか。

――彼女がいれば、自分は「神に至る術法」を完成させられるだろうか。

幹比古は軽く首を振って、その雑念を意識から追い出した。

それは今考えることではない。まだモノリス・コードは、九校戦は終わっていない。

それは彼一人で考えることではない。彼女に「水晶眼《すいしょうがん》」と「神に至る術法」のことを説明して、協力に同意を得られてからの話だ。

まだ将来《さき》の話だ。

自分と美月《みづき》の未来に何が待っているのか分からない。このまま仲の良い友達でいられるかどうかすら不確定だ。

それよりも今は、彼女の期待に応《こた》えよう。幹比古はそう思った。

彼の力を取り戻してくれた達也《たつや》と、(認めたくはないが)彼を心配してあれこれ世話を焼いてくれたエリカと、こうして応援《おうえん》してくれる友人たちの為《ため》に、今は勝利に全力を注ごう。

幹比古は胸の中で、そう誓《ちか》った。

The irregular at magic high school

ショットガン！

運動競技、非運動競技、魔法《まほう》競技、非魔法競技を問わず、おそらく全《すべ》ての競技会に言えることだが、勝負は実際の競技が始まる前からスタートしている。二〇九六年度の九校戦は、特にこの傾向が強かったと言える。

魔法科高校各校がその威信を懸《か》けて挑《いど》む九校戦、全国魔法科高校親善魔法競技大会は、一高から九高まで、どの学校でも生徒会が中心となって全校を上げ準備に取り組む。残念ながら全ての魔法科高校が優勝を目指し邁進《まいしん》している、とは言えない。だが少しでも良い成績を残そうと、知恵を絞《しぼ》り力を尽《つ》くす点は同じだ。

選手を選び、CADを揃《そろ》え、起動式を調整する。そうした事前準備の起点となるのは競技種目だ。競技の特性に合わせて、全ての準備が進められる。だから競技種目変更を告げる九校戦運営委員会からの突然《とつぜん》の通知に大混乱が起こったのは、当然とも言えた。

一高もその例外ではなかった。特に生徒会長・中条《なかじょう》あずさが酷《ひど》くショックを受けて、二、三日生徒会の業務が滞《とどこお》ったほどだ。

しかし、何もしないままでも時は過ぎていく。悲嘆《ひたん》に暮れているだけでは準備不足のまま本番に突入《とつにゅう》する破目《はめ》になる。義務感というよりその恐怖感から、あずさは再起動を果たした。

トップが立ち直れば一高全体が再スタートを切るのは早かった。あずさが最もショックを受けていたということは、裏を返せば他の生徒のダメージはそれより小さかったということに他ならないのだから。

衝撃《しょうげき》の通達が到着したのは七月二日、月曜日。その三日後、七月五日木曜日の昼休み終了時には選手の再選考が完了していた。

そしてその日の放課後。各競技チームの顔合わせを兼《か》ねたミーティングが、時間と場所を分散して行われた。

◇　◇　◇

「失礼しまーす」

第一高校二年Ｂ組、明智《あけち》英美《えいみ》。通称「エイミィ」は特徴的な真紅《しんく》の髪をなびかせながら準備棟《とう》の小会議室へ入室した。

彼女は今年度の九校戦で、新競技「ロアー・アンド・ガンナー」のペア選手に選ばれている。今日はこれからこの部屋で、ペアを組む選手および担当エンジニアと顔合わせの予定になっていた。

もっとも、エンジニアの方は今更《いまさら》紹介されなくても良く知っている。去年の九校戦でも面倒をみてもらった、ちょっと普通《ふつう》とは言い難《がた》い同級生だ。一年前は何で彼が二科生なんだろうと不思議に思ったものだが、今年はめでたく（？）新設された魔法工学科に転科。（一応）腕と頭脳に相応《ふさわ》しい立場になった。

それを聞いた時、英美《えいみ》は我がことのように嬉《うれ》しかった、というのは彼女の心情を表す言葉としては不正確だ。正直に言えば、ホッとした。彼が二科生のままだと立場が無いのはむしろ、彼に理論の成績で敵《かな》わない自分たち一科生なのだ。そのことを認めたがらないクラスメイトもいたが。彼らは「総合成績で勝っている。負けているのはペーパーテストの点数だけだ」と嘯《うそぶ》いていたが、英美には負け惜《ま》しみ《お》にしか聞こえなかった。

テストの点数でしかないというなら、そもそも「総合成績」自体が学校内の評価点数でしかないのでは？　と彼女は感じていたのだ。去年の新人戦モノリス・コードで十師族《じゅっしぞく》・一条家《いちじょう》の跡取《あとと》りがいた三高チームを破って優勝した彼に、クラスメイトが実力で勝っているとはどうしても思えなかったのである。

英美が予想したとおり、室内から返事は無かった。今はまだ集合予定時刻の十分前。ペアを組む選手は三年生で、その選手のエンジニアは生徒会長だ。常識的に考えて、待たせるわけにはいかない。無事一番乗りを果たして、英美としては一安心だった。

「あれれ、もう来てる。早いね～」

上級生コンビが顔を見せたのは、それから五分後のことだった。

「あっ、お疲れさまです」

携帯《けいたい》情報端末《たんまつ》に落としたデータでロアー・アンド・ガンナーのルールを復習していた英美が

立ち上がってピョコンと一礼する。

「二年Ｂ組の明智《あけち》英美です。友達からはエイミィと呼ばれています。よろしくお願いします！」

英美の元気溢《あふ》れるあいさつに、二人の三年生は頬《ほお》を緩《ゆる》めた。

英美と同じくらいの身長でショートストレートの黒髪の、クリッとした目の女子生徒が自己紹介を返す。

「エイミィちゃんね？　あたしは三年Ｂ組の国東久美子《くにさきくみこ》よ。クーちゃんって呼んでね」

ペアを組む上級生は、英美の予想を超えて砕《くだ》けた性格のようだった。

「い、いえ、それはちょっと……」

「まあ、そうだろうねぇ。でも遠慮《えんりよ》は要らないから。気が変わったら何時《いつ》でも『クーちゃん』って呼んで良いよ」

「はあ……」

（フ、フランクな人だなぁ……！）

いつもは他人に思われているようなことを、英美は心の中で考えた。

「それと、こっちは知ってるよね？　生徒会長のあーちゃん」

「クーちゃん！」

久美子が自分のことを紹介する、そのセリフを聞いた途端《とたん》、あずさが顔を赤くして怒鳴《どな》った。

あずさが声を荒《あら》げる場面などイメージ的に想像したことも無かった英美は、それを見て目を白黒させた。

「えっ、何？　急に大声出して。エイミィちゃんがびっくりしてるじゃない」

「クーちゃんが変な紹介をするからでしょ！　あーちゃんとか言わないで！」

「えーっ、いつもそう呼んでるじゃん」

「それはクーちゃんだからで！　下級生には、その、何て言うか……」

あずさが言葉に詰《つ》まった隙《すき》に、

「あの、中条《なかじょう》会長？　私、会長のことは存じ上げていますので」

英美《えいみ》が場を鎮《しず》めるべく、何とか口を挿《はさ》む。

「えっ？　あ、そうですね……明智《あけち》さん、よろしくお願いします」

その声にハッと我を取り戻したあずさが、小さな身体《からだ》を更《さら》に縮めて恥ずかしそうに答える。

英美は不覚にも、その姿に萌《も》えた。


「お待たせしました」

ふわふわした空気が漂《ただよ》っていた小会議室は、最後の一人である達也《たつや》の登場で多少緊張感を取り戻した。

「大丈夫《だいじょうぶ》です！　時間どおりですから！」

その緊張感は、主にあずさからもたらされていた。

見る人によっては達也が日常的にあずさをいじめているようにも受け取られる光景だが、言う迄《まで》もなくそのような事実は無い。あずさが一方的にオドオドしているだけだ。

しかしその怯《おび》えようは、何となく「手助けしてあげなければ」という気分にさせるものであることも確かだった。

「司波《しば》くん、今年もよろしくお願いします！」

まるで新年のあいさつのような言い回しで英美が勢いよく頭を下げると、

「はじめまして、三年B組の国東久美子《くにさききくみこ》です。よろしくお願いします」

英美に続き、久美子が別人のように物静かなたたずまいで一礼した。初対面の下級生に「クーちゃん」と呼ぶように要求したさっきの彼女と同一人物には見えない。

少なくとも英美はそう思って、久美子の顔をまじまじと凝視《ぎょうし》してしまう。

もっともそのやり取りは、達也のあずかり知らぬものである。

「国東先輩《せんぱい》、よろしくお願いします。エイミィも、こちらこそよろしく。それでは会長、ミーティングを始めましょう」

彼は弛緩《しかん》した空気に取って代わったほどよい緊張感を当然のものとして、また久美子はそのようなキャラクターであると認識して、打ち合わせの開始を促《うなが》した。

「あっ、はい、そうですね」

そう応えて、あずさが達也の顔を見返す。

しかし、達也《たつや》は口を開かない。逆に見詰《みつ》め返されて、あずさは激しい焦《あせ》りを覚えた。

「あ、あの、司波《しば》くん？」

「会長、お願いします」

達也はあずさに議事進行を要求した。これは嫌《いや》がらせでも何でもない。上級生であり生徒会長、イコール九校戦選手団の団長でもあるあずさがこの場を仕切るべきだと、達也は考えたのだ。

それが妥当な判断である証拠《しょうこ》に、英美《えいみ》の目も久美子《くみこ》の目もあずさへ向いている。

「――それでは、ロアー・アンド・ガンナー女子ペアの作戦会議を始めます」

あずさは早々に抵抗を諦《あきら》め、議長席に着いた。達也とにらみ合いを続けるより、その方が遥《はる》かに気楽だったのである。

「まずは……自己紹介から始めますか？」

「分かりました。明智《あけち》さんの担当エンジニアを務める司波達也です」

部屋に入った直後、既《すで》に自己紹介は済ませている。だが達也はそれを指摘《してき》することなく、あっさり立ち上がって手短に自己紹介を行った。

「二年生の明智英美です。選手に選んでいただきました。国東先輩《くにさきせんぱい》の足を引っ張らないよう、精一杯頑張《がんば》りますのでよろしくお願いします」

椅子《いす》に腰掛けた達也に視線で促《うなが》され、英美が何も考えずにその後へ続いた。

英美が座った後、久美子が戸惑《とまど》いながらゆっくり腰を浮かせる。

「三年Ｂ組の国東久美子です……。九校戦の選手に選ばれたのは今回が初めてですが、あたしも精一杯頑張ります」

そして久美子はあずさに目を向け、言いにくそうに小声で告げた。

「えっと、あーちゃ……中条《なかじょう》さん？　自己紹介はさっき済ませたんだけど……」

久美子から今更《いまさら》な指摘を受けて、あずさが顔を赤くする。しかし、自分が言い出して、自分だけ自己紹介をしないという選択肢《せんたくし》は、あずさの性格上取れなかった。

「国東さんのエンジニアを務める、三年生の中条あずさです……」

既にいっぱいいっぱいな様子であずさが椅子に戻る。「やってしまった」という恥ずかしさで頭がパンクしてしまっているあずさに、達也が助け船を出した。

「会長、まずは漕手《ロアー》と射手《ガンナー》の役割分担から決めませんか」

「そうですね」

達也の提案に、あずさは舌を噛《か》みそうな早口で同意を示した。

ここまであからさまに怖《こわ》がられると、幾《いく》ら達也が他人の自分に対する態度を気にしないといっても、面白くはない。だがそれを口にしたら逆効果だろう。そう判断して、達也は言いたいことを呑《の》み込んだ。

「と言っても、改めて相談する必要は無いでしょうが」

達也《たつや》のそのセリフに、

「あたしが漕手《ロアー》ね」

「私が射手《ガンナー》ですね」

久美子《くみこ》と英美《えいみ》が間髪を入れず答えた。

「良かったぁ。ボートを漕《こ》げなんて言われても、私には無理ですから」

英美が芝居《しばい》掛かった仕草で戯《おど》けて胸を撫《な》で下ろしてみせる。

「漕がないけどな」

達也が本気とも冗談《じょうだん》ともつかぬ口調で英美にツッコミを入れ、あずさへ目を向けた。

「会長もそれで良いですか」

「はい、良いです」

あずさにも、迷った様子は無い。この分担は、達也が言うように改めて相談する必要のない、英美と久美子がペアを組むと決まった時から予定されていたことだった。

英美は狩猟《しゅりょう》部。

久美子はボート部。

九校戦の種目が変更されなければ、英美はスピード・シューティングに、久美子はバトル・ボードに出場するはずだった。それぞれ射撃《しゃげき》と水上走行の魔法《まほう》の腕を買われてロアー・アンド・ガンナーの代表に選ばれたのであり、その逆ではない。あえて得意分野を外す必要も無い。

「では決まりですね」

達也の言葉に、あずさ、英美、久美子が頷《うなず》いた。

あずさがノートサイズの端末《たんまつ》に顔を向け、忙《せわ》しく目を上下させる。次に何を話し合うか、競技の要項を読んでいるのだ。しかしロアー・アンド・ガンナーの詳細《しょうさい》については画面に穴が開くほど読み込んでいる。司会役を想定していなかったとはいえ、ここで何を相談するか考えてこなかった彼女が、改めて資料を斜《なな》め読みした程度ですぐに議題を思いつけるものではない。

「……えっと、今日、他に決めておくことはありましたでしょうか？」

結局あずさは、他の三人の顔を見回しながらこう訊《たず》ねた。しかしその質問が達也へ向けられたものであることは、目を向ける時間の長さからも明らかだった。

「ボートのタイプを決めておくべきだと思います」

果たして、あずさの質問に回答したのは達也だった。

「ボートのタイプ、ですか？」

しかし残念ながら、あずさにはその答えの意味がよく分からなかったようだ。

「スピードを重視して幅の狭いボートにするか、射撃の安定性を重視して幅の広いボートにするか。直進性を重視して喫水《きっすい》を深くするか、旋回性を重視して喫水を浅くするかということです。魔法で動かすのですから、水の抵抗を利用して進路を曲げることは考えなくても良いでしょう」

喫水《きっすい》が浅ければ舵《かじ》を切っても水を摑《つか》めず水面を横滑《よこすべ》りすることになる。しかし魔法《まほう》でボートを操作する場合、進路変更に水の抵抗は必要無い。

「国東先輩《くにさきせんぱい》のご希望は？」

それを再確認した上で、達也《たつや》は久美子《くみこ》の要望を確かめた。

「それは、幅が狭くて喫水が深い方が良いけど……」

久美子が英美《えいみ》の顔を横目で窺《うかが》う。ボートを動かす方としてはその方がやり易《やす》い。しかし、幾《いく》ら実弾射撃《しゃげき》とは違うといっても揺《ゆ》れが激しくなれば程度の差はあれ照準をつけにくくなる。

「多分、行けると思います。馬の上も結構揺れますので」

二人の答えを聞いて、達也が手に持っていたA4サイズの端末《たんまつ》を操作する。彼が行ったのはボートの発注にゴーサインを出すものだった。

「スピード重視といっても競技用のシェル艇《てい》ほど細長くはありません。ただ、ボートの中で立つのは難しいと思う」

このセリフの前半は久美子に対するもので、後半は英美に向けられた注意だった。

「立射《スタンディング》は無理かぁ。実弾射撃と違って魔法射撃の場合は視界が確保できる立射《スタンディング》が一番当てやすいんだけどね。膝射《ニーリング》は可能？　座った姿勢で狙《ねら》いをつけるのは難しいよ？」

「スペース的には可能だ。実際に膝立《ひざだ》ちで走れるかどうかは、練習次第だろうな」

「うへぇ。転覆《てんぷく》したりはしないよね？」

情けなさそうに顔を顰《しか》めた英美の質問にすぐ答えるのではなく、達也は久美子に目を向けた。

「国東《くにさき》先輩、どうでしょうか」

「走っているボートの中で片膝立ちになるの？　それは転覆の危険性が……」

久美子の言葉に英美の表情が更《さら》に苦々しいものになる。

「では転覆しない練習から始めることにしましょう」

それでも、英美は達也のこの提案に不満も反対も述べなかった。


打ち合わせは十分ちょっとで終わった。達也は慌《あわ》ただしく次のミーティングへ向かい、あずさは生徒会室で事務仕事だ。英美と二人きりになると、久美子は大きく伸びをしてぐったりと背もたれへ背中を預けた。

「あー、緊張した」

「国東先輩、緊張していたんですか？」

本人が言っているのだから間違いはないはずだが、達也の前で見せた「大人しい少女」ぶりがやたらと板についていたので、英美はざっくばらんなこっちの方が演技なのではないかと疑ってしまったのである。

「クーちゃんよ」

「あの、ですが……」

さっきは「気が変わったら」と言っておきながら、いきなり愛称呼《あいしょうよ》びを要求し始めた先輩《せんぱい》女子に、英美《えいみ》は戸惑《とまど》いを隠《かく》せない。

「ごめんね。今はそう呼んで？　じゃないと、肩凝《かたこ》りが取れない気がする」

英美には到底理解できない超理論だが、久美子《くみこ》の表情から判断するに徹底抗戦は難しかった。

「……じゃあ、『クーちゃん先輩』で」

これが英美《えいみ》にとって精一杯の譲歩《じょうほ》だ。

「うーん、まっ、良いか」

何とかお許しをもらって、英美は心の中で安堵《あんど》の息を吐いた。何故《なぜ》こんなことで疲れなければならないのか、一抹《いちまつ》の理不尽を覚えながら。

「それでクーちゃん先輩、緊張してたんですか？」

繰り返された質問に対し、久美子は「たははは……」と照《て》れ臭《くさ》そうに笑った。

「あたし、男子が苦手なんだよねぇ」

思いがけない告白に、英美が顔色を変えた。

「あっ、違う違う！」

後退《あとずさ》ろうとするその仕草からどういう誤解をしたのか覚《さと》った久美子は、大慌《おおあわ》てで両手を左右に振った。

「女子の方が好きとか、そういうんじゃないから！　暴力的というか好戦的というか、そういうのがダメなの。特に威圧的な男子を前にすると、身体《からだ》がすくんじゃって思うようにしゃべれなくなるんだ」

「……すみません」

久美子の告白を聞いて、英美は神妙《しんみょう》な顔で謝罪する。

「どうしたの、急に？　何か謝ってもらわなきゃならないこと、あったっけ？」

「いえ、気にしないでください」

魔法《まほう》師の少女が、暴力に過剰《かじょう》な恐怖感を懐《いだ》く。それは珍しい事例ではない。そして大抵《たいてい》の場合、同じ理由に行き着く。

英美は久美子が魔法的な能力を持たず魔法師の血筋でもない両親から生まれた突然《とつぜん》変異的魔法師、いわゆる「第一世代」であることを知っている。そして暴力に対する忌避《きひ》を示す魔法師が「第一世代」の女性に多く見られることも、その心的傾向が少女期の体験を反映しているケースが多いことも。英美は父親が「第一世代」という事情もあって、そういう話は同級生だけでなく上級生よりも、多分良く知っている。

それは他人が軽々しく口にして良いことではなかった。

「クーちゃん先輩、平和主義者なんですね」

「平和主義者っていうと立派そうに聞こえるけどねぇ……。本当は試合にも出たくないのよ。あーちゃんみたいに、スタッフで役に立てる技術があれば良かったんだけど」

「だから会長と仲が良いんですか？」

「うん、まあ、あたしはあそこまで酷《ひど》くないけど」

「良いんですか、そんなこと言って」

英美《えいみ》と久美子《くみこ》が、性格悪めの笑《え》みを交わす。

共犯者のシンパシーにより二人の距離はグッと縮まった。

「でも司波《しば》くんは、理由も無く他人を威圧するような男子じゃありませんよ？」

このセリフは、その気安さが口にさせたのだろう。達也《たつや》を弁護できるほど、英美は彼の為人《ひととなり》を熟知しているわけではない。これは達也の為《ため》というより、久美子が懐《いだ》いている苦手意識を緩和する為という意味合いが強かった。

英美が達也に特別な好意を持っているから、という理由ではない。それは久美子も誤解しなかったし、曲解もしなかった。

「うん……多分、エイミィちゃんの言うとおりだろうね。あれだけ怖《こわ》がっていても結局、あーちゃんも司波くんのことは頼りにしているみたいだし。エイミィちゃんたち二年女子の懐《なつ》きようを見ても悪い人じゃないって分かるよ」

「懐《なつ》っ……!?」

その代わり予想外の方向へ飛躍《ひやく》した解釈に、英美が軽いパニックに襲《おそ》われた。あたふたと反論の言葉を探しても見つけられず、その結果絶句に追い込まれている英美を余所《よそ》に、久美子の

セリフは回顧《かいこ》へ向かっていた。

「でも、横浜のあれを見ちゃうとね……」

英美《えいみ》の意識がパッと切り替わった。

久美子《くみこ》が言っているのは、去年の論文コンペのことだろう。英美は事情があって応援《おうえん》に行けず、その結果、運良くあの騒動《そうどう》に巻き込まれずに済んだ。だからあの日、横浜国際会議場で何が起こったのか、達也が何をしたのか、英美は伝聞でしか知らない。

しかし、聞くだけでもショッキングすぎる「活躍《かつやく》」だった。

(素手で銃弾《じゆうだん》を受け止め、ゲリラの腕を切り落とした、って聞いた)

(もちろん本当に素手だったとは思えない。何かの魔法《まほう》を使っていたはず)

(三高の吉祥寺真紅郎《きちじようじしんくろう》くんは「分子ディバイダー」じゃないかと言ってたらしい。USNA軍の機密魔法らしいけど、問題はそこじゃない)

(ゲリラの腕を容赦《ようしや》なく切り落とす、その迷いの無さ)

(怖い。確かに私も怖い、けど……)

「でも、悪い人じゃありませんよ」

英美は久美子に、達也の本性を知る者が聞いたら「騙《だま》されている/ぞ/よ/わよ/!」と盛大に突《つ》っ込まれそうな返事を、笑顔《えがお》で返した。

◇◇◇

七月十四日、土曜。定期試験で中断されていた、九校戦へ向けた練習の再開日。

一高裏手の野外演習場には蛇行《だこう》しながら全体としては楕円《だえん》形を描く水路があって、去年までバトル・ボードの練習はここで行っていた。新競技ロアー・アンド・ガンナーの練習にもこの水路が使われている。非常時を除き、学校の外で魔法を使う為《ため》には本来複雑で面倒な手続きが必要になるのだから、これは当然と言える。

野外演習場の水路はバトル・ボードの試合用コースのように立体的には作られていないが、こちらの方が長く、そして広く作られている。そしてその水路の急なカーブを、香澄《かすみ》が射手《ガンナー》を務める一年生ペアが、肩から上を水面の上に出してぷかぷか浮かんでいる久美子と英美へ申し訳なさそうな視線を向けながら通り過ぎていった。

「エイミィちゃん、大丈夫《だいじょうぶ》？」

この水路は深さが三メートルあって当然足はつかないが、英美たちはライフジャケットを着用しているので溺《おぼ》れる心配は無用だ。既《すで》に真夏ということもあり、水に入っても冷たいという感覚はない。――とはいえ服を着たまま何度も水の中にダイブするのは、決して気持ちの良いものではなかった。

「はい、大丈夫《だいじょうぶ》です」

自分と同じく水路に浮かぶ久美子《くみこ》に「大丈夫」と答えたものの、英美《えいみ》はそろそろ辛《つら》くなってきていた。ショートカットの久美子と違って、英美はボリュームのあるロングヘアだ。服もそうだが、ルビーのような光沢《こうたく》の紅《あか》い髪がたっぷりと水気を吸って、かなり重たくなっている。

(髪が重いと気も重くなるって本当よね……)

上手《うま》くいかないことへの泣き言は、意地で言葉にしない。声に出さなくても、考えただけでますます気が滅入《めい》ってしまうと分かっていたからだ。それでも、英美は隠《かく》しようもなくため息を吐《つ》いて、ひっくり返ったボートへ向かって泳いだ。

あの後更《さら》に一回転覆《てんぷく》して、英美の乗ったボートはようやくゴールライン＝スタート地点へたどり着いた。

水路から上がって魔法《まほう》で髪と服を乾《かわ》かしている英美に、階段状のボート乗り場（兼《けん》ボート降り場）で出迎えた達也《たつや》が声を掛ける。

「エイミィ、お疲れさま」

「あれっ、司波《しば》くん？」

スタートした時に英美たちを見送ったのはあずさだった。今日の予定では、達也があずさと交代するのはもっと後になってからのはずだった。

「もう交代したの？」

「業者との連絡違いがあったらしい。会長はそっちの調整に呼び出された」

だが事情を聞いてみれば、

「大変だね」

という感想しか浮かばない。

「まあな。だが、そちらも苦戦しているようだ」

しかし英美も、苦労しているという意味では他人事《ひとごと》と笑っていられなかった。

「あはは、まあね」

いや、逆にここまで来ると笑うしかない、という心境に至っていた。

膝立《ひざだ》ち走行の練習は今日が初めてとはいえ、たった一周する間に四回もボートをひっくり返してしまった英美はかなりへこんでいた。達也に向ける笑顔《えがお》も精彩《せいさい》を欠いている。

「馬に乗るようなわけにはいかないか」

達也のこんな、何でもない呟《つぶや》きにも落ち込みを積み重ねるほど精神状態はネガティブだ。

「いや～、まったくだよ。もっとも、馬の上で膝射《ニーリング》の体勢をとったりしたらすぐに転げ落ちちゃうだろうけどね」

それでも暗い顔で俯《うつむ》くのは自分のキャラじゃない。英美はそう思って、へらへら笑いながら殊更《ことさら》軽い口調でそう答えた。

「どんな体勢ならあり得るんだ？」

しかし、達也《たつや》は彼女の自虐芝居《じぎゃくしばい》に付き合うつもりはないようだ。彼は真面目な顔で英美《えいみ》にそう問い返した。

「えっ、どんな体勢って？」

「走っている馬の上で、どんな体勢なら落馬しないんだ？」

質問の意味を理解できなかった英美の為《ため》に、もう一度丁寧《ていねい》に訊《き》き直す。

達也の問い掛けの意図を理解した英美は、顎《あご》に手を当てて大袈裟《おおげさ》に首を捻《ひね》った。

「普通《ふつう》に、鞍《くら》に座る以外でってことだよね？　うーん……サーカスでやるような曲乗りを別にすると、『横乗り』と『ツーポイント』と『モンキーシート』くらいしか知らないなぁ」

「意外にバリエーションが少ないんだな。『横乗り』は分かるが、他の二つはどういう乗り方なんだ？」

「『ツーポイント』は簡単に言えば立ち乗り、鞍から腰を上げて馬を操る乗り方。障碍《しょうがい》飛越に使われてるよ。『モンキーシート』は競馬のジョッキーが馬の上で前傾姿勢になっているあの乗り方って言えば分かる？」

「あれか……。『モンキーシート』は鞍の上で両膝立《りょうひざだ》ちになっているんだよな？」

「やったことないけど、膝はつかないらしいよ。ジョッキーは鐙《あぶみ》の上に立っているだけで、膝はバランスを保つのに使うんだってさ」

「なるほど……エイミィ。両膝立ちで照準をつけることはできるか？」

達也の思いつきを頭の中でシミュレートしてみて、英美は自信なさげに頷《うなず》いた。

「えっ、どうだろ？」

「多分大丈夫《だいじょうぶ》だと思うけど、何で？」

ここで「何故《なぜ》」と問われるのは達也の想定外だったが、回答に戸惑《とまど》うことも無かった。

「ボートの中で片膝《かたひざ》立ちになるのではなく、両膝立ちで構えてみたらどうだ？　その方が姿勢も安定すると思うし、目線の高さはそれほど変わらないぞ」

「……どうやるの？」

試してみようとして上手《うま》くイメージが掴《つか》めなかったのか、ボートの中に片足を置いた体勢で英美が顔を上げて達也に訊《たず》ねた。

「足を左右に均等に開いて、ボートの揺れを膝で押さえ込むようにして……そうだな、そんな感じだ」

英美はその姿勢でショットガンスタイルのＣＡＤを左右に振った。

「うん……行けそう。これでもう一回りしてみるね」

「ああ、頼む。国東先輩《くにさきせんぱい》も、お願いします」

その言葉に無言で頷いて久美子《くみこ》は英美の前に座り、達也の方へ振り向いて横目で会釈《えしゃく》した。

その直後、ボートは緩《ゆる》やかに岸を離れた。

「それ、昔のモーターボートレースの乗り方ね」

最初のカーブを曲がったところで、久美子《くみこ》が前を向いたまま英美《えいみ》に話し掛けた。

緩《ゆる》やかなカーブだが、さっきより明らかにボートの挙動は安定している。

「モーターボートレース？」

「あれっ？　エイミィちゃん、知らない？　競艇《きょうてい》とも言うんだけど」

「知りません」

まだスピードを抑《おさ》えているとはいえ、英美には久美子と会話するだけの余裕《よゆう》があった。さっきの一周では、水に落ちた後にしかできなかったことだ。

「戦前は一人乗りの小さなモーターボートで競争するギャンブルがあったんだって。モーターボートを馬の代わりにした競馬みたいなものね」

「へぇー、そんなのがあったんですか」

「それでね、昔の文献データによると、選手は小さなボートの中で足を開いた正座をしていたんだって」

「なるほど、同じですね。もしかして司波《しば》くん、そのモーターボートレースのことを知ってたのかな？」

「どうだろ。そんな感じじゃなかったけど。でも教本になるような先例があるってことは、理に適《かな》ってるんじゃないかな」

「そうですね。先輩《せんぱい》、スピードを上げてみてください」

「りょーかい！」

久美子はボートの速度を一気に上げた。

水路を一周してスタート地点に戻ってきた二人は、髪も服も濡《ぬ》れていなかった。いや、全く濡れていないわけではなかったが、水飛沫《みずしぶき》を浴びている程度で、少なくとも水中に落ちた形跡は無い。

「見て見て！　一回も落ちなかったよ！」

「ああ、たった一周ですごい進歩だ」

どうだ！　という顔で駆《か》け寄《よ》ってきた英美に失笑気味の笑顔《えがお》で応《こた》えて、達也《たつや》はボートに乗ったままの久美子へ目を向けた。

「国東《くにさき》先輩はあの体勢で操縦《そうてい》に問題ありませんか？」

「うん……ちょっと視界が悪い」

久美子は相変わらず、達也の前では別人だ。もっとも達也も千里眼《せんりがん》ではないので、久美子のことを「物静かな性格の女子生徒」と思っている。だから受け取りようによっては素《そ》っ気《け》ない態度も、気にならなかった。

「やはりそうですか」

ロアー・アンド・ガンナーのペア競技は一人がボートをコントロールし、一人が的を撃《う》つ。ここで問題になるのは二人の視界だ。二人が前後に並んで座った場合、漕手《ロアー》が前に座ると射手《ガンナー》の目が遮《さえぎ》られ、射手が前に座ると漕手に進路が見えなくなる。

これを解決する為《ため》、一高のペア用ボートは漕手が座る前の座席を低く、射手が座る後ろの床《ゆか》をそれより高く設計してある。漕手はボートの中に下半身を潜《もぐ》り込ませるような格好で乗り込むのだ。これによって、射手の視線が漕手の身体で遮られる問題は解決した。だが漕手の視点が低くなる為、視野が狭くなるのは避《さ》けられない。

「本番では一周目がテストラン、二周目がタイムトライアルです。一周目でコースレイアウトを確認できますから、遠方がよく見えなくてもそれほど神経質になる必要は無いはずですが……会長と少し相談してみます」

達也《たつや》には既《すで》に腹案があるらしい。気負いもなく淡々《たんたん》と告げるその姿は頼もしいと言えば頼もしいが、一体何を考えているのか、英美《えいみ》は自分が直接の当事者でないながら少し不安になった。

彼女は初めて達也の「調整」を受けた時の衝撃《しょうげき》――あるいは恐怖《きょうふ》――をまだ覚えている。もしかしたら一生忘れられないかもしれない、とすら思う。

CADの調整を受けているはずなのに、彼女自身が調整台――というより俎《まないた》に載《の》せられてこれからどう料理しようか、と吟味《ぎんみ》されているような、あの感覚。

自分の全てを見透《みとお》すような眼差《まなざ》し。

服を透《す》かして裸《はだか》を見られているどころではない。

皮膚《ひふ》の内側、筋肉、内臓、骨格、細胞、遺伝子、自分を構成する全ての要素を見られているような。

魔法《まほう》演算領域の特性に留《とど》まらず、自分の奥底《おくそこ》、自分の本質まで分析されているような。

そして出来上がったＣＡＤは、明らかに自分の限界以上の力を自分の中から引き出した。

否《いな》、昨日までの自分の限界を超えた、本当の限界を教えてくれた。

英美はゴールディ家の祖母から「魔弾《まだん》タスラム」の指導を受けた時に、似たような感覚を経験したことがある。達也の調整したＣＡＤの使用感は、自分の中へ強制的に魔法を刻みつけていく祖母の指導の感覚に似ていた。その所為《せい》で——というのは言い訳になるかもしれないが、去年のアイス・ピラーズ・ブレイクでは予選で力を使い果たしてしまった。

スピード・シューティングの疲労が残っていたこともあるし、その準優勝の興奮で前日よく眠れなかったのもスタミナ切れの理由としては挙げられる。だが決勝リーグがああいう形でなくても棄権《きけん》せざるを得なかったであろうほどに消耗《しょうもう》していたのは、達也のＣＡＤが原因だったと英美は確信している。夕食の席で彼女が「ＣＡＤの調整って、ある意味自分の内側をさらけ出すわけじゃない」と言ったのは単なる一般論としてだけではなく、達也の調整を念頭に置いてのものでもあった。

今度は久美子《くみこ》が、俎上《そじょう》の鯉《こい》になる番かもしれない。

（……国東先輩《くにさきせんぱい》のエンジニアは中条《なかじょう》会長だし、大丈夫《だいじょうぶ》よね？）

達也《たつや》の調整を受けたからといって、何か害があるわけではない。むしろ達也の調整したCADを使えるのはラッキーなことだ。去年、英美《えいみ》はスタミナ切れを起こしたが、その代わり実力以上の好成績を収めることができた。収支はどう考えても大幅にプラスだ。

それでも英美は、久美子が新たな実験台にされるのではないかという不安を拭《ぬぐ》い去れなかった。

◇◇◇

七月十五日、日曜日。言う迄《まで》もなく授業は休みだが、九校戦まで残すところ一ヶ月未満となって選手は皆登校し練習に励《はげ》んでいる。

もちろん、英美と久美子のペアも練習に来ていた。ロアー・アンド・ガンナーは特に練習機会が少ないので、ソロの代表や新人戦チームや男子チームと同様、朝早くから野外演習場の水路に集まっている。

「おはようございます」

水路のスタート地点に設置されている更衣《こうい》室兼《しつけん》シャワールーム兼休憩室《きゅうけいしつ》で二人を待ってい

たのはあずさだった。相変わらず、下級生に対しても丁寧《ていねい》なあいさつだ。

あらかじめ、今日は午前中があずさ、午後が達也のローテーションになっていると聞いていたので英美も久美子もあずさが出迎えたことに意外感は覚えなかった。英美たちの関心を引いたのは、あずさが手に提げている、大きさがサンドイッチを入れるバスケット程度の小さなハードケースだった。

「おはようございます、会長」

「おはよう、あーちゃん。ところでそれ、何？」

英美は後輩《こうはい》ということもあり礼儀《れいぎ》を優先させたが、久美子には好奇心の充足を躊躇《ためら》う理由は無かった。

「これ？　はい」

「？」

あずさは久美子にハードケースを突《つ》きつけた。説明を聞くより先に、まず見て確かめろというわけだ。

久美子は勢いに押される格好でケースを受けとった。予想外に軽い、というのが第一印象。見た目から軽量合金製かと思っていたが、どうやらこのケースは樹脂《じゅし》製のようだ。

中身も軽くて小さな物だった。

「メガネ？　ゴーグル？」

中に入っていたには、メガネタイプのゴーグルだった。ただ普通《ふつう》の物とは違って弦《つる》の付け根の左右に縦横一センチ、厚さ五ミリの小型カメラらしき物が取り付けられている。

「あっ、もしかしてグラス型のナビ？」

「正解～。さすがはクーちゃんね」

あずさがパチパチと手を叩《たた》いている。

「じゃじゃーん！　このナビは一周目の練習走行の時にグラスの左右に取り付けたカメラでコースを撮影《さつえい》して、本番の二周目でグラスにガイドレーンを表示する仕組みなんです。一種のブラインドモニターですね」

「あーちゃん、誰《だれ》に説明してるの？」

大袈裟《おおげさ》なアクションと二人を相手にするにしては勢いのありすぎる口調に、久美子《くみこ》からツッコミが入る。

「え、えへへ……」

笑ってごまかすだけであずさに萎縮《いしゅく》した様子が見られないのは、この場にいるのが気軽に接することのできる同性の友人と後輩《こうはい》ばかりだからに違いない。たとえ同性であっても、これが真由美《まゆみ》や摩利《まり》相手だとこうはいかない。

「とにかく、これがあればコースが見えにくいという問題は解決です。ロアー・アンド・ガンナーは一組ずつの出走で同時に走る相手がいませんから、コースがこの先どうなっているのかさえ分かれば良いわけです」

なお、ですます調なのは相手が久美子だけでなく英美《えいみ》もいるから、というより解説モードになっている為《ため》だ。

「確かに、コースがどうなっているのか分かれば操艇《そうてい》に支障は無いけど」

「水上の的ははね飛ばしても問題無いルールですしね」

「でも、レギュレーションには引っ掛からないの？」

久美子から提起された当然の懸念《けねん》に、あずさは「待ってました」とばかりの表情を浮かべた。

「ロアー・アンド・ガンナーの機械に関する制限は、水上を走行する無動力の乗り物を使用すること、です。ナビを使ってはならないという規則はありません」

その回答を聞いて、久美子は何やら訳知り顔で頷《うなず》いた。

「ほうほう。それで、このアイデアはあーちゃんが考えたのかな？」

「うっ……実は司波《しば》くんが考えた」

「やっぱり。ルールの穴を突《つ》くなんて、あーちゃんの思考スタイルじゃないからね」

「でもでも、ナビのシステムを組んだのはわたしなのよ！　司波くんには基本コンセプト以外、お世話になっていないから！」

「フーン……でも、こういうのってコロンブスの卵なのよね」

「それはそうだけど！」

あずさが拗《す》ねてそっぽを向き、久美子《くみこ》がそれを笑いながらなだめる。

その様子を見ながら、英美《えいみ》は拍子《ひょうし》抜《ぬ》けの感を味わっていた。魔法《まほう》に拘《こだわ》らず、勝つ為《ため》に利用できる物は何でも使うというスタンスは達也《たつや》らしいと思う。だが久美子のリクエストにこちらの度肝《どぎも》を抜くような魔法ではなく、思いつきさえすれば誰《だれ》にでも用意できる電子機器で応《こた》えるというのは期待外れだ。

(……私ってば、何を期待してたんだろ)

自分が何を考えているのか自覚して、英美は自身に呆《あき》れた。昨日は久美子が新魔法のモルモットにされてしまうのでは？　と心配していたはずなのに、心の奥ではあっと驚くような新魔法・高等魔法を楽しみにしていたということなのだから。

(第一、新しい魔法を戦術に組み込むって言われても、苦労するのは選手の方だもんね)

達也にとっては、新魔法のアイデアなんて簡単に湧《わ》いてくるものかもしれない。しかし、本番まで一ヶ月も無いのだ。こんな短期間に新しい魔法を身につけるのは本来であれば無謀《むぼう》というしかない。それは去年のことを考えても分かる。

(雫《しずく》でさえアクティブ・エアー・マインを覚えるのが精一杯で、フォノン・メーザーは不完全だったたって言ってたもんね。幾《いく》ら司波《しば》くんでも、ホイホイと新魔法を出してくるような無茶《むちゃ》はしないいか)

(慣れている魔法だけで勝てるなら、そっちの方が堅実というものよね。私も今ある持ち札だ

けで頑張《がんば》らなくちゃ）

英美は自分をそう納得させて、練習を始めるべくボートへ乗り込んだ。

「ナビに慣れる時間も必要でしょうから、最初の一時間は走る練習に専念しましょう」

「了解よ」

前部シートに収まった久美子があずさの指示に頷《うなず》く。

「それで問題が無いようなら、射撃《しゃげき》を混ぜていきます。明智《あけち》さんも、それで良いですね」

「分かりました！」

後ろの席で両膝《ひざ》立ちになった英美が元気よく返事をしたのと同時に、ボートは発進した。

◇◇◇

喉元《のどもと》過ぎれば熱さを忘れる、という。実際に「熱い」という経験をしてすらそうなのだから、頭の中で考えただけの決意など儚《はかな》いものかもしれない。

「司波くん、助けて～」

少なくとも英美《えいみ》は「現有戦力だけで戦う」という半日前の決意を忘れていた。

「いきなりだな。エイミィ、何を困っているんだ」

午後の練習開始早々、水路から上がってきた英美は、達也の姿を認めるなり彼に泣きついた。

達也《たつや》が英美《えいみ》の背後を見ると、久美子《くみこ》が苦笑いしながら片手で拝む格好をしている。

「立ち話だと落ち着かないな。中で話そう」

達也は休憩所《きゅうけいしょ》で英美の話を聞くことにした。


「ハンティングは基本的に、一つの獲物《えもの》を追いかけるスポーツなのよ」

「？　……まあ、そうだろうな」

何の前置きも無く、脈絡《みゃくらく》の見えにくい話題を持ち出した英美に、達也は取《と》り敢《あ》えず頷《うなず》いた。

なお英美が「一匹」ではなく「一つ」と表現したのは、ウサギやキツネのような生きた動物の代わりにオフロードのロボットカーが「獲物」として使われているからだ。

「スピード・シューティングは同時に幾《いく》つも的が出てくるけど、あれは視点が固定されているからそんなに混乱しなかったんだ」

「つまりエイミィは、的が多くて上手《うま》く対処できないことに悩んでいるのか？」

「そのとおり！　司波《しば》くん、たったあれだけで分かっちゃったの？」

英美が驚きの声を上げる。久美子も目を丸くしていたが、達也は少々大袈裟《おおげさ》ではないかと思った。ロアー・アンド・ガンナーの性質を合わせて考えれば、射手《ガンナー》である英美が何に悩んでいるのか、今の会話だけで十分に理解可能だった。――達也の基準では、だが。

「司波くん、何とかならないかな？」

英美がテーブルの上に身体《からだ》を乗り出して縋《すが》り付くような目で訴《うった》える。彼女は今、間違いなく、事態を安直に解決可能な「新兵器」「秘密兵器」を達也に期待していた。

「対策は用意してある」

しかし英美の変節は別にして、達也にとり英美が多重照準《マルチロック》に悩むだろうということは予測の範囲内だった。故《ゆえ》に対応プランも立案済みだ。最初からこのプランを提示しなかったのは、新たな魔法《まほう》を修得することの負担を考慮《こうりょ》したからだった。使わずに済むならそれに越したことはないと考えたからである。

「えっ、対策済み？」

選手が勝てるように装備を調えるのが彼に与えられた仕事だ。こんな意外そうな顔をされる方が達也にとっては心外だったが、それを顔には出さなかった。

「ちょっと待っていてくれ」

そう言って更衣室《こういしつ》に姿を消した達也は、横長のアタッシュケースのようなものを手に提げて戻ってきた。

ケースの中身は、言うまでもなくＣＡＤだ。ライフルの銃身《じゅうしん》を切り詰《つ》めたような形状は、英美が今練習で使っているのと同じ物。

「このＣＡＤには、散弾《さんだん》型インビジブル・ブリットの起動式が格納されている」

「ええっ⁉」

「インビジブル・ブリットぉ!?」

突如《とつじょ》大声を上げた二人に、達也《たつや》は眉《まゆ》を顰《ひそ》める。

「……何をそんなに驚いているんだ？　国東先輩《くにさきせんぱい》も、少し驚きすぎだと思いますが」

「いやいやいやいやいやいや！」

久美子《くみこ》が達也に喰《く》って掛かった。珍しく彼女の顔から笑《え》みが消えている。それだけでなく、達也に対する（というより男子生徒に対する）苦手意識も一時的に忘れているようだ。

「驚くでしょ？　驚くよね？　驚くに決まってるじゃない！」

勢いよく振り向いた久美子に、英美《えいみ》が大きく縦に首を振った。

「だから、何にですか」

「インビジブル・ブリットって、カーディナル・コードを利用した高等魔法《まほう》じゃない！」

「確かに高い技量が要求される魔法ですが、起動式は公開されていますよ？」

「起動式が公開されていたって記述内容を理解できなきゃ魔法師《ユーザー》に合わせて調整できないよね!?　だから未《いま》だに吉祥寺真紅郎《きちじょうじしんくろう》君本人しか使い手がいないんじゃないの!?」

久美子の主張は一般的に信じられている俗説だ。その誤りを正すことに、達也はやぶさかではなかった。

「インビジブル・ブリットが普及《ふきゅう》していないのは、用途《ようと》が限定された魔法だからです。この魔法の効果は指定したポイントに圧力を発生させるというただそれだけのもので、対象物の状態を直接変更する効果はありません。ですから、戦闘《せんとう》用としても非戦闘用としても有効活用できる状況《じょうきょう》が限られているんですよ。学術的には極めて有意義ですが、実験室の外では他の魔法《まほう》を使う方が効率的です」

達也の説明を聞いて、二人は少し頭が冷えたようだった。

だが彼の解説により、英美の中に新たな疑問が生まれた。

「じゃあ何でそんな魔法を使おうとするの？　しかも『散弾型』って……インビジブル・ブリットの起動式を改造するなんて手間を掛けてまで」

起動式を改造⁉　と久美子が悲鳴を上げていたが、英美にとっては達也がこの程度の非常識な真似《まね》をするのは今更《いまさら》だ。

「それはもちろん、ロアー・アンド・ガンナーにはあの魔法が向いているからだが」

「……そうなの？」

「ああ。もっとも、オリジナルのままでは効率が悪い。だから散弾型に改造したんだが……吉祥寺真紅郎はそこに気づくかな？」

達也の唇《くちびる》が微《かす》かな笑みを刻む。

それに気づいた英美は「やっぱり司波《しば》くんって性格が悪いや」と思った。

◇◇◇

西暦二〇九六年八月五日、九校戦の初日。

ロアー・アンド・ガンナーの選手控《ひか》え室では、エンジニアによるCADの最終調整も終わり、出走を待つばかりとなっていた。

「いよいよスタートです。出走順一番というのは本音を言えば避《さ》けたかったところですが、くじ引きだから仕方がありません」

そのくじを引いた久美子《くみこ》が、片目を閉じた顔の前で両手を合わせている。

その姿を見て「国東先輩《くにさきせんぱい》は良い具合にリラックスしているようだ」と達也《たつや》は感じた。

「しかし他校のタイムが全く分からないということは、逆に言えばプレッシャーを生み出す数字が無いということです。自分たちのペースで、のびのびやりましょう」

達也の言葉にあずさと久美子がこくこくと頷《うなず》いている。

しかしこれは主として、英美《えいみ》に掛けた言葉だった。よく見ると分かるが、彼女の足は小刻みに震《ふる》えている。達也が記憶《きおく》している限り、去年はこれほど緊張していなかった。

「エイミィちゃん、いつもどおりやれば大丈夫《だいじょうぶ》」

久美子が英美の肩を平手で叩《たた》く。

達也の見ている前ということもあってか声は小さく口調は控えめだったが（男受けを狙《ねら》っているのではなく、苦手意識からありのままに振る舞えないのである）、平手打ちの勢いはかなりのものだった。

英美が「うきゃ!?」と悲鳴を上げてつんのめる。二歩蹈鞴《たたら》を踏《ふ》んで、英美はふくれっ面で久美子へ振り返った。

「クーちゃん先輩《せんぱい》、痛いじゃないですか！」

「ゴメンゴメン。エイミィちゃんが柄《がら》にもなく緊張しているようだったから」

「あっ、ひどーい！　柄にもなくってなんですか！　私は繊細《デリケート》な質《たち》なんです！」

「はいはい、デリケートデリケート」

棒読み口調で答えた久美子に「クーちゃん先輩！」と英美が更《さら》に詰《つ》め寄《よ》る。

そこへ達也が割って入った。

「エイミィ、足の震えは止まったようだな」

「えっ、あっ……！」

他人の目は誤魔化《ごまか》せても自分自身を欺《あざむ》くことはできない。できるのは目を背けることだけだ。

英美《えいみ》は自分が緊張に震えていることをちゃんと認識していた。だから達也に指摘《してき》されたことも、すぐに自覚できた。

「大声を出して緊張が紛《まぎ》れたか？」

「……そうなのかな？」

よく分からないという顔で首を傾《かし》げる英美《えいみ》の背後では、久美子《くみこ》が「どんなもんだい！」という顔で胸を張っている。——達也《たつや》にとっては普段《ふだん》のイメージに合わない行動だが、反応すると面倒臭《くさ》いことになりそうだったので彼は見なかったふりをした。

「最初の競技の最初のプレーヤーということで緊張するのは理解できる。だがもっと自信を持て。エイミィの散弾型インビジブル・ブリットは良くできている」

「……ホント？」

「ああ、本当だ」

久美子が英美の後ろで「それって起動式を作った司波《しば》くんの自画自賛にもなるんじゃないかな」と呟《つぶや》いていたが、達也はこれも無視した。

「エイミィ、君と国東先輩《くにさきせんぱい》が主役だ。観客の度肝《どぎも》を抜《ぬ》いてやれ」

「そうよエイミィちゃん。派手にぶちかましてやりましょう！」

「……そうですね」

英美の表情に、ようやくいつもの明るさが戻ってきた。

「うん、失敗した時のことを考えても非生産的！　ドーンと思いっ切りやりましょう！」

「その意気その意気！　じゃあ、あーちゃん、司波くん、行ってくるね！」

二人は達也とあずさにサムズアップを見せて、既《すで》に出走準備が整っているボートへ向かった。

その後ろ姿を見送りながら、「国東先輩は猫を被《かぶ》っていたのか？」と達也は思った。

「何だ、あれは？」

三高の本部天幕で、ロアー・アンド・ガンナーのコースを映し出すモニターを見ていた技術スタッフが声を上げた。

「一高……アイツか。また妙《みょう》な小細工を」

三高スタッフの注目を集めているのは、久美子が掛けているゴーグルだった。

「あれは……カメラ付きのナビか？」

「えっ？　レギュレーション違反じゃないの？」

三年生女子のスタッフが振《ふ》り返った視線の先には、口惜《くや》しそうに唇《くちびる》を噛《か》み締《し》めた吉祥寺《きちじょうじ》の姿。

「……機械に関する制限は『水上を走る無動力の乗り物を使うこと』でした。動力以外の電子機器を使用しても、違反にはならないということでしょう。一高のボートがああしてスタートラインに浮かんでいることがその証拠《しょうこ》です」

吉祥寺の肩に、背後から一条将輝《いちじょうまさき》の手が置かれた。

「一段低くなったシートに漕手《ロアー》を座らせ、その後ろの少し高くなった床《ゆか》に射手《ガンナー》を両膝《りょうひざ》立ちで配置する。当校《うち》と同じスタイルだな。ボートも同じ、幅が狭く喫水《きっすい》が深いスタイル。ジョージとアイツは同じ結論に至ったようだ」

「将輝《まさき》……」

「当校《うち》の選手に操舵《そうだ》を補助する機器は必要なかったから、ジョージがわざわざルールの穴を探す動機もなかった。ただそれだけのことだ」

「そう、だね……。ゴメン、少し意識しすぎているみたいだ」

吉祥寺《きちじょうじ》が頷《うなず》いたのを見て、将輝は彼の肩から手を離した。

「それより、どんなレースをするのか、そっちを注目すべきだ。一組ずつ走る新競技だからな。一高のレースは参考になる」

将輝の言葉を聞いて、吉祥寺だけでなく上級生もモニターを注視した。

スタートシグナルに光が入る。三つのランプが点《とも》り、ブラックアウトした瞬間《しゅんかん》、一高のボートがスタートダッシュを切った。

「おっ？　速いな」

「だが一周目は練習走行《プラクティス》だ。スタートがどんなに良くても意味は無い」

「一周目は的が出てこないんだったわよね？」

「そうだよ。一周目はコースを回るだけ。……それにしても随分《ずいぶん》とばしているな」

「一周目で転覆《てんぷく》してもレコードには関係ないからじゃない？　どこまでスピードを出せるか、実際のコースで限界を探っているんだと思うわ」

「この戦術は見習うべきだな。当校《うち》も使わせてもらおう」

「順番が一高の後で良かったわね」

「ボートの挙動は安定しているな」

「水の抵抗《ていこう》を弱める魔法は、あまり使っていないみたい」

「むしろ上手《うま》く水を摑《つか》んでいる感じだ。魔法《まほう》よりもボートの腕を優先して選手を選んだのか？」

一高の操縦《そうてい》を三高のスタッフがモニターのこちら側で冷静に批評している内に、試技は本番の二周目に入ろうとしていた。

「いよいよか」

一高のボートがスタートラインを通過し、時計が動き始めた。

その直後、天幕にいる三高生徒の、いや、彼らだけでなく一高のレースを観戦していた他校生徒、観客の平静が崩《くず》された。

「速い！」

「何、あの魔法⁉　まるで散弾じゃない！」

彼らが驚いたのはボートのスピードではなく、乱数プログラムによって現れた的を次々と撃《う》ち抜《ぬ》いていく射手《ガンナー》の魔法。

「やっぱりそうよ！　見て！　的の周囲にも着弾してる！」

「氷を飛ばしているようには見えないぞ。空気弾か？」

「的の部分を拡大しろ！」

吉祥寺《きちじょうじ》がモニターを操作したのは、その声と同時だった。

水面を走る小型模型のボートが一高の射撃《しゃげき》に貫《つらぬ》かれて沈む。

その瞬間《しゅんかん》の静止画像が別のモニターに表示される。

「……間違いない。水面に散弾状の弾着跡ができている」

「固体の弾丸も液体の弾丸も見当たらない。やはり空気弾か⁉」

「……違います」

吉祥寺が今にも歯ぎしりを始めそうな声で、上級生の推測を否定した。

「あれは……インビジブル・ブリットです」

一高のペアは、ほとんど取りこぼしなく的を破壊《はかい》している。百パーセントとはいかないまでも、かなりのハイスコアが予想される射撃だ。

だが三高の天幕にいる生徒たちの目は、ライバルの映像ではなく吉祥寺へと集中していた。

「本当か？　いや、ジョージが見間違えるはずは無いな」

吉祥寺の出した結論に応《こた》えることができたのは、将輝《まさき》だけだった。

「ああ、間違いないよ。しかもあれは、オリジナルのインビジブル・ブリットじゃない」

「オリジナルではない？」

だが将輝も完全に冷静というわけではないようで、吉祥寺の言葉を無意味に繰《く》り返《かえ》してしまう。

「僕のインビジブル・ブリットはあくまで一点を狙《ねら》う狙撃《そげき》型。でも一高の選手が使っているのは、複数のポイントに作用する散弾型だ。散弾型のインビジブル・ブリットをループ・キャストで繰り出すことによって、散弾のマシンガンとも言うべき弾幕《だんまく》を作り出している。的を外したことに対するペナルティの無い、この競技に適応したアレンジだ」

ギリッ、と吉祥寺が歯を食《く》い縛《しば》る音を、天幕にいる同級生も上級生も聞いたと思った。そんな幻聴《げんちょう》を誘発する気配を吉祥寺は纏《まと》っていた。

「……やってくれるやってくれるやってくれる！　僕のインビジブル・ブリットを再現しただけじゃなく、改造までしてくるなんて！」

今度は将輝も吉祥寺に掛ける言葉を見つけられなかった。

三高の天幕を沈黙が支配する中、モニターの中の一高ペアは予想優勝ラインを上回るタイムとスコアを叩《たた》き出《だ》していた。

ボートから降りた英美《えいみ》が、飛びついてきそうな勢いで達也《たつや》の許《もと》へ駆《か》け寄《よ》った。

去年の反省から、達也は手を前に出して押し止《とど》めるポーズを取らなかった。

さすがに自制が働いたのか、それとも後が怖かったのか、達也のすぐ目の前で英美は急ブレーキを掛ける。

「やったよ、やった！　見た見た見た⁉」

その代わりに、とでもいうような勢いで興奮を吐《は》き出し始めた。

「ああ、もちろん。よくやったな、エイミィ」

「できたよ、できた！」

「そうだな。観客も他校のスタッフも驚いているだろう」

「転《こ》けなかった！　転けずにゴールできた！」

「ああ、そうだな」

そろそろ英美《えいみ》を持て余してきた達也《たつや》は、助けを求めて久美子《くみこ》へ目を向けた。

しかし、久美子の方もあずさと手を取り合って涙を流している。

達也は「こういう時に涙を流すのは女子高校生の共通仕様らしい」などと情の無いことを考えながら、係員が選手の入れ替えを告げに来るまでひたすら耐《た》えていなければならなかった。

◇◇◇

吉祥寺《きちじょうじ》真紅郎《しんくろう》はロアー・アンド・ガンナーの男子ソロで、下馬評では一位確実と言われながら優勝を逃《のが》した。

この番狂《ばんくる》わせは七高の奇策にはまったという面が大きい、という分析が大勢を占《し》める。

だがその陰《かげ》では、前日の女子ペアで一高の射手《ガンナー》が見せた「インビジブル・ブリット」にショックを受けたのではないか、との声が絶えなかった。

The irregular at magic high school

一人でできるのに

西暦二〇九六年度の九校戦はその準備段階において、突然《とつぜん》の採用競技変更で魔法科《まほうか》高校各校のスタッフを混乱の渦《うず》に突《つ》き落《お》とした。

だが新しい競技要領に基づいて練習を始めた出場選手を戸惑《とまど》わせたのは、新種目よりむしろペア競技導入の方だった。


西暦二〇九六年七月七日土曜日の放課後。第一高校アイス・ピラーズ・ブレイクペア代表選手に選ばれた千代田花音《ちよだかのん》は、大層不機嫌《ふきげん》だった。

その原因は、恋人であり許嫁《いいなずけ》である五十里啓《いそりけい》と別行動を強《し》いられているから、ではない。いや、それも気分を害している大きな理由ではある。だが最大にして主要な原因は、九校戦に向けた練習試合の結果だった。

練習試合といってもあくまで一高内のものだ。試合形式の練習と表現した方が正確かもしれない。対戦カードは花音&雫《しずく》のペアチーム対ソロ代表の深雪《みゆき》。演習林の奥《おく》にある縦五十メートル、幅二十メートルの野外プールで行われているこの試合の戦績は、現在のところ零《ゼロ》勝四敗。深雪の四勝で、花音・雫ペアの四敗だ。

現在、五試合目に向けて氷柱《ピラー》の準備が行われている。準備を行っているのはサポートのメンバーではなく、選手であり練習試合の当事者である深雪だ。

プール内に散らばる氷の残骸《ざんがい》と前の試合で使った氷柱を加熱して一気に溶《と》かす。高温の熱源を作り出すのではなく氷の温度を零度以上に設定すること、で、プールは冷水に満たされる。

それを移動系魔法《まほう》により二十四本の水柱に変える。移動系魔法は物体の座標を変更する魔法だ。立体的な座標を指定することで、同じ大きさの水の四角柱が同時に形成される。

それを瞬時《しゅんじ》に凍結。呆気《あっけ》に取られるほどの短時間で、縦横一メートル、高さ二メートルの氷の柱が中央線を挟《はさ》んで十二本ずつ等間隔に並んだ。

ウォーターアイスカッターで切り出したような滑《なめ》らかな表面と見ただけでは全く違いが分からない同じサイズの氷柱を、ここまで拘《こだわ》る必要があるのかと呆《あき》れ混じりで見ながら、花音は深雪の魔法力に戦慄《せんりつ》を禁じ得なかった。幾《いく》ら適性が高いとはいえ一本当たり約一・八三トンの氷の塊《かたまり》を二十四本、一瞬《いっしゅん》で成形しながら整列させるのだ。一体どれだけのキャパシティと事象干渉力が必要になるのか、花音にはちょっと想像がつかない。成形と整列に必要な情報を思い描くだけで頭がパンクしそうだ。

それを自分たちとの試合前に行うのである。そして、自分たちを相手に完全勝利を収めてみせる。一度だけでも癪《しゃく》に障ることなのに、それが四回連続だ。花音でなくても機嫌《きげん》を傾《かたむ》けるだろう。

「お兄様、準備が整いました」

「ご苦労様。それでは位置についてください」

後半は主に花音たちへ向けて告げた言葉だ。深雪は既《すで》に、ピラーズ・ブレイクの試合の際に選手が立つ櫓《やぐら》（祭り櫓のように上面が平らな足場になった塔状《とうじょう》の構造物）代わりの足場へ向かっている。達也《たつや》が深雪《みゆき》に休憩《きゅうけい》を勧《すす》めることも無い。

まるで花音《かのん》の相手は片手間で十分、とでも言いたげな態度。無論、達也にも深雪にもそのようなつもりは無かったが、花音自身はそう感じた。

負けられない。

今度こそ、一矢《いっし》報いる。

四試合して深雪の守る氷柱《ピラー》を一本も倒せなかった事実はあえて考えず、花音は五試合目に本番以上の闘志《とうし》を燃やした。

五試合目が終了した後。花音はすっかりふて腐《くさ》れていた。折《お》り畳《たた》み椅子《いす》に腰掛け、ムスッとした顔を明後日《あさって》に向けて、練習試合の総括《そうかつ》をしようとしている達也へ目を向けようともしない。

この大人げない態度にも、同情の余地はある。五試合目も、深雪の氷柱を一本も倒せないまま敗北。五試合して、倒せた氷柱は零本《ゼロほん》という完敗だ。攻撃《こうげき》を担当した花音がひねた態度を取っても無理はないという結果だった。

深雪と雫《しずく》が立ったまま「どうしよう」という困惑《こんわく》の表情を向け合っている一方、不機嫌《ふきげん》を全身でアピールしている花音にはお構い無しに、達也は彼女へ話し掛ける。

「千代田先輩《ちよだせんぱい》が攻撃、雫が防御《ぼうぎょ》。この戦術は基本的に間違っていないと思います」

もっとも、相手を見ていないのは達也もお互い様だった。彼は花音の競技用ＣＡＤを調整しながら練習試合を振り返っていた。

実はこれも、花音が不満を懐《いだ》く一因になっている。ちなみに「これ」というのは達也が花音を見ていないことではなく、花音のＣＡＤを達也が調整していることだ。

ペア競技では選手一人一人に別のエンジニアがつく。女子アイス・ピラーズ・ブレイクペアにおける花音の担当は五十里《いそり》だ。一方、雫のエンジニアは達也で、ソロ代表の深雪のエンジニアも達也。

ソロとペア三人の内、二人を達也が担当する為《ため》、女子アイス・ピラーズ・ブレイクの練習は達也が見ることになった。無論最終的に花音のＣＡＤを調整するのは五十里だが、それに必要な練習中のデータは達也が収集して五十里へ渡すことになっている。

それ自体は花音も、理性面では納得している。五十里が本来得意としているのは純理論分野で、実践的な分野で得意と言えば刻印魔法《まほう》に使われるシンボルの設計と製作だ。起動式の改良はともかく、ＣＡＤの調整は本当のところ、あまり得意ではない。それが分かっているから、花音も調整作業で五十里に負担を掛けたくないと思っていた。

だが、一緒《いっしょ》にいられないという不満を押し殺してしまえるほど、彼女の恋心は物分かりが良くなかった。特に目の前で深雪が達也に甘えている姿を見せられると「何故《なぜ》啓《けい》じゃなくて司波《しば》君なの！」と思わずにはおれないのだ。

「魔法《まほう》で負けてたんじゃないって言うの？　じゃあ何が間違っていたのよ」

その所為《せい》で必要以上に無愛想、かつ喧嘩腰《けんかごし》の口調になってしまうのだった。

「間違っていたのではなく、連携《れんけい》の練習不足ですね。今日が初日ですから当たり前ですが」

もっとも、達也《たつや》は花音《かのん》から八つ当たりを受けても気にしない。事務的に伝えることを伝えるだけだ。これは彼が大人だからではなく、花音の精神面を気にしていないからだった。彼女の精神面をケアするのは五十里《いそり》の仕事、と無責任に割り切っているだけなのである。

俗に「好き」の反対は「無関心」という。「可愛《かわい》さ余って憎さ百倍」という慣用句もあるように「好意」の裏が常に「無関心」とは限らないのだが、人は自分に向けられた「無関心」に「嫌悪《けんお》」と同じくらい敏感《びんかん》だ。達也の取った態度は、花音をますます苛立《いらだ》たせた。

「……何処《どこ》が悪かったの」

花音の口調はヤマアラシ状態になっていたが、達也の反応は変わらなかった。——完全に、機械のように事務的だ。

「先輩《せんぱい》の魔法発動領域と雫《しずく》の情報強化領域が少し重なり合っていました」

達也の言葉を受けて、雫が花音の前に立ち頭を下げる。

「すみません、先輩。私のミスです」

このセリフに、深雪《みゆき》が「えっ⁉」という表情を浮かべて雫へ目を向けた。

深雪が見た限り、事実はその逆だ。雫は最初、自陣の氷柱《ピラー》に対し個別に情報強化を掛けていた。そこへ花音の振動《しんどう》魔法が深雪の陣地《じんち》だけでなく自分たちの陣地にも波及《はきゅう》した為《ため》、雫は情報強化の対象を個々の氷柱《ピラー》から自陣全体へ切り替えたのだ。

しかし雫は深雪の視線に反応を示さず、達也は雫の謝罪に頷いた。

「そうだな。深雪の領域魔法に対抗する為、強化対象を自陣全体に広げたんだろうが、情報強化はやはり領域ではなく個体に掛けるべき魔法だ。それにピラーズ・ブレイクは柱が一本でも残っていれば負けにならないんだから、強化対象を絞《しぼ》り込《こ》むことも考慮すべきだ」

雫へのアドバイスを横で聞きながら、自分に分かったことが兄に分からないはずはない、と深雪は思った。これはおそらく、花音の精神状態を斟酌《しんしゃく》してのセリフだ。

雫も深雪と同じように解釈した。そもそも雫が花音に謝ったのも、同じ理由によるものだ。

「うん、分かった」

だから雫は、達也の必要以上に厳しい指摘《してき》にも素直に頷くことができた。むしろ、この場を丸く収めたいという自分の意図をくみ取ってくれたことが雫には嬉《うれ》しかった。

普段《ふだん》クールなイメージの強い雫が、微《わず》かにではあるが撫《な》でられるのを待っている子犬を連想させる愛らしい笑《え》みを浮かべたのは、きっとその所為だ。

その微笑《ほほえ》みにつられたのか、達也の唇《くちびる》もわずかに綻《ほころ》んだ。

すかさず深雪が、雫の前へ笑顔《えがお》で割り込む。

「お兄様、わたしにはアドバイスをくださらないのですか？」

雫《しずく》が無表情の中に不快感を滲《にじ》ませた。

達也《たつや》は「仕様が無いやつらだ」とでも言いたげな、微笑《びしょう》と苦笑の中間の表情を浮かべた。

「深雪《みゆき》が負けたらアドバイスしてあげるよ。ただし、手を抜《ぬ》いたらおしおきだ」

「おしおき……わ、わざと負けるなんてしませんよ。先輩《せんぱい》や雫に失礼ですから」

達也のセリフに怒ったような口調で返す深雪だが、逸《そ》らした目の周《まわ》りが少し赤くなっていた。

恋人同士と言うより飼い主にじゃれつく愛犬のような姿に——そもそも達也と深雪は恋人ではなく兄妹なのだが——花音《かのん》は毒気を抜かれてしまった。達也に対する深雪と雫の懐《なつ》きっぷりを目《ま》の当《あ》たりにして、花音は「あたしが本番まで我慢《がまん》するか」と心の中で苦笑いを浮かべた。

達也が見せたふざけた態度に対する怒りは別にして。

◇◇◇

「もー、頭にくる頭にくる頭にくる！」

その日の夜。花音は五十里《いそり》の部屋に押し掛け、昼間の不満をぶちまけていた。

「花音、どうしたの」

幾《いく》ら以心伝心の婚約者同士でも、これだけでは何が何だか理解不能だ。五十里の問い掛けは当然のものだった。

「啓《けい》、聞いてくれる！」

花音もその質問を予期していたようで、待ってましたとばかり食い付いた。

「バカにされたのよ！　司波《しば》君に！　本当《ホント》、腹が立つったら！」

「司波君が？」

五十里が訝《いぶか》しげな声を発する。彼の知る達也は、挑発の目的も無く誰《だれ》かを面と向かって馬鹿にするような無駄な真似はしない。

「そうよ！　今日の練習中のことだけど！」

そう前置きして、花音は五連敗後の出来事を語った。

「魔法《まほう》作用域の重複はあたしの所為《せい》よ！　自分のミスも気づかないほど間抜《まぬ》けじゃないわよ！　それを北山《きたやま》さんの所為にして、あたしが喜ぶとでも思ってるの⁉　バカにして！」

「……それは司波君が気を遣《つか》ったんだと思うよ」

「だからそんな風に気を遣われて満足する程度の女だって思われてるのが腹立たしいの！」

「多分だけど、花音に気を遣ったんじゃないと思うよ」

「えっ⁉」

フィアンセが単純に自分を慰《なぐさ》めているのではないようだ、と感じた花音は不安げな顔で五十里を見返した。思いがけない恋人の反応に、直前までの興奮は一気に収まっている。

「司波君は気まずい空気になるのを恐《おそ》れたんじゃないかな。いや、違うか。気まずい空気になって練習が滞《とどこお》るのを恐れたんだ。司波《しば》君は種目変更によって時間的な余裕《よゆう》が無くなったことをとても気に掛けているからね」

自分が雫《しずく》や深雪《みゆき》と気まずくなったら練習に悪影響《あくえいきょう》が出るというのは、花音《かのん》にも理解できる話だった。だが五十里《いそり》が達也の肩を持つのが、花音は何となくだが、面白くなかった。

「スケジュールがタイトになっていることを気にしているのは司波君だけじゃないわよ。あたしだって、啓《けい》だって、服部《はっとり》君だって、中条《なかじょう》さんだって気に病んでいるわ。ううん、スケジュールのことを一番心配しているのは中条さんだと思う」

「そうだね」

五十里は花音の言葉を否定しなかった。笑って聞き流すこともしなかった。大真面目な眼差《まなざ》しで花音の瞳《ひとみ》をのぞき込み、脊髄《せきずい》反射的な反発を押さえ込んだ上で「でも」と続けた。

「新競技、新ルールの攻略《こうりゃく》方法を一番真剣に考えているのは多分、司波君だよ。今年の九校戦で司波君が担当する競技は女子アイス・ピラーズ・ブレイクペア、女子アイス・ピラーズ・ブレイクソロ、女子ロアー・アンド・ガンナーペア、男子シールド・ダウンペア、男子シールド・ダウンソロ、新人戦男子ロアー・アンド・ガンナー、新人戦女子シールド・ダウン、ミラージ・バット、モノリス・コード、女子スティープルチェース・クロスカントリー。種目数で十競技、担当選手数で十一名だ。これは二、三年技術スタッフ六名の中で断トツに多い。僕も多い方だけど、それでも六種目八人だからね」

「たった三人しか違わないじゃない」

花音の反論を、五十里は笑って聞き流した。それが言い掛かりに過ぎないことは、花音にも分かっているはずだったからだ。

「だから司波君は、できる限り効率的に練習メニューを進めたいんだと思う。これを見て」

五十里が手を伸ばして机のラックから電子ペーパーを取り出した。それを花音に見せる。

「……うへっ。こんなに細かく」

そこには練習試合後に毎回計測した花音のデータが詳細《しょうさい》に記載《きさい》されていた。

「学校にいる内に、司波君が僕の端末《たんまつ》へ送ってくれたんだ。良く整理されていて感心するよ。これを見れば、どんな調整をすれば良いのかすぐに分かる」

今度は花音もケチをつけなかった。そんなことをしても負《ま》け惜《お》しみにしかならないと、魔法《まほう》工学が苦手な彼女にも理解できた。

「何だか、必要以上に急いでいるような気もするけど……司波君は花音をバカにしたりはしない。それだけは確実だよ。彼はそんな、無意味なことをする人じゃない」

何故《なぜ》達也が焦《あせ》って時間を捻出《ねんしゅつ》しようとしているのか、その理由までは五十里にも推測できなかった。今の段階で五十里に分かっているのは、達也が九校戦対策の仕上げを非常に急いでいるということだけだ。

取《と》り敢《あ》えずこの場で花音を納得させるには、それで十分だった。

◇◇◇

七月十五日、日曜日の午前中。中間試験を挟《はさ》んで昨日から再開した九校戦の練習で、花音《かのん》・雫《しずく》ペアは相変わらず深雪《みゆき》に負け続けていた。

花音はその原因が自分にあると自覚している。彼女の「地雷原《じらいげん》」が自陣《じじん》最前列の氷柱《ピラー》にまで作用している所為《せい》で、雫は対温度変化の情報強化だけでなく対振動《しんどう》の情報強化に無駄《むだ》な魔法力を割いている。その為《ため》、ただでさえ事象干渉力で上を行かれている深雪の魔法《まほう》を防御しきれないのだ。

攻撃《こうげき》の方は、さすがに一本も倒せず終了するということはなくなった。五十里《いそり》が設計した、縦揺れと横揺れを複雑に組み合わせ氷柱を倒すことに最適化した振動パターンは、深雪にも完封しきれないものだった。

だが今のところ、十二本の内の三本を倒すのが精一杯だ。それまでに、花音側の氷柱が全《すべ》て壊《こわ》されてしまう。そのペースは、去年の新人戦で雫が深雪と対戦した試合より早い。深雪も成長しているが、雫だって去年のままではないのだ。一対一より悪い結果になっているということは、花音が雫の邪魔《じゃま》になっているということに他ならない。

元々花音は厳密な範囲制御《せいぎょ》が得意ではない。威力、スピード、スタミナいずれも一級品だが、精確性に難がある。これは自他共に認める彼女の短所だ。本来であれば花音はペアに向いていないのだが、深雪の「氷炎地獄《インフェルノ》」はソロでこそ威力を発揮する魔法。深雪の方が魔法の威力でもスピードでも優《まさ》っている為、花音をペアに回さざるを得なかった。

今年の九校戦は、出場種目の選定段階から花音にとって不本意続きだった。

「一休みしましょう」

達也《たつや》が休憩《きゅうけい》を宣言する。

花音は後輩《こうはい》の目を気にする余裕《よゆう》も無く、がっくり項垂《うなだ》れた。

「千代田《ちよだ》先輩《せんぱい》、考え方を変えましょう」

ベンチに座って呼吸を整えている花音の前に移動した達也が、前置きもなく話し掛けた。

「考え方って？」

自分の前に立ち止まった達也の足は見えていたので、急に話し掛けられても花音は驚かなかった。

「雫も聞いてくれ」

顔を上げた花音と、その前から達也へ目を向けていた雫へ、達也が説明を始める。

「これは千代田先輩に考え方を変えていただくというより、雫に考え方を変えてもらいたいんですが、アイス・ピラーズ・ブレイクは先に相手の氷柱を全て倒すか壊すかした方の勝ちです。

自陣《じじん》の氷柱《ピラー》は、一本でも残っていれば問題ありません」

「そうね」

花音《かのん》が声に出して、雫《しずく》が無言で頷《うなず》いた。

特に花音はその戦法で去年優勝している。改めて言われるまでもないことだった。

「ですから、氷柱を全て守るのは止めましょう」

「……守りを捨てるということ？」

そう質問したのは雫だ。花音は「まさか」という思いに襲《おそ》われて、咄嗟《とっさ》に反応できなかった。

「部分的に、だ。完全に防御《ぼうぎょ》を放棄《ほうき》するわけじゃない」

「なぁんだ」

花音と雫の声が揃《そろ》った。「なぁ」と間延びしたところまで同じで、傍《そば》で聞いていると妙《みょう》におかしい。実際に、深雪は笑いを堪《こら》えている表情だ。

「具体的には」

花音と雫に気を遣《つか》ったのか、眉《まゆ》一筋も動かさなかった達也《たつや》がそのまま作戦プランの説明を続ける。

「一番後ろの一列四本に情報強化を集中し、前二列は捨てます」

達也が雫に目を向ける。雫が達也の視線に応えて頷いた。

「千代田《ちよだ》先輩《せんぱい》は自陣のことを考えず、敵陣《てきじん》の攻略に集中してください」

「今までもそうしてるけど？」

花音は達也の目を強い眼差《まなざ》しで見返した。

「では、今まで以上に」

達也はあえて引かなかった。

「──了解よ」

実を言えば花音にも、自分が攻撃《こうげき》に専念できているという確信は無かった。自分の所為で味方の魔《ま》法《ほう》同士が干渉《かんしょう》し合っていることが、花音はずっと気になっていた。

だが前二列に防御の魔法が作用しないのであれば、自分の魔法と干渉し合う心配はしなくても良くなると花音は思った。幾《いく》ら彼女が不器用といっても、自陣の最後列まで誤爆《ごばく》するほどではない。急に肩が軽くなったような錯覚《さっかく》を花音は覚えた。

「それと、これ以上この三人で練習するのは止めましょう」

「お兄様、理由をうかがってもよろしいでしょうか？」

この突拍子《とっぴょうし》もない提案に反応できたのは深雪だけだった。だがさすがの彼女も、今回は兄の真意を理解できなかったようだ。

もちろん訊《き》かれるまでもなく、達也は理由を説明するつもりだった。

「やはりペアとソロでは性質が違う。ペアはパートナー同士の連携《れんけい》が上手《うま》く行かないとそれが隙《すき》になる。ソロには無い要素だ。ペア競技固有の欠点を突《つ》く楽な勝ち方に慣れてしまうと、本番で思わぬ不覚を取りかねない」

達也《たつや》が練習形式の変更を言い出したのは、何も深雪《みゆき》の為《ため》だけではなかった。

「逆にペア競技では、特に攻撃面《こうげき》において相手の連携ミスを突《つ》くのが重要な鍵《かぎ》になりそうです。練習でも、そこを意識するべきでしょう」

思い当たる節があるのか、今度は花音《かのん》も素直に頷《うなず》いた。

「では、男子の代表と練習するのですか？」

深雪の察しが良い質問に、達也は微《かす》かな笑《え》みを浮かべた顔で頷いた。

「ああ。今から相談に行ってくる。すみませんが、少し外します。さっきの戦術プランで練習を続けてください」

「はい」

「うん」

「分かった」

軽く頭を下げた達也に、三人が三様の応えを返す。

「男子ソロのエンジニアは五十里《いそり》先輩《せんぱい》ですから、今後は俺と先輩が交互に練習を見ることになるでしょう」

そう付け加えて、達也は準備棟《とう》へ足を向けた。

その一言に深雪は不満げな表情を浮かべ、花音は現金なくらい機嫌《きげん》を上向かせた。

◇◇◇

七月二十二日、日曜日。達也と深雪は外せない用事があるとの理由で、今日は午後から練習に参加する予定だ。午前中、野外プールでは五十里が中心となってアイス・ピラーズ・ブレイクペアの練習が行われていた。

「雫《しずく》、応援《おうえん》に来たよ」

「あっ、ほのか」

ほのかはミラージ・バットの選手だが、担当エンジニアはやはり達也。エンジニア抜《ぬ》きでも練習できるとはいえ、やはり身が入らないのだろう。

プールではサポートメンバーが氷柱《ピラー》を作っているところだ。深雪がやると簡単そうに見えるが、こうして他の生徒が苦労しているところを前にすると、深雪の魔法力《まほうりょく》が如何《いか》に卓越《たくえつ》しているかが良く分かる。

「調子はどう？　新戦術には慣れた？」

ほのかの質問に、雫が微かな苦笑いを浮かべた。

ほのかでなければ、おそらく気づかなかっただろう。

だがほのかには、親友の苦労が手に取るように分かった。

「魔法自体は楽になったけど、違和感が」

「違和感？　自陣の氷柱《ピラー》を防御《ぼうぎょ》しないことに違和感を覚えるってこと？」

「うん。勝敗に関係ないのは、分かってるんだけど」

「雫《しずく》、負けず嫌《ぎら》いだもんね。自分の氷柱が倒されるのが気に入らないか」

ほのかがクスッと笑いをこぼし、雫が目を背けた。

雫の顔の色に変化は無かったが、ほのかの目には親友が顔を赤くしてそっぽを向いている姿が映っていた。

そうこうしているうちに、氷柱の準備が整った。

「位置についてー」

五十里《いそり》の声が掛かる。雫がベンチから立ち上がった。

「行ってくる」

「頑張《がんば》って、雫。……ところで千代田《ちよだ》先輩《せんぱい》は？」

「あそこ」

雫の視線をたどってほのかが目を動かす。その先には、五十里の腕にしがみついた花音《かのん》の姿があった。

「深雪《みゆき》でもあれはない」

雫がボソッと毒を吐《は》く。確かに深雪は、どれだけ達也《たつや》と仲が良いところを見せても、人前で達也に抱《だ》き付いたりはしない。兄妹と婚約者を比べてはいけないのかもしれないが、その意味では深雪の方が花音よりも慎《つつし》みを知っているように思われる。

もっとも、いちゃつく恋人たちの姿に湧《わ》いてくるのは、否定的な感情ばかりではなかった。

「あはは……ちょっと羨《うらや》ましいけどね」

花音を見ていて、ほのかがポロリとこぼした本音に、

「ふぁいとー」

雫が気合いの入っていないエールを送った。


男子対女子の試合だが、一試合一試合の対戦で見るならこの競技に男女の性差は無い。男子と女子に分かれているのは、試合を重ねることによる体力の消耗《しょうもう》を考慮してのことだ。練習試合に男女のハンデなど存在しない。

しかしそれでも。

この結果は、男子生徒にとって、へこまずにはいられないだろう。

「勝利！」

花音が得意げにVサインを見せる向かい側では、敗れた男子ペアが「くっ……」と歯を食《く》い縛《しば》っていた。

「花音、練習でそれはやめなさい」

花音《かのん》がVサインを向けている相手は、相手ペアではなく五十里《いそり》だ。花音が傍若無人《ぼうじゃくぶじん》な性格といっても、さすがにそこまで無神経ではない。だが相手の目の前で勝ち誇っている事実に変わりはないのだ。デリカシーに欠けているのは、恋人の五十里でも否定できなかった。

「はーい」

五十里にたしなめられて、花音が首をすくめる。ただその表情は、叱《しか》られて気落ちしているのではなくむしろ楽しそうだった。

構ってもらえるのが何でも嬉《うれ》しいのだろう。「バカップル」という俗語を思い浮かべたのはツッコミ属性持ちの雫《しずく》だけではなかった。

再びコート整備の時間となり、雫がベンチへ戻ってくる。本当はCADのデータを取らなければならないのだが、五十里は今のところ花音に掛かりきりだ。それに、

「雫、お疲れさま」

「すごいじゃない。予定どおり」

ほのかの言うように、達也《たつや》が立てた防御《ぼうぎょ》戦術は完全に機能している。達也の留守中に調整用のデータを取っておく必要は感じなかった。

五十里も花音に小言を与えるだけで、計測や調整に取り掛かる様子はない。選手とエンジニアが焦《あせ》ってバタバタと動いている男子ペアとは対照的に、女子ペアのサイドはのんびりしたものだった。

◇　◇　◇

八月五日、九校戦初日。この日はアイス・ピラーズ・ブレイク・ペアの男女予選とロアー・アンド・ガンナー・ペアが行われる。

「競技時間が重なっていたら、五十里先輩《せんぱい》にご迷惑《めいわく》を掛けるところでしたが」

「どうやらその心配は要らなくなったみたいだね」

朝一番の一高テントで大会本部の選手団向け情報ページにアクセスして、達也が安堵《あんど》したように呟《つぶや》き、それに五十里が笑顔《えがお》で答えた。彼らが見ているのは本日の試合スケジュールだ。

達也はアイス・ピラーズ・ブレイクで雫を担当し、ロアー・アンド・ガンナーで英美《えいみ》を担当している。これは両者からの強い要望によるものだが、もし英美のレースと花音&雫ペアの試合が重なっていたら、その試合については五十里に花音と雫両名のフォローをお願いしなければならなかったところだ。

元々アイス・ピラーズ・ブレイクにせよロアー・アンド・ガンナーにせよ試合中に技術スタッフができることはあまり無い。だからペア競技でもスタッフは一人ついていれば問題無いのだが、自分が担当している選手を任せきりにするというのはやはり、達也としても気が引けた。もしその可能性が現実のものとなったなら、彼としても忸怩《じくじ》たるものがあったことだろう。

実際の試合スケジュールは、英美《えいみ》が朝一番の第一走者、雫《しずく》が四試合目と七試合目。試合の時間が重なることは無い。

達也《たつや》は五十里《いそり》に一言《ひとこと》断りを入れて、ロアー・アンド・ガンナーの試合コースへ向かった。

その背中を見送ってホッと息を吐いたのは、五十里ではなく雫だった。

「司波《しば》君が間に合うと分かって安心した？」

振り返った五十里が、笑いながらそう訊《たず》ねる。

まさか気づかれると思っていなかった雫は、恥ずかしそうに目を逸《そ》らしながら小声で「いいえ」と答えた。

「そう？ 僕は安心したよ。恥ずかしながら、僕じゃ司波君ほど上手《うま》くCADを調整できないからね。花音《かのん》の調整は慣れているから大丈夫《だいじょうぶ》だけど、北山《きたやま》さんまで担当するのはちょっと不安だったんだ。魔法力《まほうりょく》が高い人ほど、CADの調整も難しくなるから」

「何言ってるの！ 啓だったら大丈夫《だいじょうぶ》だよ！」

弱気なセリフを口にした五十里の背中を、花音が平手で叩《たた》く。かなり派手な音がしたので結構痛かったはずだが、五十里は困惑《こんわく》気味に笑っただけだ。そもそも彼は本気で弱音を吐いたのではなく、後輩《こうはい》をリラックスさせる為《ため》の冗談《じょうだん》という側面が強かった。それが手荒《てあら》い励《はげ》ましを受けたことで「花音にもそう見えるのか」とかえって不安を覚えたのだった。

「達也さん――司波君が間に合わなくても大丈夫、でした」

雫が何を思ったのか、五十里に向かってそう言った。

「司波君のＣＡＤは試合前の微調整が必要無いくらい、私にマッチしています。そうでなければ私も明智《あけち》さんも、最初から掛け持ちを認めませんでした」

「あははは、そうだね」

大真面目に語った雫に対して、五十里は乾《かわ》いた笑いで応《こた》えた。

おそらく雫は五十里の不安を解消しようとしたのだろう。五十里もそう受けとった。

しかし雫のセリフは、聞き方次第で「だから五十里先輩《せんぱい》には最初から期待していません」と解釈できるものであり、五十里はその解釈に気づいてしまっていた。

雫は気づいていない。

花音《かのん》も気づいていない。

二人は和やかに雑談を始めた。

二人ともこのまま気づかないでくれ。少なくとも明後日の決勝リーグ終了までは。――五十里は心からそう願った。

ロアー・アンド・ガンナーの試技が終わって達也が一高の天幕に戻った時、女子アイス・ピラーズ・ブレイクはまだ二試合目の最中だった。

「ご苦労様。良い結果が出たみたいだね」

英美たちのレースをモニターで見ていた五十里《いそり》が、達也《たつや》を笑顔《えがお》で労《ねぎら》った。

「ありがとうございます。国東先輩《くにさきせんぱい》と明智《あけち》さんが頑張《がんば》ってくれました」

あずさが達也の背後から興奮した声で会話に参加する。

「二人の頑張りはもちろんですけど、司波《しば》くんの技術には今回もびっくりさせられましたよ」

終わった競技のことは手短に済ませよう、という達也の目論見《もくろみ》は、第三者の割り込みで呆気《あっけ》なく潰《つい》えた。

「インビジブル・ブリットを使うのは知っていましたけど、ループキャストを組み合わせるとあんな風になるんですね。まるでマシンガンです」

「ループキャストの効果にも驚いたけど、僕はそれよりインビジブル・ブリットを散弾化した方にびっくりしたな。『一点に圧力を生じさせる』というのはあの魔法式《まほうしき》の基幹的な部分だろう？　よく整合性を保ったよね。さすがとしか言いようがないよ」

「基幹部分というほどではありませんよ。圧力を発生させる『基本《カーディナル》コード』はあの魔法固有のものですが、照準を定める部分は他の魔法と同じパターンが使われていますから。不可分に見えるのは、吉祥寺真紅郎《きちじょうじしんくろう》による偽装《ぎそう》です」

「えっ、そうなの⁉」

自分の苦手分野が話題になっていた為《ため》に口出しを自粛《じしゅく》していた花音《かのん》が、達也のにべもない暴露《ばくろ》に思わず声を上げた。

「もしかしたら金沢魔法理学研究所の入れ知恵かもしれませんが。魔法式の公開に当たって、オリジナルの魔法式をわざと分かり難《にく》く書き換えてノウハウの流出を防ぐというのは、割とありふれたことですから」

当時十三歳だった吉祥寺が自分で偽装を施《ほどこ》したというより、研究所の年長者が偽装を主導したという方がありそうな話だった。

「なるほど～。そんな悪知恵も、司波くんには通用しなかったということですね」

あずさが無邪気《むじゃき》に地雷《じらい》を踏む。

それを達也が起爆《きばく》させなかったのは、そろそろアイス・ピラーズ・ブレイクの会場に移動しなければならないからでしかなかった。

今年、アイス・ピラーズ・ブレイクはペアが導入された以外に、対戦要領が変更されていた。

去年までは二十四名でトーナメントを行い、上位三名で決勝リーグを行っていた。

だが今年は九チームを三つに分け、三チームで行う予選リーグの各一位三チームで決勝リーグを行う形式だ。一日目の今日は予選リーグ九試合が一つのフィールドで行われる。

花音・雫《しずく》ペアの初戦は第四試合。相手は去年のバトル・ボードで因縁《いんねん》の七高チームだ。

あの事件が犯罪シンジケートの仕業であり七高もある意味被害者であるということは、既《すで》に秘密でも何でもない。摩利《まり》の事故に関して七高を恨《うら》むのは筋違いだと花音にも分かっている。

だが理屈《りくつ》と感情は別だ。花音は闘志《とうし》満々でこの試合に臨んでいた。

「それで……その格好で出るの？」

五十里《いそり》が「嘘《うそ》だよね？」と言いたげな口調で花音《かのん》に問い掛けた。去年の経験から雫《しずく》が限りなく本気だと理解していた達也《たつや》は諦念《ていねん》を持って花音と雫、色違いなだけでお揃《そろ》いのコスチュームを眺《なが》めている。

「そうよ。可愛《かわい》いでしょ」

そう言って花音がクルッと回った。カランと下駄《げた》が小気味の好《よ》い音を立てる。

二人の衣装は外出用（というより今や「お祭り用」）の浴衣《ゆかた》だった。

五十里が達也に視線で助けを求める。

達也は何を言っても手遅れだと知っていたが、無視を貫《つらぬ》くのも五十里に対して不義理に思えたので、取《と》り敢《あ》えず口を開いた。

「雫、今年は涼しそうだな」

「任せて。……似合ってる？」

「ああ。去年の青も良かったが、今年の赤紫《あかむらさき》もよく似合っている」

「ふふっ、ありがと」

五十里が面《おもて》に絶望を浮かべた。

花音は「司波《しば》君でもあのくらいのことは言ってくれるのに」と、婚約者に対してちょっぴり不満げだった。

選手の入場に、観客席が沸《わ》いた。ここまでで一番盛り上がっているかもしれない。

フィールド後方の櫓《やぐら》に姿を見せた七高ペアは、お揃いのセーラー服姿だった。それも船員仕様ではなく、二十世紀女子高校生仕様だ。上は半袖《はんそで》の白いセーラーカラー、下は紺《こん》のプリーツスカート。涼しげなブルーではなく、あえて紺色をチョイスしたところに七高の拘《こだわ》りが感じられる。――選手たち本人がどう思っているかは別にして。

逆サイドの櫓に登場した一高ペアは色違いの浴衣姿だ。濃い青に花火柄《がら》をあしらった大人っぽい浴衣姿が花音、赤紫の生地《きじ》に同じ系統の色で目立たぬように花火模様を入れた女っぽい浴衣姿が雫。季節的に、正統派で健全な色気を醸《かも》し出している。

一高ペアと七高ペア、ビジュアル面の人気は互角だった。

「まあ、観客にどれだけ受けたところで試合の結果には何の影響《えいきょう》も無いわけですが」

櫓後方の技術スタッフ用モニタールームで、達也が言うまでもないことをボソリと呟《つぶや》いた。実のところ彼も、女子アイス・ピラーズ・ブレイクのこの習慣には精神的な疲労を感じているようだった。

「選手が楽しんでいるんだから良いんじゃないかな。九校戦にもこういう『お遊び』の部分は必要だと思うよ」

五十里は悩みすぎて、ある種の悟《さと》りに至っていた。

「ああ、ようやく始まるようですね」

フィールドの両サイドに立つポールに赤い光が灯《とも》った。

光の色が黄色に変わり、更《さら》に青へと変わった瞬間《しゅんかん》が試合開始だ。

達也《たつや》も五十里《いそり》も、それ以上無駄口《むだぐち》を叩《たた》かず選手の背中と、フィールドを見詰《みつ》めた。

ライトの色が変化する。

黄色へ、

そして、青へ。

轟音《ごうおん》が試合会場を襲《おそ》った。

約一・八三トンの氷柱《ピラー》が倒壊する音だ。

七高陣地《じんち》の最前列の氷柱が後方に倒れ、他の氷柱にぶつかって折れる、その破壊音《はかいおん》。

一本、二本、三本と、続けざまに七高の氷柱が倒される。

七高ペアも、自陣《じじん》の氷柱が倒されるのをただ見ていたのではない。

四本まで倒された時点で、八本の氷柱が最後列中央を中心に集まって一塊《ひとかたまり》となった。

「なるほど。その手できたか」

呟《つぶや》く五十里の声には余裕があった。確かに氷柱を一箇所に集めれば倒されにくくなる。

「だけどそれは悪手だよ。花音《かのん》の『地雷原《じらいげん》』の前には」

まるで五十里の声が聞こえたかのように、花音が事象干渉力を高めていた。

七高は八本の氷柱を一体化するという防御態勢を完成させたことにより、攻撃《こうげき》に転じた。

続けざまに一高の氷柱が倒れていく。

一本、二本、三本。まるで抵抗を受けた形跡《けいせき》がない。

一高の応援席で悲鳴が上がる。

七高の応援席で歓声《かんせい》が上がる。

アクシデントか！　という声が悲鳴に混じる。

ツイているぞ！　という声が歓声に混じる。

だが七高の猛攻《もうこう》は、八本の氷柱を倒したところでピタリと止まった。

九本目が倒れない。

一高陣地、最後列の四本が微動《びどう》だにしない。

突然《とつぜん》生じた戦況《せんきょう》の変化に、圧倒的優位を信じていた七高ペアが、焦《あせ》った。

七高で防御を担当していた選手が攻撃に回る。

それでも、雫《しずく》の情報強化を抜くことができない。

そして偶然《ぐうぜん》にも、花音の魔法《まほう》が完成したのはその瞬間だった。

「油断したな。いや、勝ちを焦ったか」

達也《たつや》が呟《つぶや》いた言葉は、七高ペアの心理を指してのものだった。

「これで勝ちだ」

五十里《いそり》が呟いたセリフは、花音《かのん》が魔法《まほう》を完成させたことを察してのものだった。

花音の、千代田《ちよだ》家の得意魔法「地雷原《じらいげん》」。

地面を介《かい》して、固体に強い振動《しんどう》を与える魔法。

その激しい振動は氷程度の強度であれば軽々と破壊《はかい》するだけのエネルギーを秘めている。

氷柱《ピラー》を一箇所に集める戦術は、花音にとって的を一箇所に纏《まと》めるものでしかない。

七高の陣地《じんち》が激しく波打った。

千代田家の「地雷原」は地面を前後に揺らす魔法でも左右に揺らす魔法でもなく、上下の波を作り出す魔法だ。地面に生じた凹凸《おうとつ》が短い周期で入れ替わることにより、その上に載《の》っている固体に歪《ゆが》みを生み出し破壊する術式。

一塊《ひとかたまり》になった合計十四・六トンの氷がその振動に耐えることのできた時間は、わずかだった。

一際《ひときわ》激しい轟音《ごうおん》と共に、全《すべ》ての氷の塊《かたまり》が砕《くだ》け散《ち》る。

一拍おいて、試合終了のブザーが鳴った。

花音が振り返り、満面の笑《え》みを浮かべて五十里にVサインを見せる。

その隣《となり》で雫《しずく》が、達也に向かってこっそり人差し指と中指を立てて見せた。

アイス・ピラーズ・ブレイク予選リーグ二試合目の対五高戦も、一高は四本の氷柱を残して短時間で勝利した。

ここに至り、他校のスタッフにも一高女子ペアチームの作戦が明らかなものとなった。

「一試合目のあれもわざとだったのか……」

三高の天幕では、達也のことを過剰《かじょう》に意識する一条将輝《いちじょうまさき》が吉祥寺真紅郎《きちじょうじしんくろう》にそう話し掛けていた。

「そうだね。ピラーズ・ブレイクは自陣《じじん》の氷柱《ピラー》が一本でも残っていれば負けにならない。とはいえ結果的に四本残すのではなく、最初から八本も捨てて掛かるなんて……随分《ずいぶん》と思い切った作戦だよ」

吉祥寺は何処《どこ》か精彩を欠く声でそう答えた。彼はロアー・アンド・ガンナー女子ペアの最初のタイムアタックで一高の射手《ガンナー》が「インビジブル・ブリット」の改造版を使いこなしていたことにショックを受け、まだそこから回復できていなかった。

「ヤツは、いや、一高は何故《なぜ》そんな作戦をとったんだろう？」

「何故って？」

精神活動が停滞《ていたい》している吉祥寺は、将輝の質問の意図を理解し損なった。

いつもの吉祥寺らしからぬ察しの悪さを訝《いぶか》しみながら、将輝は親友の疑問に答えた。

「防御《ぼうぎょ》対象を絞《しぼ》り込むことで一つ当たりの防御力を上げ、確実に一本以上の氷柱を残す。一見合理的な作戦に思えるが、これは十二本全《すべ》ての氷柱《ピラー》を守り切る魔《ま》法力《ほうりょく》が無い選手の戦い方だ。守備側が四本に魔法力を集中するということは、攻撃《こうげき》側もその四本に魔法力を集中すれば良いということになる。リスクは分散すべきであるという原則に従えば、四本の氷柱のみを守るより十二本の氷柱を守る方が望ましい。北山《きたやま》選手にそれだけの魔法力があることは、去年の実績からも明らかだ」

将輝《まさき》が脳裏に思い浮かべているのは、去年の会場を沸《わ》かせた深雪《みゆき》と雫《しずく》の新人戦女子アイス・ピラーズ・ブレイク決勝戦だ。あの試合で雫は深雪の「氷炎地獄《インフェルノ》」を形の上では凌《しの》ぎきった。深雪は雫を下すのに「ニブルヘイム」のカードを切らなければならなかった。あの時は深雪の氷柱を攻撃しながら「氷炎地獄」に耐《た》えたのだから、防御《ぼうぎょ》に専念できるペア競技で雫が十二本の柱を守れないはずはないと将輝は考えたのである。

「確かに……そうだね」

吉祥寺《きちじょうじ》が考え込んだ時間はわずかだった。一旦《いったん》回転を始めれば、彼の思考は速く鋭《するど》い。

「将輝の言うとおりだ。一高の戦術は防御を担当する北山選手の魔法力不足に基づくものじゃない。問題は攻撃を担当する千代田《ちよだ》選手にある」

「しかし、一体どんな問題が？　一高の千代田は去年の優勝者だぞ」

上級生が呈した疑問に、吉祥寺は少しも考え込むことなく答えた。

「千代田選手が使っている魔法は、千代田家のお家芸である『地雷原《じらいげん》』。地面を介《かい》して固体に振動を与え破壊《はかい》する術式です。この魔法は地面を震動《しんどう》させるという性質上、効果範囲を厳密に指定することが不可能と言って良いほど困難です。おそらく一高の戦術は、『地雷原』と防御用の情報強化が干渉《かんしょう》し合うのを防ぐ為《ため》のものでしょう」

「なるほどな」

吉祥寺に質問した三年男子が頷《うなず》いた。

今度は別の上級生が吉祥寺に問い掛ける。

「その欠点があっても、千代田さんのあの魔法は脅威《きょうい》だわ。一高に勝つ為には、『地雷原』にこちらの氷柱《ピラー》を壊されてしまう前に北山さんの防御を破らなきゃならないんだけど、何か良い手はない？」

吉祥寺は、自信を感じさせる笑顔《えがお》で頷いた。

「ありますよ。良い作戦を思いつきました。ディフェンス担当の佐久間《さくま》先輩《せんぱい》にとってはそれほど難しくない魔法を使うものですので、今からでも間に合うと思います。明日までにプランと起動式を揃《そろ》えておきます」

「そう？　さすがは吉祥寺君ね」

三年生の女子生徒が吉祥寺を称賛《しょうさん》する傍《かたわ》らで、将輝が心配そうな目を向ける。

「大丈夫《だいじょうぶ》か？　ジョージは明日、ロアー・アンド・ガンナーソロの本番だろう？」

「大丈夫だよ、将輝。今度こそ彼に一泡噴《ひとあわふ》かせてやる」

吉祥寺《きちじょうじ》は将輝《まさき》に心配無用と笑い掛けながら、首を横に振った。

◇◇◇

八月七日午後、アイス・ピラーズ・ブレイク女子ペア決勝リーグ。

決勝に進んだのは一高、二高そして三高ペアだ。

ここまで二試合して一高の一勝、二高の二敗、三高の一勝。

次の一高対三高戦でアイス・ピラーズ・ブレイク女子ペアの優勝が決まる。

「午前中の男子は三高に優勝を持っていかれちゃったからね。シールド・ダウンの男子ペアは当校が優勝しているとはいえ、これ以上三高にポイントで離されるのは好ましくない。だからこの試合は是非《ぜひ》勝って欲しい」

一高の控《ひか》え室では、五十里《いそり》が珍しく精神論で発破を掛けていた。

「もちろんそのつもりよ。次の試合、絶対勝つ！」

基本的にパッションを原動力としている花音《かのん》が、これに力強く頷《うなず》く。

「では作戦ですが、千代田先輩《ちよだせんぱい》については変更ありません。前の試合と同様、攻めに集中してください」

対照的に冷静な口調で、達也《たつや》が口を開いた。

「任せなさい！」

「お願いします。次に雫《しずく》だが、作戦を少し変える。防御《ぼうぎょ》の対象を最後列四本から、最後列四本と中列左右の合計六本とする。座標データは起動式に組み込んであるから、この変更について特に意識する必要は無いはずだ」

「達也さんに任せる」

直前の戦術変更に、雫は全く動揺を見せなかった。自ら言明したように、今日の試合に関して彼女は達也に全幅の信頼を置いていた。

「それと、これを袂《たもと》に隠《かく》しておいてくれ」

そう言って達也が雫に渡したのは、ショートタイプの拳銃《けんじゅう》形態ＣＡＤ。去年の新人戦でも使った「フォノンメーザー」の、改良型の起動式を仕込んだデバイスだった。

「？」

「北山《きたやま》さんも攻撃《こうげき》に参加させるの？」

雫が不思議そうな表情で小首を傾《かし》げた横で、花音が棘《とげ》のある声を発した。雫にフォノンメーザー用のＣＡＤを渡すということは、達也が花音一人では攻撃力《こうげきりょく》が不足する可能性があると見ていることを意味する。花音が機嫌《きげん》を傾《かたむ》けても当然だった。

「三高が小細工をしてくる可能性があります。それでも千代田先輩一人で問題無いと思いますが、攻略に時間を掛けたくありません。吉祥寺真紅郎《しんくろう》なら、俺《おれ》が思いもつかない手を用意しているかもしれませんから」

そう前置きして、達也《たつや》は予想される三高の「小細工」について語った。

彼の話を聞き終えた花音《かのん》は呆《あき》れ顔を隠《かく》そうともしなかったが、雫《しずく》がフォノンメーザーを使うことについては了承した。


一高ペアと三高ペアが櫓《やぐら》の上で向かい合う。花音と雫は人気急上昇中の浴衣《ゆかた》姿。一方の三高ペアはミリタリー調の詰《つ》め襟《えり》に鉢巻《はちま》きという、気合いがオーバーフローを起こしそうなコスチュームだった。

「三高は随分《ずいぶん》自信ありそうだね。やっぱり、吉祥寺《きちじょうじ》君が何か仕込んでいるんだろうか？」

「無策であるはずはないでしょう。それはこちらも同じですから」

「そうだね」

そう言って五十里《いそり》は失笑を漏《も》らした。

「果たして吉祥寺君は、司波《しば》君の予想を超えられるかな？」

心配ではなく期待感が込められた五十里の独白に、達也も思うところが無いではなかった。

だがツッコミを入れることはできなかった。

上級生だから、ではない。試合開始のランプが点灯を始めたからだ。

赤から黄色へ。

黄色から青へ。

その瞬間《しゅんかん》、いつもの轟音《ごうおん》がスタンドを揺らした。

次々と倒されていく両チームの氷柱《ピラー》。

一高にとっては想定どおりの展開。

三高にとっては、意外な展開。

「中列の氷柱が何故《なぜ》倒れないんだ！」

「防御用《ぼうぎょ》魔法《まほう》の構成を変えてきたのか！　相変わらず、小細工を！」

三高の天幕では、中列左右の氷柱が防御されていることに驚きの声が上がる。

「問題ありません。この程度なら予想の範囲内です」

動揺する上級生を、吉祥寺《きちじょうじ》が落ち着いた声でたしなめる。

「モニタールーム、選手に動揺は見られませんね？」

『大丈夫《だいじょうぶ》よ。こうなることは、吉祥寺君にあらかじめ聞いていたから』

通信機を介《かい》した吉祥寺の質問に、モニタールームの技術スタッフからしっかりした声で答えが返った。

「さすがはジョージだな。アイツが起動式を変えてくると読んでいたのか」

「去年もやられたことだからね」

将輝《まさき》の問い掛けに、吉祥寺が余裕のある口調で答えた。

「でもこの程度ではこちらの作戦に何の影響《えいきょう》も無い。一本ずつ壊《こわ》していくだけさ」

「北山《きたやま》さんの情報強化を抜いたか……やはり三高は手強《てごわ》い」

雫《しずく》の氷柱《ピラー》の七本目が砕《くだ》かれた瞬間、五十里《いそり》が独《ひと》り言のように呟《つぶや》いた。

「敵の魔法は振動系『無炎加熱《むえんかねつ》』、発散系『融解《ゆうかい》』、加重系『破城槌《はじょうつい》』ですね。自分より干渉《かんしょう》力《りょく》に勝《まさ》る魔法師の情報強化に対しては系統の異なる魔法を細かく切り替えることで揺さぶりを掛けるのが定石《じょうせき》ですが、基本に忠実な戦法です」

「基本に忠実ということは、言い換えれば正統的で効率的ということだよ。司波《しば》君には釈迦《しゃか》に説法かもしれないけど」

「いいえ、むしろ耳が痛いですね。俺《おれ》は魔法力の不足を補う為《ため》に奇策へ走りがちですから」

「そうかな？　司波君の作戦は実に合理的だと思うけど。力で大きく勝っている場合は力押しが一番の近道、という司波君の言葉には目から鱗《うろこ》が落ちたよ。僕は花音《かのん》が力尽《ちからづ》くに走らないようブレーキを掛けてばかりだったから」

「去年のアイス・ピラーズ・ブレイクは力尽くそのものだったと思いますが」

「あれは僕が花音に押し切られたんだ」

五十里が苦笑いを漏《も》らしたちょうどその時、雫の八本目がへし折れる。

それでも、達也《たつや》たちに慌《あわ》てた様子はない。

「花音《かのん》はあと二本か。さて、司波《しば》君の予想は当たるかな。どう思う？」

「このまま普通に防御してくれた方が、簡単に済みます」

達也の自己中心的な物言いに、五十里《いそり》は思わず噴《ふ》き出《だ》した。


「残り二本か……向こうは残り四本」

「やはり苦しい展開になったね。使わずに済めば、それに越したことはなかったけど」

将輝《まさき》の呟《つぶや》きに、吉祥寺《きちじょうじ》が苦い声で応《こた》えた。

その直後、三高の天幕内で悲鳴が上がる。

モニターの中では三高の十一本目が倒されていた。

そして最後の氷柱《ピラー》が、底面の頂点の一つを除いて、宙に浮いた。

スタンドが大きくどよめくのを聞きながら、五十里《いそり》はクスクスと笑いを漏《も》らした。

「すごい！　すごいよ、司波《しば》君！　まさか本当に、君の言ったとおりになるなんて」

三高最後の氷柱は、底面の一点を除いて宙に浮いていた。まるで体操選手が片手倒立しているみたいな姿だ。

「アイス・ピラーズ・ブレイクのルールでは氷柱を完全に空中へ持ち上げるのは禁止されてい

ます。言い換えれば、一点でもフィールドに接触していれば良いわけです」

「そして花音の『地雷原《じらいげん》』は地面に『面』で接触していなければ十分な効力を発揮しない。点で立っている物には上下動が伝わるだけで歪《ゆが》みが生まれないからね。さすがはカーディナル・ジョージ、『地雷原』対策としては満点だ。『地雷原』対策は」

「吉祥寺真紅郎《しんくろう》はどうも、本調子ではないようですね。こんな単純な見落としをする男ではないはずですが」

達也がため息を吐《つ》くような口調でそう言うのと同時に、雫《しずく》が左手で右の袂《たもと》から拳銃《けんじゅう》形態のＣＡＤを抜くのが見えた。

格納した起動式は「フォノンメーザー」。ただしＣＡＤの先端《せんたん》を起点とするのではなく、任意の座標に発射ポイントを作り出す改良型だ。

超高振動により量子化し熱線と化した音が三高陣地《じんち》の中央付近、倒された氷柱が邪魔《じゃま》にならない地点に生じ、そこから水平に走って地面と接触した氷柱の一頂点を撃《う》つ。

氷柱を正面から貫通《かんつう》するには雫のフォノンメーザーでも一瞬《いっしゅん》というわけにはいかない。

だが、頂点部分を融《と》かすだけなら、瞬《まばた》きするほどの時間も必要無い。

三高の氷柱は、地面との接点を失った。

その瞬間《しゅんかん》、「地面と接触した一点で立つ」という魔法《まほう》の定義が破綻《はたん》する。

不自然な状態で立っていた氷柱は、たちどころにバランスを失う。

その結果はただ一つ。
地響《じひび》きを立てて氷柱《ピラー》は倒れ、
試合終了のブザーが鳴った。

会場内ケーブル放送を映し出したモニターは、手を取り合って喜ぶ浴衣《ゆかた》姿の少女二人を映している。

その前には、信じられないという顔で吉祥寺《きちじょうじ》が硬直《こうちょく》していた。

「……ジョージ、その」

気まずげな声で将輝《まさき》が声を掛ける、それが合図になった。

吉祥寺が立ち上がり、脇目《わきめ》も振らず天幕の外へ駆《か》けていく。

将輝《まさき》は親友の背中に、掛ける言葉を持たなかった。


「えっへっへぇ、勝利！」

控《ひか》え室で合流した花音《かのん》が、五十里《いそり》に会心の笑《え》みとVサインを向ける。

「優勝」

雫《しずく》が微《かす》かな笑みと共に右手を挙げた。

浴衣《ゆかた》の袖《そで》を掴《つか》んだ右手は、恥ずかしそうなVサインを作っていた。

八月七日、九校戦三日目終了時点で、三高はまだ一高を百ポイントもリードしていた。

だが直接対決の決勝戦を制したこのアイス・ピラーズ・ブレイク女子ペアの試合結果が、一高にとって翌日から始まる反攻の狼煙《のろし》になったのは、多くの者が認めるところである。

The irregular at magic high school

目立とうミッション

［1］

西暦二〇九六年度の九校戦を間近に控《ひか》えた七月二十二日、日曜日。

黒羽《くろば》文弥《ふみや》と亜夜子《あやこ》の双子《ふたご》の姉弟は四葉《よつば》本家を訪れていた。

目的は十師族《じゅっしぞく》・九島家《くどう》が秘密裏に進めている魔法《まほう》兵器開発に関する調査結果を真夜《まや》に報告すること。文弥はこの調査に直接携《たずさ》わってはいなかったが、別の任務で手が空かなかった父・貢《みつぎ》の代理として亜夜子に付き添《つ》《そ》っているのだった。

真夜は亜夜子から受けた報告に満足している様子だ。労《ねぎら》いの言葉を掛けて楽にするように言うと、寛《くつろ》いだ表情で——今までリラックスしていなかったという意味ではなく、仕事中ではないオフモードでという意味だ——二人にお茶菓子《ちゃがし》を勧めた。

昔の君主は毒入りの茶菓子をそれと分かるように出して、それを食べるか否《いな》かで忠誠心を量《はか》るなどということもしていたようだが、真夜はそんな無意味なことなどしないし、文弥たちもそのような懸念《けねん》は懐《いだ》いていない。茶菓子に手を伸ばす二人の動作が躊躇《ためら》いがちなものだったのは、真夜自らに勧められたことに対して恐縮《きょうしゅく》していただけだった。

このように、文弥たちは到底リラックスしていると呼べる状態から程遠かった。二人のそんな初々《ういうい》しい様を見て、真夜が悪戯心《いたずらごころ》を起こさなかった、とは言えない。

「そういえば、もうそろそろ九校戦ね？」

「はい」

真夜の問い掛けに、文弥が緊張を孕《はら》んだ声で応える。いや、緊張と言うよりむしろ、警戒《けいかい》だろうか。

「九校戦には二人も出場するのでしょう？」

「はい、伯母様《おばさま》」

亜夜子が真夜に対して「伯母様」と呼び掛けるのは、真夜からそう呼べと言われているからだ。双子の父、黒羽貢は四葉真夜の従弟《いとこ》で、亜夜子から見た真夜は正確に言えば「伯母」ではない。亜夜子も第三者に対しては「ご当主様」あるいは「真夜様」と呼んでいる。

真夜も文弥に対しては「伯母と呼べ」とは要求しない。ただ、変装（女装）している時には「伯母」と呼ばせているところを見ると、女の子は「伯母様《おばさま》」と呼ぶ方が可愛《かわい》いから、という理由かもしれない。

「わたくしたちは二人とも新人戦に出場いたします」

もっとも、亜夜子本人はその使い分けに慣れてしまっていて、もう違和感を覚えなくなっていた。

「新人戦に？　貴方《あなた》たちの実力なら本戦に出すべきだと思うけど……」

真夜が言外に「四高なら特に」と言っているのを、文弥も亜夜子も正しく理解した。

「しかし、わたくしたちが本戦に出場するのは少々目立ちすぎではないかと」

「そう思って、新人戦に出場させてもらえるよう、それとなくお願いしたのですが……」

つまり四高内でも、二人を本戦で使おうという意見があったということだ。それを裏工作で回避したということだろう。諜報《ちょうほう》の専門家である黒羽《くろば》家の子女らしい話だ。

「余計な真似《まね》だったでしょうか？」

文弥《ふみや》が恐る恐る真夜《まや》に訊《たず》ねる。隣《となり》の亜夜子《あやこ》も肩に力が入っていた。

「余計な真似ではないけど……」

真夜が少し考え込む素振《そぶ》りを見せる。文弥と亜夜子は、息を詰《つ》めて続くセリフを待った。

「そうね。新人戦でも構わないでしょう」

ただでさえ背筋をピンと伸ばして座っていた双子《ふたご》が、棒《ぼう》を呑《の》んだような姿勢で固まる。二人にはまだ、椅子《いす》の背もたれに身体を預けて真夜の命令を拒む達也のような真似はできない。

「文弥さん、亜夜子さん、九校戦では手を抜く必要はありません。全力を出しなさい」

文弥も亜夜子も、真夜の命令には即座《そくざ》に「畏《かしこ》まりました」と答えるつもりだった。

だが、現実には。

「はっ？　はい」

文弥はこの反応だった。

「はい。……しかしそれでは、必要以上に目立ってしまうのではないかと」

亜夜子は文弥より随分《ずいぶん》とましだった。それでも歯切れが悪いこと、この上ない。それも無理のないことで、彼女は——亜夜子だけでなく文弥も——四葉《よつば》家当主に対する忠誠心を父親の貢《みつぐ》から刷《す》り込まれている。黒羽家は裏仕事が多い四葉の中でも更《さら》にその暗闇《くらやみ》奥深くを担当している。

闇の中の闇。非合法性が強いからこそ、絶対に裏切らないことが必要だ。文弥と亜夜子に徹底的な「当主への服従」が刷り込まれているのも二人の立場を考えれば当然のことだった。

逆に言えば、それだけ強く服従を刷り込まれていても反問しなければならないほど、意外な命令だったということだ。

「そうですね、亜夜子さん。貴女《あなた》たちが本気を出せば、去年の深雪《みゆき》さんや達也《たつや》さんに負けず劣らず人目を引くでしょう」

「ご当主様、それが狙《ねら》い……なのですか？」

文弥の問い掛けに、

「ええ、そうですよ、文弥さん」

真夜がにっこり笑って頷《うなず》いた。

「今年は七草《さえぐさ》家の下のお嬢《じょう》さんたちも新人戦に出てくるでしょうし、七宝《しっぽう》家の長男も必死にアピールを図ってくるでしょうね。そこに、四葉家に関係があるかもしれない貴方《あなた》たちが華麗《かれい》な活躍《かつやく》を見せてくれれば、深雪さんや達也さんに注がれる目も分散されるのではなくて？」

そこまで言われれば、二人にも真夜の意図が理解できた。

「お考えは分かりました」

だが、理解と納得は別物だ。

「しかしそれでは、今後の任務に差し支えが出るのではないかと思うのですが」

普通《ふつう》に考えれば、亜夜子《あやこ》の言うことの方が正論だ。諜報員《ちょうほういん》の顔が売れても良いことはない。

「それは心配しなくても良いわ」

しかし、真夜《まや》は自分の真意を明かすことなく、亜夜子の正論をあっさり却下《きゃっか》した。

「今は、九校戦でしっかり活躍することだけを考えなさい。私《わたくし》も楽しみにしているわ」

「はい、頑張《がんば》ります」

「ご期待に添《そ》えるよう努めます」

文弥《ふみや》と亜夜子は視線を合わせることもなく意思を通わせ、真夜の命令を受諾《じゅだく》した。

◇　◇　◇

文弥と亜夜子が退出したのを見送って、真夜はテーブルのハンドベルを振った。

すぐに扉《とびら》をノックする音がしたのは、ハンドベルで呼ばれるべき相手が隣室《りんしつ》に控《ひか》えていたからだろう。

「入りなさい」

「失礼します」

真夜の声に応《こた》えて扉を開けたのは葉山《はやま》執事だった。

「葉山さん、早速ですけど貢《みつぐ》さんに連絡を取ってくださいな」

「畏《かしこ》まりました。例の件でよろしいでしょうか」

「ええ、そうよ。……あっ、ちょっと待って」

一礼して退出しようとしていた葉山を真夜が引き留めた。

「やっぱり、私が直接お話しします。こちらにつないでください」

「はい、奥様」

葉山が部屋の隅《すみ》に置かれているアンティークな音声通話機を操作し、貢《みつぐ》を呼び出す。

電話はすぐにつながった。黒羽《くろば》貢も、真夜のナンバーから発信された電話は無視できないようだ。

葉山は電話口で短い会話をやり取りした後、受話器を恭《うやうや》しく真夜へ差し出した。――アンティークなデザインにも拘《かか》わらず、受話器はコードレスだ。

真夜が受話器を受け取り「もしもし」と話し掛けると、彼女の耳元から調子の良い声が流れ出した。

『おお、麗《うるわ》しの従姉《いとこ》殿。我が愚息《ぐそく》どもが何か粗相《そそう》をやらかしましたか？』

「いいえ、立派にお務めを果たしていましたよ」

『そうですか。それは重畳《ちょうじょう》。さすれば、本日はどのようなご注文でございましょう?』

「その前に、貢さん。偶《たま》には動画電話《ヴィジホン》に出られないんですか?」

『その点につきましては私としてもまことに遺憾《いかん》。花も恥じらい月も隠《かく》れる従姉《いとこ》殿の麗容《れいよう》を拝見できないのはとても残念なのですが、何分任務中でして』

「貢さん。このようなことを申し上げるのは心苦しいのだけど、最後の一言だけで結構よ」

『これは手厳しい。それで、お電話いただきましたのはどの件でしょうか』

貢《みつぐ》がようやく仕事の声になったので、真夜《まや》も意識を切り換えた。

「ご子息たちの件です」

貢から声が返ってくるまでに、少しの間があった。

『……分かりました。すぐに手配します』

その間が貢の心中を物語っていた。

「貢さん。貴方《あなた》に不満があるのは分かっているけど、これはご子息たちの為《ため》にもプラスになることだと私は思っています」

『不満などありませんが、プラスと仰《おっしゃ》いますと?』

それは黒羽《くろば》貢らしくない反抗だった。貢としても、文弥《ふみや》と亜夜子《あやこ》を当て馬にするだけならそれほど抵抗は無かっただろう。だがそれが誰《だれ》の為のものかを考えると、素直に受け容れられないのだった。

「私はご子息たちを諜報《ちょうほう》の現場に使うのはもったいないと思っていますの」

『もったいない、ですか？』

「相手に傷一つ付けず無力化する文弥さんの魔法《まほう》。自分だけでなく味方の姿までほぼ完全に消し去ることのできる亜夜子さんの魔法。どちらも一人の諜報員《ちょうほういん》で終わらせるにはもったいないと思いません？」

『二人の魔法は、諜報向きだと思いますが』

「そうですか？　まあ、私が当主の内は、もっと他にも色々やって欲しいと思っているだけなのですけど」

　貢には、返す言葉が無かった。真夜に当主の権限を持ち出されては、何も言えない。

「今回お願いする件も、その一環《いっかん》です。色々と不服もあろうかと思いますが、よろしくお願いしますね」

『不服など滅相《めっそう》もありません。ご命令のとおり、手配いたします』

「よろしくお願いします、貢さん」

　貢の回答に満足して、真夜が受話器を葉山《はやま》に渡す。

「葉山さん」

「はい、奥様」

　葉山は受話器を通信機に戻《もど》し、真夜の前に戻った。

「文弥《ふみや》さんと亜夜子《あやこ》さんの件、貢《みつぐ》さんは一応引き受けてくれましたけれど、本心は今でも反対でしょう」

「サボタージュの可能性があると?」

葉山《はやま》の問い掛けに、真夜《まや》が苦笑いを漏《も》らす。

「そうね、この程度のことで反旗は翻《ひるがえ》さないでしょうけど、手を抜く程度のことはするかもしれないわ。だから葉山さん、噂《うわさ》の動向をチェックさせてちょうだい」

「黒羽《くろば》殿の御仕事ぶりを観察せよとの仰《おお》せですか?」

「ええ。噂の浸透《しんとう》速度を観察して、予定どおり広まっていないようなら教えてください」

「畏《かしこ》まりました」

葉山が恭《うやうや》しく頷《うなず》く。だが、彼のセリフはそれで終わりではなかった。

「しかし奥様、黒羽様のご懸念も当然かと存じますが」

急に始まった葉山の諫言《かんげん》に、真夜が眉《まゆ》を顰《ひそ》める。

「貢さんの懸念……? 何のことかしら」

真夜は惚《とぼ》けたのではない。本当に心当たりが無かったのだ。

「黒羽を名乗る者は四葉《よつば》の縁者《えんじゃ》であるという噂が広がってしまえば、今後黒羽様の活動に支障が生じるかもしれません。黒羽様は多くの場面で本名を名乗っておいでですので」

それが分かったから、葉山も重ねて諫《いさ》めるのではなく自分の懸念を伝える形で注意を促《うなが》した。

「ああ、そのこと」

　真夜の顔に納得の色が浮かぶ。

「確かに、多少動きにくくなるでしょうね。でもそれは計算の内よ」

　だがそれは、想定内の指摘《してき》を受けたことに対する納得の表情だった。

「黒羽様の活動に掣肘《せいちゅう》を加えることも目的なのですか？」

「最近、貢さんたちに頼りすぎているきらいがありましたからね。他の分家の方々にも仕事を与えないと、実戦の勘《かん》が鈍《にぶ》ってしまうでしょう？」

　黒羽家にばかり頼りすぎるのはパワーバランスの観点から好ましくない、という真夜へ、葉山は同意の印に一礼した。

◇　◇　◇

　四葉本家からその日の内に自宅へ戻った亜夜子・文弥姉弟は、夕食後、弟の部屋で一緒《いっしょ》になって首を捻《ひね》っていた。

「やっぱり『ダイレクト・ペイン』はまずいよね」

「上手《うま》く『幻衝《ファントム・ブロウ》』と錯覚させられれば使えるんじゃない？」

　二人が悩んでいるのは、「何処《どこ》まで全力を出しても良いのか」ということだった。

真夜《まや》から「九校戦では全力を出しなさい」と命じられた文弥《ふみや》と亜夜子《あやこ》だが、二人ともその命令を額面どおりには受け取っていない。全力を出すこと、イコール手の内を全《すべ》てオープンにすることではないと理解していた。

達也《たつや》の「雲散霧消《ミスト・ディスパージョン》」のように軍事機密として使用が禁じられているのとは別に、九校戦のような他人の目がある場所で切り札となる魔法《まほう》を隠《かく》している魔法師《まほうし》は少なくない。「とっておきの奥の手」はいざという時の為《ため》に「とっておく」から「奥の手」となり得るのである。

例えば十文字克人《じゅうもんじかつと》は九校戦で「攻撃《こうげき》型ファランクス」を見せることは最後まで無かった。七草真由美《さえぐさまゆみ》は敵を低酸素状態に陥《おとしい》れる「ドライ・ミーティア」を見せなかった、渡辺摩利《わたなべまり》は「ドウジ斬《ぎ》り」どころか「圧斬《へしぎ》り」すら披露《ひろう》しなかった。

克人はともかく真由美と摩利は出場競技の性質上、使う機会がそもそも無かったという事情もある。だが仮に男子のモノリス・コードのような競技が女子にもあったとしても、やはり「ドライ・ミーティア」や「ドウジ斬り」は使わなかっただろう。魔法は、競技だけに使うものでは無いのだから。

「逆に『幻衝《ファントム・ブロウ》』だけでは決定力に欠けるでしょう？　真夜様は派手な活躍《かつやく》をご期待なんだから、『ダイレクト・ペイン』を『幻衝』に偽装《ぎそう》して、両方を上手《うま》く織り交ぜながら使うべきじゃないかしら」

文弥固有の魔法と言える「ダイレクト・ペイン」。相手の精神に直接痛みを与える系統外・

精神干渉《かんしょう》系魔法は、確かに想子《サイオン》の波をぶつけて「打たれた」あるいは「撃《う》たれた」と錯覚《さっかく》させる「幻衝」と表面的に似ている。錯覚を使って攻撃対象にダメージを受けたと思い込ませる「幻衝」に対して、攻撃対象の精神に直接痛みを知覚させる「ダイレクト・ペイン」。そのシステムはまるで異なっているが、肉体に作用する現象を伴《ともな》わずに痛みを与えるという点は同じだ。

「そうだね……」

「じゃあ文弥は『幻衝』を連続発動する練習ね」

亜夜子から向けられたセリフに、文弥がため息を漏《も》らした。

「無系統魔法はあまり得意じゃないんだけどな……」

「贅沢《ぜいたく》言わないの」

愚痴《ぐち》を漏らした弟の背中を、亜夜子が平手で叩《たた》いた。

文弥が呻《うめ》き声を漏らす。

それほど強く叩いたように見えなかったが、結構力が入っていたのだろうか。

「貴方《あなた》はまだ使える魔法があるから良いじゃない。私なんて、何を使えばご当主様のお心に添《そ》えるのか分からないんだから」

他人のいる所では「わたくし」という上品な一人称が定着している亜夜子も、家族の前では自分のことを「私」と呼ぶ。その一人称に相応《ふさわ》しい、程々に女の子らしい口調で亜夜子がそうぼやいた。

「九校戦じゃ『極散』は使い途《つかみち》がないし、『瞬間移動』はルールで禁止されているし……」

亜夜子《あやこ》の愚痴《ぐち》が的確すぎて、文弥《ふみや》は何と答えれば良いのか分からなかった。姉の言うとおり、九校戦で「極散」は使いようがない。指定領域内における任意の気体、液体、物理的なエネルギーの分布を平均化し識別できなくする魔法《まほう》「極致拡散」、通称「極散」。その主な用途《ようと》は自らが、あるいは仲間が発する音を識別不能にし、反射する光を知覚できなくして敵に発見されなくすること、つまりは隠密《おんみつ》行動だ。モノリス・コードならば使えるかもしれないが、モノリス・コードは男子専用の種目。それに、「使える」ということと「使って良い」ということは別問題だった。

また亜夜子が得意とするもう一つの魔法「瞬間移動」、正確には「疑似瞬間移動」も九校戦では使えない魔法だ。こちらはルールで禁止されている。「疑似瞬間移動」は自分、あるいはパートナーとなる味方を空気の繭《まゆ》で覆《おお》い、慣性を中和し、真空チューブの中を一瞬《いっしゅん》の内に移動させる魔法だ。この高速移動手段に出番があるとすればミラージ・バットだが、真空チューブが他の選手の妨害《ぼうがい》と見做《みな》される為《ため》、実際に使うと反則で失格になってしまう。

「そうだ」

そこまで考えて、文弥が閃《ひらめ》いたとばかり握《にぎ》った拳《こぶし》の小指側を掌《てのひら》に打ち合わせた。

「要するに真空チューブを作るのがルールに引っ掛かるんだ。進行方向の空気を『拡散』させながら跳《と》べば反則にならない」

文弥の思いつきを訊《き》いて、亜夜子が嫌《いや》そうに顔を顰《しか》めた。

「文弥……『疑似瞬間移動』でわざわざ真空チューブを作るのは、余分な工程を挿《はさ》んでもその方が魔法として容易だからなのよ。第一『拡散』は分布を均一化する魔法だから、進行方向の空気が移動する術者の纏《まと》う空気の繭に圧されて密度が上がらないと機能しないわ。それって普《ふ》通《つう》に空気を押しのけながら跳ぶのと変わらないんだけど」

「だったらなお良いじゃないか」

しかし文弥は自分の思いつきに捕《と》らわれていた所為《せい》か、亜夜子の不満に、まともに取り合わなかった。

「特殊《とくしゅ》な魔法を使わずに実力を見せつけることができれば、間違いなく目立つよ！」

「それはそうかもしれないけど……私は瞬間移動が得意なのであって、跳躍《ちょうやく》が特別に得意なわけじゃないわよ」

「大丈夫《だいじょうぶ》だよ。真空チューブで空気抵抗が無くなっても慣性はあるんだ。瞬間移動は、移動魔法と慣性中和魔法の速やかな同期が鍵《かぎ》になる魔法じゃないか。空気抵抗があったって、姉さんの移動速度についていける女子高校生なんていないよ。深雪《みゆき》さんでも無理じゃないかな」

亜夜子の眉《まゆ》がピクリと動いた。深雪にも無理、と言われて対抗心が頭をもたげたのだ。

文弥にそんなつもりは無かったのだが、結果的に彼は、亜夜子にやる気を出させる最も効果的なツボを押したのだった。

「そう……ね。文弥《ふみや》の言うことも、一理あるわ。やってみようかしら」

亜夜子《あやこ》がお手軽な性格だ、ということは決してないはずだ。

「そうだよ。姉さんならやれるって」

むしろここは、幾《いく》ら双子《ふたご》といえど意図せず亜夜子をここまで乗せてしまう文弥に、空恐ろしさを覚えるべきかもしれない。

◇◇◇

第四高校が九校戦の成績に反映するような戦闘《せんとう》向きの魔法《まほう》より、技術的な意義の高い複雑で工程の多い魔法を重視するようになったのは、主として第三高校の次に設立されたからという単純な理由による。三高が尚武《しょうぶ》の校風を掲げ、一高、二高に比べより実践的（実戦的）な魔法教育を謳《うた》ったのを受けて、その次に設立された四高は対照的な方針を半ば自動的に与えられた。

しかし四高の生徒が他校の生徒に比べて戦闘面で劣《おと》っているかというと、決してそんなことはない。技術者的な傾向を持つ生徒が多いのは確かだが、彼らはあくまで魔法の科学技術的側面を重視しているだけにすぎない。

「疑似瞬間《しゅんかん》移動を反則にならないように改造する、か……」

「難しそうですか？」

「いや、要するに真空チューブを作らずに空気抵抗を減らせば良いんだろう？　できるさ」

亜夜子に相談を持ち掛けられた三年生の男子生徒は胸を張って請け合《う》った。可愛《かわい》い異性の後《こう》輩《はい》に良いところを見せようとした、という面が無かったとは言えないが、それよりも四高の意地に掛けて技術的な工夫の領分で「できない」とは言えないという面の方が強い。

「まあ！　さすがですね、鳴瀬先輩《なるせせんぱい》」

「お、おう。任せておけって」

たとえ亜夜子に煽《おだ》てられて鼻の下を伸ばしていようと、四高生の矜持《きょうじ》がチャレンジ精神の源泉であるはずだった。

ちなみにこの「鳴瀬先輩」――鳴瀬晴海《はるみ》は雫《しずく》の従兄《いとこ》である。雫の母、晴海の伯母《おば》である北山《きたやま》紅音《べにお》、旧姓鳴瀬紅音は生粋《きっすい》の武闘派魔法師《まほうし》だったが、晴海自身は技術系志向の高校生だ。四高の中では実技の成績もトップクラスである為《ため》、九校戦には選手として出場する。だが、晴海本人はエンジニアとして参加したいというのが本音だった。その為か積極的に、下級生の起動式アレンジに手を貸していた。

真夜《まや》から「目立ちなさい」という任務を与えられた翌日の月曜日。亜夜子はこうしてちゃっかり任務遂行《すいこう》の協力者を確保していたが、文弥は自分で試行錯誤《さくご》し首を捻《ひね》っていた。

ところで、文弥は美少年である。それも女装すれば「美少女」で通る可愛い系の美少年だ。成長が遅いのか背も低い方で、激しいトレーニングにも拘《かか》わらず手足も太くならない。

「黒羽《くろば》くん、もっとあたしたちのこと、頼ってくれて良いからね？」

「はい、ありがとうございます。分からないところがあったら質問させてください」

「うん。本当に、遠慮《えんりょ》しなくて良いからね？」

上級生の女子にすれば庇護《ひご》欲をそそるというか、ついつい構いたくなる外見の文弥《ふみや》は、さっきからこんな風に女子の技術スタッフから声を掛けられていた。

こういう可愛《かわい》がられ方は、文弥にとって愉快《ゆかい》なものでは無い。彼は達也《たつや》のようにクールで頼られる男（文弥主観）を目指しており、マスコット扱《あつか》いは不本意だった。

だからといって先輩《せんぱい》の女子生徒に邪険《じゃけん》な対応をするほど、文弥は子供ではない。いや、この面で彼は年齢以上に大人だった。すり寄ってくる女子に愛想良く対応し、かつキッパリした態度で手助けの申し出を断る。無愛想に断られたなら女子生徒の間に文弥に対する反感が芽生《めば》えただろう。だが美少年が笑顔《えがお》で一人一人丁寧《ていねい》に応対しているのだ。キッパリした態度はむしろ「案外男らしい」という好感度アップの山を築いていた。

任務と直接の関係は無いことだが、文弥も亜夜子《あやこ》も四高内で着々と「目立ち度数」をアップさせていた。

◇◇◇

九校戦をまさに間近に控《ひか》えた七月末。関東、東海地方在住の魔法師《まほうし》を中心に、奇妙《きみょう》な噂《うわさ》が流れ始めていた。

十師族《じゅっしぞく》・四葉家《よつばけ》。世界最強の魔法師の一人、四葉真夜《まや》を当主に戴《いただ》く日本で最も有力な魔法師集団の一つと見做《みな》されている一族。しかしその本拠地は杳《よう》として知れず、構成メンバーも当主の四葉真夜以外は謎《なぞ》に包まれている。

しかし、その秘密のヴェールに包まれていた構成員が判明したというのだ。正確には、四葉家の縁者《えんじゃ》らしき家系の苗字《みょうじ》が一つ分かった、というもの。四葉の血縁《けつえん》に「黒羽」という家があるらしい、という噂だった。

魔法関係者の間に流れている情報は、「黒羽」という苗字のみ。フルネームは何というのか、何処《どこ》にいて何を表向きの職業としているのか、独身なのか結婚しているのか、子供はいるのかいないのか、詳《くわ》しいことは一切不明。それが余計に人々の興味を呼んでいた。

「黒羽さん、君、もしかして四葉の関係者？」

本人にこう訊《たず》ねた――面と向かって、でないのはＣＡＤの調整中だからだ――鳴瀬《なるせ》晴海《はるみ》は、心《しん》の芯がかなり剛胆《ごうたん》な少年だと言えるだろう。あの噂が広まって以来、四高内では文弥と亜夜子に対して極力その話題を避《さ》ける空気が蔓延《まんえん》している。

その中でこの質問だ。周《まわ》りで作業していた生徒たちも、手を止めて耳をそばだてている。

「違いますよ」

晴海《はるみ》の質問を、亜夜子《あやこ》は笑って否定した。彼女たちに許されているのは「黒羽《くろば》亜夜子は四葉《よつば》の関係者かもしれない」と思わせるところまでで、「黒羽亜夜子は四葉の関係者だ」という噂《うわさ》が出回るのは許容範囲を超えている。

聞き耳を立てていた生徒たちが肩透《かたす》かしにあった表情で作業に戻る。だが晴海はこの一言だけで終わらせなかった。

「本当に無関係？　君たちの魔法《まほう》って、どう見ても十師族《じゅっしぞく》並みなんだけど」

晴海が手元のCADから目を離し、顔を上げて亜夜子と視線を合わせる。

亜夜子はにっこり笑って晴海の目を見返した。

「光栄ですわ、鳴瀬先輩《なるせせんぱい》。わたくしも十師族に匹敵《ひってき》すると謳《うた》われた鳴瀬紅音《べにお》さんのような立派な魔法師になりたいと思っております」

亜夜子の鮮《あざ》やかな返しに、晴海が苦笑いを浮かべる。

「今は北山《きたやま》紅音だけどね」

晴海としては、こう言い返すのが精一杯だった。

「そうでしたわね。失礼いたしました」

高校生であることを考慮《こうりょ》しても少し大人げない晴海の揚《あ》げ足取《あし》りにも、亜夜子の笑顔《えがお》はまるで揺るがない。

「いや。こっちこそ変なことを訊《き》いて悪かった」

晴海もむきになることなく、手元のＣＡＤへ目を戻した。

このように四高内では亜夜子と文弥《ふみや》が上手《うま》く立ち回っていた為、二人を四葉家と結びつける憶測はすぐに下火となった。しかし世間には、「四葉家の縁者《えんじゃ》である黒羽家」の噂が着実に広がっていた。

こうなると噂の真偽《しんぎ》を確かめようと嗅《か》ぎ回る人間が増えてくる。「黒羽」という苗字《みょうじ》は国内にありふれているというほど多くはないが、特に珍しいというほど稀《まれ》でもない。

だが「黒羽という苗字の魔法師」であれば、数はそれほど多くない。虱潰《しらみつぶ》しに調べ上げることも、費用を惜《お》しまなければ可能だ。そして四葉家に関する情報は、コストを度外視する価値がある、と考える者が少なくなかった。

「姉《ねえ》さん」

「ええ……今日もいるわね」

九校戦の練習を終えて校門を出た文弥と亜夜子は、尾行《びこう》がついたことにすぐ気づいた。これで三日連続だ。一昨日は自分たちが見張られていることに緊張を覚えた二人だったが、三日目ともなると「またか」としか思えなくなっている。

「今日はどちら様かしらね」

亜夜子《あやこ》が投《な》げ遣《や》りな口調で呟《つぶや》くと、文弥《ふみや》もうんざりした声でそれに応じた。

「何処《どこ》かの記者じゃないかな。隠《かく》れ方がお粗末《そまつ》だし、誰《だれ》かと連携《れんけい》を取っている様子もない」

二人に緊張感が欠如《けつじょ》しているのは慣ればかりではなく、尾行者《びこうしゃ》の練度が低い所為もあった。

「ジャーナリスト様か。一体何がしたいんでしょうね」

「また姉《ねえ》さんのマスコミ偏見《へんけん》が始まった……と言いたいところだけど、今日のところは僕も同感だ。僕らが何処の誰だろうと、政治的にも経済的にも文化的にも関係ないだろうにね」

「民衆の知る権利、ってやつじゃないの？　善良な市民の皆様が本当に私たちのことを知りたがっているのかどうかは分からないけれど」

二人は小声で毒を吐《は》きながら最寄り駅に向かう。校門から尾行しても、ついてこられるのはどうせ駅までだ。何故《なぜ》なら、キャビネットの乗車時に行き先を指定しなければならないというシステム上、一旦《いったん》乗り込んでしまえば後を追い掛けるのは不可能なのである。

二人はそう高《たか》を括《くく》っていたのだが、これは少々甘かった。文弥も亜夜子も、ジャーナリストの熱意を過小評価していた。

二人が駅の構内に入った途端《とたん》、背後からバタバタと足音が近づいた。こっそりつけてきているはずの尾行者が文弥たちを捕《つか》まえようと駆《か》け寄《よ》ってきているのだ。絡《から》まれると面倒だ、と同時に判断した姉弟は改札へ向かう足を速めたが、前からも二人の、やはり記者と思《おぼ》しき中年男性が近づいてくる。最初から駅で取材するつもりで、待《ま》ち伏《ぶ》せていたに違いない。

電車通学している四高の生徒は必ずこの駅を使うので、工夫とも言えない確実な手だ。とすると後ろからつけてきた男性は、文弥たちが電車通学ではない場合に仲間たちへ連絡する係だったのだろう。

文弥と亜夜子は顔を見合わせると、いきなり進行方向を直角に変更して駆け出した。前から来る記者（仮）も慌《あわ》てて走り始めるが、文弥たちの方が断然速い。それに、姉弟の目的地はすぐ近くだ。文弥と亜夜子は息を切らしながら——無論、演技だ——駅の交番へ駆け込んだ。

二人にとって都合が良いことに、交番は無人ではなかった。街路カメラの設置によって交番の数自体が減っているが、都市部の駅には配置されている。それでも警邏《けいら》中で閉まっていることも多いのだが、今日の二人はついているようだ。——無論、トラブルが発生しがちな朝夕の登下校時という事情もあるのだが。

交番の警官は白衣をイメージした四高の白い制服を見て無意識に顔を顰《しか》めた。魔法科《まほうか》高校生が利用する駅の交番に配属されるだけあって、低レベルとはいえその警官も魔法師であり、しかも四高のＯＢだ。だから余計に、後輩《こうはい》たちが魔法師でない市民との間で起こすトラブルを日《ひ》頃《ごろ》から苦々しく思っていた。

しかし文弥と、特に亜夜子の顔を見て、その忌避感《きひかん》は逆転した。何故か、は言う迄《まで》もないだろう。念の為《ため》に付け加えておくと、警官は若い男性だ。

「すみません、巡査長《じゅんさちょう》さん！」

亜夜子《あやこ》が縋《すが》り付《つ》くように訴《うった》えかけたことで、若い警官の中では「彼女たちが被害者」という構図が疑いようのないものとして確立していた。「お巡《まわ》りさん」ではなく「巡査長さん」と彼の階級（職位）を正しく呼んだ点も好印象だった。

「どうしたんだい？」

若い警官がいつもに比べて優しい声で応対したのも、亜夜子の容姿を考慮《こうりょ》すればやむを得ないことだろう。なお文弥《ふみや》は不安そうに後ろを何度も振り返る演技で、亜夜子のイメージ戦を側面から支援《しえん》をしていた。

「知らない男の人が追い掛けてきて……囲まれそうになったので……」

不安げにちょっと目を潤《うる》ませるところがポイントだ。

「勝手に魔法《まほう》を使うわけにはいきませんし……魔法無しだと、僕たちはまだ……」

亜夜子に続いて、文弥が彼女の背後から口惜《くや》しそうに言《い》い添《そ》える。服の上から見た文弥の体格は女の子と見間違うほどに小柄《こがら》かつ華奢《きゃしゃ》で、彼の言葉に説得力を与えていた。

「分かった。任せておきなさい」

警官は正義感を顔にみなぎらせて、交番の外へ出て行った。

文弥と亜夜子は警官の背後でこっそり目配せを交わして、その背中を見送った。

交番の外から警官と記者（仮）の言い争う声が聞こえる。記者（仮）は「報道の自由」という言葉を盛んに喚《わめ》いていたが、文弥たちは魔法師《まほうし》とはいえ未成年だ。しかも記者（仮）は三人とも中年男性で、文弥は美少年、亜夜子は美少女。姉弟が交番に駆《か》け込むところを見ていた野《や》次馬《じうま》からも記者（仮）を糾弾《きゅうだん》する声が上がり、警官に「証言する」と言い出す者も出てくる始末。

記者（仮）は形勢不利とようやく理解したようで、いきなり下手《したて》に出てペコペコ頭を下げながら改札の中へ逃げ込んだ。

［2］

本来の準備以外にも苦労を重ねて、ようやく明日は九校戦会場へ出発となった八月二日の夜。文弥《ふみや》と亜夜子《あやこ》に、真夜《まや》からの新たな指令が伝えられた。

「……九校戦の前夜祭パーティーで、達也《たつや》兄さんと初対面のあいさつをしなさい、か」

「そんなに難しいご指示ではないわね。狙《ねら》いも分かり易《やす》いし」

四高への通学用に二人で借りたマンションのリビングで携帯《けいたい》情報端末《たんまつ》に送られた命令文を読み上げた文弥に、向かい合わせに座った亜夜子が自分の端末を見ながらそう応《こた》えた。

「まあね」

文弥も「狙いが分かり易い」という部分には賛成だった。文弥たちが達也と初対面であるということをパーティーの参加者に見せつけることにより、達也は四葉《よつば》家の縁者《えんじゃ》かもしれない黒《くろ》羽《ば》の姓を持つ文弥たちと無関係、ひいては四葉家とも無関係と印象づけたいのだろう。

「でも、自然にあいさつするような状況《じょうきょう》を作れるかなぁ。学校が違う上に、達也兄さんは技術スタッフ、競技に出るとしても本戦で、僕たちは新人戦。何でわざわざ達也兄さんのところにって、逆に怪しまれない？」

自分の髪に左手の指を五本とも突《つ》っ込んで首を傾《かし》げる文弥を見て、亜夜子はクスリと余裕の笑みをこぼした。

「そんなに難しいことじゃないと思うけど」

「姉《ねえ》さん、何か良いアイデアがあるの？」

文弥の声は少し疑わしげだが、亜夜子は気を悪くしなかった。

「任せておきなさい」

亜夜子の自信たっぷりな態度を見て、文弥は姉に任せることにした。亜夜子はその見た目から派手好みの感情家といったイメージが少なからずあるが、実際には確かに負けず嫌《ぎら》いだが真面目で理知的で責任感が強い少女だ。文弥はそれを良く知っているし、亜夜子のそういう面に任務中何度も助けられている。きっと、達也と他人のふりをして接触する上手《うま》い考えがあるのだろう。文弥はそう判断して、話題を変えた。

「ところで、ミラージ・バット用の魔《ま》法《ほう》は完成してるの？　今日訊《き》くことじゃないかもしれないけど」

文弥の問い掛けに、亜夜子が呆《あき》れ顔を見せる。

「確かに今日訊くことじゃないわよ、それ……。明日は九校戦に出発なのに、完成してないはずがないじゃない。大体、もし私が『まだ』って答えたら文弥はどうするつもりだったの？」

「どうするって……僕が頑《がん》張《ば》るしかない、とか？」

自分でも時機を逸《いっ》した質問だと分かっていただけに、文弥の回答は決まり悪げだ。

対照的に、亜夜子は弟の答えを聞いてニンマリと笑った。

「ふーん……。文弥《ふみや》は随分《ずいぶん》自信があるみたいね」

「そりゃあ、姉《ねえ》さんと同じだよ。任務はきちんと果たすし、それでなくても試合に出る以上は必ず勝つ。目立たないように勝つという目標が、目立って勝つという目標に変わっただけだ」

文弥は何を言われるか警戒した顔で、それでも口ごもることなくはっきり答えた。

「幻衝《ファントム・ブロウ》とダイレクト・ペインのコンビネーションはものにできたの?」

「問題無い」

文弥が虚勢《きょせい》と見間違うほど強く頷《うなず》く。

それを見て、亜夜子《あやこ》が柔《やわ》らかく微笑《ほほえ》んだ。双子《ふたご》の片割れに対する遠慮《えんりょ》も容赦《ようしゃ》も無い笑《え》みとは一味違う、優しい、姉の微笑みだ。

「安心したわ」

文弥も肩の力を抜いた笑みを浮かべた。

「僕もだよ」

二人は明日持っていく物についての話を始めた。

◇　◇　◇

九校戦の前夜祭パーティーが始まってしばらく経つが、四高の生徒は会場の隅《すみ》に固まったままだった。

四高は毎年、九校戦では最下位争いが定位置だ。自分たちの魔法《まほう》に対する矜持《きょうじ》は他校に劣るものではないが、それでも気後《きおく》れがあるのだろう。

その集団の中で亜夜子はかなり目立っていた。それも仕方が無いだろう。魔法師《まほうし》は容姿に優れた者が多いが、亜夜子の持つ派手な雰囲気《ふんいき》はその中でも人目を惹《ひ》きつける。他校の生徒もチラチラと彼女の顔を窺《うかが》い、話し掛ける機会を狙っている。

だがあいにくと、亜夜子はそういう目立ち方を望んでいない。彼女が自分から話し掛けた男子生徒は、同じ学校の三年生、鳴瀬晴海《なるせはるみ》だった。

「すみません、鳴瀬先輩《せんぱい》。付かぬ事をうかがいますけど」

同級生と話をしていた晴海は亜夜子から急に話し掛けられて、少なからず驚いていた。

「黒羽《くろば》さん、急にどうしたの？」

「はい、プライベートを詮索《せんさく》するようで恐縮《きょうしゅく》なのですが、鳴瀬先輩には一高にご親戚《しんせき》がいらっしゃいましたよね？」

亜夜子から下級生とは思えない色っぽい笑みを向けられ、晴海の顔が赤くなる。

「あ、うん。従妹《いとこ》が一高に通ってる」

晴海本人は懸命《けんめい》に動揺を抑《おさ》え込んでいるつもりだったが、客観的に見てあまり上手《うま》く行っていなかった。同級生の男子が晴海を冷やかすような目で見ている。

女子生徒から亜夜子《あやこ》に対する「可愛《かわ》い子ぶって」とか「男子に媚《こび》を売っちゃって」とかの反感は特に見られなかった。

一つには晴海《はるみ》がそれほどもてるタイプではないということもある。実力的には魔法師《まほうし》としても魔工師《まこうし》としても将来有望だし、大富豪令室の甥《おい》というコネもある。だが今一つ地味な外見と魔法に対して熱心すぎる「魔法バカ」的な性格から、恋愛対象としては、同級生の女子生徒は敬遠気味で下級生にもそのスタンスが伝わっている。

しかしそれ以上に、亜夜子へ嫌悪《けんお》の視線が向けられなかったのは、彼女が見た目から誤解されやすいタイプだということを九校戦の練習を通じて四高の女子生徒たちが知っていたからだった。むしろ彼女たちは、亜夜子があの晴海に一体何の用なのか、興味津々《しんしん》な様子だった。

「それがどうしたの？」

そんな周《まわ》りの目に気づかず、晴海が亜夜子に問い返す。

亜夜子は自分たちを見詰《みつ》める視線に気づいていたが、それをまるでうかがわせない笑顔で答える。

「実は一高にご挨拶《あいさつ》したい方がいまして……その従妹《いとこ》さんからご紹介いただければと」

「あいさつしたい人？」

「ええ。先輩《せんぱい》もご存じでしょうか？　司波《しば》達也《たつや》さんと仰《おつしや》る方なのですが」

「ああ、あのスーパーエンジニア」

　晴海は達也の名前を知っていた。と言うより、四高の選手団で「司波達也」の名を知らないのは一年生の一部だけだ。魔法の科学技術的側面を重視する四高生にとって、達也が去年見せた「マジック」と「ミラクル」は忘れられないものだった。

「黒羽《くろば》さん、彼のファンなの？」

　亜夜子のような美少女が他校の生徒に憧《あこが》れているというのは、男子生徒にとって愉快《ゆかい》ではないことのはずだ。だが晴海の声に嫉妬《しっと》はない。四高の生徒が「司波達也」に憧れるのは仕方がない、と彼はこの時考えていた。

「いいえ、わたくしがと言うより、文弥《ふみや》が……」

　そう言って亜夜子が斜《なな》め後ろに控《ひか》えていた文弥をチラリと見る。

　つられて晴海が目を向けると、文弥が恥ずかしげに目を逸《そ》らした。これは演技ではなく文弥の素の反応だった。文弥が達也に強く憧れているのは事実であり、それを他人に知られて照れ臭く感じるのも本心だ。それが亜夜子の言葉に強い説得力を上乗せしていた。

「分かった。話してみるよ」

　晴海は可愛《かわい》い後輩《こうはい》の為《ため》に一肌《ひとはだ》脱ぐことを快諾《かいだく》した。元々そんなに難しい依頼ではない。文弥のことを可愛いと思ったから、という理由では決してなかった。

　晴海が雫《しずく》の姿を探して会場を見回す。従妹は比較的すぐに見つかった。例年一高がたむろしているテーブルのすぐ近くにいる。ただその隣《となり》といっていい場所で、目的の「司波達也」が三高の「プリンス」そして「カーディナル」と真面目な顔で話し込んでいた。

晴海《はるみ》は一気にハードルが上がったように感じたが、約束した手前尻込《しりご》みはしていられない。自分をそう鼓舞《こぶ》して、雫《しずく》の所へ足を向けた。

亜夜子と文弥は何の合図も受けなかったが、戸惑《とまど》うこと無く晴海の背中について行った。


「雫さん」

「晴海従兄《にい》さん」

晴海が横から声を掛けると、雫はすぐに振り向いてくれた。雫の隣《となり》にいるほのかも、晴海にとっては一応顔見知りだ。お蔭《かげ》で思っていたほどアウェー感は覚えなかった。

「久し振り」

わざわざ一高生のグループから離れてこちらへ近づいてくれた雫へ、晴海が親しみを込めて取《と》り敢《あ》えずそうあいさつした。

「こちらこそ。どうしたの？」

従妹《いとこ》の相変わらずな愛想の無さに内心「もったいない」と思いながら、鳴海《なるみ》本人も決して愛想が良いとは言えない、ぎこちない笑顔《えがお》で答える。

「実はうちの後輩《こうはい》たちが」

そう言って晴海が後ろを振り返る。

雫が目を向けたのに合わせて、亜夜子が丁寧《ていねい》にお辞儀《じぎ》し、文弥が軽く一礼した。

「司波《しば》達也《たつや》さんにあいさつしたいって言ってるんだ」

雫がわずかに表情を動かして――親しい人にしか分からない程度に――意外感を示した。

「達也さんに？　深雪《みゆき》じゃなくて？」

自分の名前が聞こえたからだろう。深雪が晴海の方へ振り向く。

生身の人間とは思えないその美貌《びぼう》に、晴海は見とれるのではなく雷《かみなり》に打たれたような衝撃《しょうげき》を受けた。だが背後に控《ひか》える後輩に対する義務感を支えにして何とかすぐに立ち直り、雫の問いに頷《うなず》いた。

「そう、司波達也さんの方。ほら、うちは『技術の四高』だから」

「何それ」

晴海が思いつきででっち上げた二つ名に容赦《ようしゃ》のないツッコミを入れながら、雫が納得したように頷く。四高の校風は、雫も知っていた。

「それで、雫さんに紹介して欲しいんだけど、ダメかな？」

「別に良いけど」

雫が頷いて、一高の集団に戻っていく。

雫が深雪に話し掛け、深雪が達也の許《もと》へ小走りに駆《か》け寄《よ》る。

深雪が達也や将輝《まさき》と言葉を交わすのを、晴海はやきもきしながら見詰《みつ》める。

すぐに達也《たつや》が将輝《まさき》と別れ、自分たちの方へ歩いてくるのを見て、晴海《はるみ》は達成感からホッと息をついた。

達也が晴海の前に立つ。晴海は達也の背後に控《ひか》える深雪の姿に硬《かた》くなる己《おのれ》を自覚しながら、最後の一仕事と自らを奮い立たせて達也に話し掛けた。

「四高三年の鳴瀬《なるせ》晴海です。お話の邪魔《じゃま》をして済みません」

「一高二年の司波《しば》達也です。一条《いちじょう》君たちとの話はちょうど終わったところでしたから気にしないでください」

鋭《するど》い目付きから想像していたよりずっとソフトな語り口だったことに、晴海は緊張が少し和らぐのを感じた。

(それにしても……格好良い男だな)

過度の緊張から解放されたからか、晴海は声に出さずにそう唸《うな》った。特別にハンサムというわけではないが、甘さを削《そ》ぎ落《お》としたシャープな顔立ち。何処《どこ》にも隙《すき》のない端正《たんせい》な立ち姿。何が起こってもコイツがいれば大丈夫《だいじょうぶ》と初対面の自分にも思わせる落ち着いた雰囲気《ふんいき》。

(黒羽《くろば》君が憧《あこが》れるのも分かる気がする)

心の中で頷《うなず》きながら、晴海は肝心《かんじん》の用件を切り出した。

「わざわざ来ていただいて恐縮《きょうしゅく》です。実はうちの後輩《こうはい》が司波さんにご挨拶《あいさつ》したいと言ってまして」

晴海のこの言葉を待っていたように、文弥《ふみや》と亜夜子《あやこ》が達也の前へ進み出た。

「黒羽文弥です。初めまして、司波先輩《せんぱい》」

「初めまして、黒羽亜夜子と申します。文弥とは双子《ふたご》の姉、弟の関係になります。よろしくお願い致《いた》します、司波先輩」

晴海に紹介されて、文弥と亜夜子が達也に初対面のあいさつをする。二人の「初めまして」は少しも不自然さが無いものだった。

「初めまして、司波達也です」

もっとも、それは達也も同じだ。

「しかし、俺《おれ》は一高生だ。二人の先輩ではないんだが」

「学校は違っていても司波さんは魔法師《まほうし》としての先輩です」

「四高生といってもわたくしたち姉弟は技術系があまり得意ではありませんけど、それでもよろしければご指導をいただけませんか？　わたくしも弟も司波先輩の技に感動しましたの」

もちろんこれは、今後、文弥たちが達也と接触し易《やす》くする為《ため》のお芝居《しばい》だ。だから達也の背後に控える深雪も二人の演技を台無しにするような口出しはしないし、他人のふりに自信が無かったので自分から話し掛けもしなかった。

達也にとっても文弥たちと話がしやすくなる口実は都合が良かった。

「九校戦中はさすがに無理だが、別の機会があれば構わない」

「本当ですか！」

「ありがとうございます。いずれ、是非《ぜひ》に」

二人が、特に文弥《ふみや》が男の子であるにも拘《かか》わらず深雪《みゆき》のような美少女と話をしたがらないのは不自然だったが、それも初対面のお芝居《しばい》を壊《こわ》す程のものではない。現にその様子を間近で見ていた晴海《はるみ》は違和感を覚えなかった。

こうして文弥たちは無事、達也とは他人同士という印象を残して四高生徒の集団へ戻っていった。

◇◇◇

前夜祭パーティーが終わり、もうすぐロビーや廊下《ろうか》の照明が落ちるという時刻。同室の一年生——もちろん姉弟と言えど男女別々だ——を睡眠ガスで眠らせた文弥と亜夜子《あやこ》は、ホテルの庭の奥《おく》まった部分で落ち合った。

「文弥、時間どおりね」

「姉さんこそ」

顔立ちこそ違うが雰囲気《ふんいき》はそっくりな笑《え》みを交わし、二人は上に羽織っていた薄手の襟無《えりな》しジップジャケットを脱いで表裏をひっくり返した。

リバーシブルのジャケットが白に近い明るいグレーから、ボトムと同じ黒に近いグレーに変わる。文弥は普通《ふつう》に、亜夜子は髪をジャケットの内側に入れたままファスナーを上げる。それだけで、二人の姿は闇《やみ》に紛《まぎ》れた。

「じゃあ行こうか。姉さん、よろしく」

「了解《りょーかい》」

軽く応えると同時に、亜夜子が得意魔法《まほう》「極致拡散」、通称「極散」を発動した。

今度こそ本当に、二つの人影《ひとかげ》が夜の暗闇《くらやみ》に溶《と》け込んだ。

文弥と亜夜子が真夜《まや》から受けた命令は「九校戦で目立つ」「四葉《よつば》の関係者だという決定的な確信を持たれないようにする」「達也とは見知らぬ間柄《あいだがら》だと周《まわ》りに印象づける」の三つだ。しかしそれ以前から、黒羽《くろば》家の魔法師《まほうし》として探っていたことがある。Ｐ兵器＝パラサイドールの性能テストに関する詳細《しょうさい》な情報だ。文弥はもちろんのこと、この調査に深く関わっている亜夜子は九校戦の表側で別任務があるからといって、やりかけの仕事を放置するつもりはさらさら無かった。

調査対象はスティープルチェース・クロスカントリーのコース。最終日のスティープルチェースを舞台《ぶたい》としてパラサイドールのテストが行われることは分かっている。実験台が魔法科高《まほうか》校生であることも。しかしこの競技のフィールドは縦横四キロメートルと極めて広大だ。「スティープルチェースの競技中に」では場所をほとんど特定できていないに等しい。

それに、どのくらいの数がテストに投入されるのかも分かっていない。テストの妨害《ぼうがい》そのものは他の実戦要員に任せるとしても——その役目を結局達也《たつや》が担うであろうことを文弥《ふみや》も亜夜子《あやこ》も確信に近く予測していた——パラサイドールが配置される場所と数は前以《まえもっ》て摑《つか》んでおきたいと二人は考えていた。

しかし二人の足は、スティープルチェース・クロスカントリーの競技エリアを前にして、停止していた。

「入れそう？」

「……だめ。アクティブセンサーの配置が密すぎる。くぐり抜ける隙間《すきま》が見当たらない」

亜夜子の極散は主に電磁波、音波、気流を拡散平均化する魔法《まほう》である。その特性上、亜夜子は空中に放出されている電磁波と音波の偏《かたよ》りに敏感《びんかん》だ。ほのかのように可視光として結実する前の光波の揺らぎまで知覚する感度はないが、既《すで》に存在する分布は極めて広い範囲で感じ取ることができる。四キロ四方のスティープルチェース・クロスカントリーコースも余裕で彼女の探知範囲だ。（ただし、動かない固体の配置は知覚できない）

その感覚が、コースを多面体ドーム状に覆《おお》う形で張《は》り巡《めぐ》らされている赤外線、電波、音波のアクティブセンサー網《もう》を捉《とら》えていた。蟻《あり》の這《は》い入《い》る隙間もないという例えがあるが、これでは事実として猫くらいの小動物しか気づかれずに出入りすることはできない。

「パッシブセンサーならどうにでもなるのに……コストの掛かるアクティブセンサーをここまで大量に設置するなんて」

亜夜子の言うとおり、侵入者から放たれる電磁波や音波を感知するだけのパッシブセンサーなら彼女の極散で幾《いく》らでも無効化できる。アクティブセンサーでも、電磁波や非可聴音波を放ち侵入者から跳《は》ね返ってきた信号を捉える反射型ならやはり極散で無効化可能だ。

だが赤外線や超音波を発信機から受信機へ放ち、それが遮《さえぎ》られることで侵入者を感知する遮《しゃ》断《だん》型のアクティブセンサーは、その赤外線や超音波を平均化するプロセスそのものが異常として感知されてしまう。

「センサーに引っ掛かることを覚悟《かくご》の上で突入《とつにゅう》する？　内部にはカメラとマイクが配置されているだけなんだろう？　だったら、一瞬《いっしゅん》で突《つ》っ切《き》ってしまえば侵入はばれても正体はばれないんじゃない？」

文弥の思い切りが良すぎる提案に亜夜子も心を動かされたようだったが、最終的に彼女は首を横に振った。

「……それは止めておきましょう。本番を前に、事を荒立《あらだ》てる必要は無いわ」

ここで言う「本番」とは「本番のパラサイドール性能テスト」と「本番の九校戦」の両方の意味だ。去年の無頭竜《ノー・ヘッド・ドラゴン》に絡《から》む不祥事《ふしょうじ》もある。九校戦の会場に不審《ふしん》な侵入者があったとなれば、九校戦が中止になることはないにしても色々と動きにくくなるのは間違いない。それは自分たちの活動だけでなく、達也《たつや》の方にも迷惑《めいわく》を掛けることになる。

「分かったよ」

文弥《ふみや》が蛮勇《ばんゆう》とも思えるプランを立てたのも、亜夜子《あやこ》の決定に従ったのも、二人の担当する役目の違いによるものだった。文弥はダイレクト・ペインで前に出て戦い、亜夜子は疑似瞬間《しゅんかん》移動と極散で侵入《しんにゅう》および退却を支援《しえん》する。この役割分担により双子の間では、潜入《せんにゅう》調査の段階では亜夜子が、実力行使を伴《ともな》う場面では文弥がイニシアティブを取ることになっていた。

「……今日のところは引き上げるしかないね」

文弥の言葉に亜夜子が「そうね」と答えようとしたその時、

「亜夜子、文弥」

といきなり声を掛けられて、亜夜子は心臓が止まりそうになった。

「達也兄さん！」

文弥の抑《おさ》えられた、だが嬉《うれ》しそうな声で、亜夜子もその声の主が誰《だれ》なのかに気づく。

「達也さん……脅《おど》かさないでください」

亜夜子の目尻《めじり》には涙が滲《にじ》んでいた。

「そんなつもりは無かったんだが」

夜目の利く達也にはそれが見えただろうに、彼はそれほど済まなさそうでもない声で形式的に謝っただけだ。

「だったらあんなに怖い声を出さなくても良いじゃないですか」

そんな場合ではないと分かっていながら思わず八つ当たりしてしまったのはその所為《せい》だろう。

「お前たちもコースを見に来たのか？」

達也は特に弁明も謝罪もしなかった。

普通《ふつう》の女の子なら優しさが足りないと怒るところかもしれない。だが亜夜子は女の涙に微塵《みじん》も動揺せず任務を最優先する達也を立派だと感じてしまう少女だった。

「……ええ。ですが、警戒が厳しくて」

亜夜子はすぐに気持ちを切り替えた。達也を見習って、任務に意識を集中した。

「中に入れなかったんです」

文弥が姉の言葉を補足する。彼は最初から、達也がここにいることに驚きも疑いも持っていない。亜夜子のように気持ちを切り替える必要すら無かった。

「亜夜子の魔法《まほう》でも侵入できなかったのか？」

達也が驚きの声を発する。それが自分の魔法を評価しているが故《ゆえ》のものだと亜夜子は理解しているが、やはり口惜《くや》しさは抑えられなかった。

「あ、いや、悪かった。別に責めているわけじゃないんだ」

達也がそう謝罪したのは、亜夜子のプライドを慮《おもんぱか》ってのものだった。

自分では平気な顔をしていたつもりだったが、無念の思いを表情の変化から読み取られたのだと亜夜子《あやこ》には分かった。任務に集中すると決意したばかりなのに何気ない一言で心を乱されてしまった自分を亜夜子は恥じた。

「達也兄《たつやにい》さんも調査に来られたんですか」

文弥《ふみや》が話題を変えたのは、亜夜子を気遣《きづか》ってのものではない。あくまでも今後の行動を決める為《ため》だと亜夜子には分かった。だが、ありがたいタイミングだったことも確かだ。亜夜子は心の中で弟に「ありがとう」と呟《つぶや》いた。

「ああ。だが俺《おれ》も中には入れず困っていたところだ」

「そうですか……」

達也の回答に、落胆《らくたん》を隠《かく》せず文弥が呟く。

「もう一度トライしてみますか？　兄さんと僕たちが力を合わせれば、あるいは」

だが文弥は達也に対して、すぐに前向きな提案をした。——そこに具体性は無かったが。

「いや、無理をして騒ぎになるのが一番まずい。今夜は大人しく引《ひ》き揚《あ》げるべきだろう」

亜夜子からすれば当然だが、達也は文弥の提案を却下《きゃっか》した。

「そうだね」

達也のそのセリフに応《こた》えたのは、文弥でも亜夜子でもなかった。

「誰《だれ》!?」

亜夜子の鋭《するど》い誰何《すいか》の声に、森の中から細身の人影《ひとかげ》が浮かび上がる。

闇《やみ》に沈む暗色の、忍者《にんじゃ》のような——いや、忍者そのものの格好をした細身の人影。文弥にも亜夜子にも、その人相の細部が何故《なぜ》か見えない。頭巾《ずきん》を被《かぶ》っているわけでもないのに、顔の輪《りん》郭《かく》も目鼻立ちの特徴《とくちょう》も、それどころかおおよその年齢すらも双子《ふたご》には認識できなかった。

「師《し》匠《しょう》、もっと普通《ふつう》に登場してください」

達也がため息交じりにその人影へ抗議する。

文弥と亜夜子が思わず何度も瞬《まばた》きした。

達也の抗議と同時に、何故か急に、その人物の人相が明らかになったからだ。

「達也くんの言うとおり、今夜はもう引き揚げた方が良い」

達也の苦情には応えず、八雲《やくも》は自分のセリフの続きを口にした。

「……達也さん、もしかしてこの方が？」

八雲の正体に思い当たったのか、亜夜子が警戒を緩《ゆる》めて達也に訊《たず》ねる。

「多分、亜夜子が考えているとおりだ」

「ではこの方があの、九重《ここのえ》八雲先生ですか」

今度は文弥が感慨《かんがい》深げに頷《うなず》く。四葉《よつば》家の諜報《ちょうほう》部門・黒羽《くろば》の次世代を担う二人にとって、八雲の名は大きな意味を持っていた。

「それで師匠、何か分かったんですか？」

文弥《ふみや》たちの感慨《かんがい》を余所《よそ》に、達也《たつや》がそう訊《たず》ねた。

八雲《やくも》は首を横に振る。

「いいや。コースにはまだ何も仕掛けられてなかったよ」

「コースに入れたのですか⁉」

亜夜子《あやこ》が思わず声を上げ、慌《あわ》てて口を手で塞《ふさ》ぐ。その子供っぽい仕草に和《なご》まされて達也が微《かす》かな微笑《びしょう》を浮かべた。だがすぐにその笑《え》みを消して八雲へ向き直る。

「俺《おれ》たちは警備システムにお手上げだったんですが、さすがです」

達也が亜夜子を横目で窺《うかが》う。彼が自分のことを気遣《きづか》っているのが亜夜子には分かった。

確かに自分では全く歯が立たなかった警備システムを八雲が易々《やすやす》と突破《とっぱ》した事実は――易々と、と判断したのは、八雲の服装に乱れが全く無かったからだ――亜夜子にとって口惜《くや》しいことだった。

しかしそれ以上に、亜夜子の心の裡《うち》には八雲の技量に対する称賛《しょうさん》と警戒が湧《わ》き上がっていた。文弥と亜夜子が黒羽《くろば》を継《つ》いだ時、自分たちはこの「忍《しの》び」に勝てるだろうか。それが亜夜子の大部分を占《し》めていた思いだ。

だから達也が亜夜子に同情したとすれば、それは的外れなものだった。だがその的外れな気遣いが、亜夜子には嬉《うれ》しかった。

なおも達也と八雲の質疑応答は続いていたが、結局、手掛かり無しということしか分からなかった。無駄足《むだあし》を踏《ふ》んだわけだが、文弥は達也と会えただけで嬉しかったし、亜夜子は達也に心配してもらって得をした気分だった。

達也に手を振った八雲の姿が闇《やみ》の中に溶《と》けていく。文弥にも亜夜子にも八雲がどのようにしてこの場を去ったのかまるで分からなかったが、口惜しくはなかった。二人とも、現時点における自分たちと八雲の技量差を大まかにだが感じ取っていた。そこにあるのは嫉妬《しっと》などバカバカしくなる懸隔《けんかく》だ。二人はただ、向上心を滾《たぎ》らせた。

心密《ひそ》かに更《さら》なる修練を誓っていた姉弟へ、達也が振り返った。

「文弥、亜夜子」

小さな声は、厳しく引《ひ》き締《し》まっていた。

「はい」

「何でしょうか」

自然、二人の態度も改まったものになる。本当は文弥と亜夜子が達也に畏《かしこ》まる必要など無いのだが、これは誰《だれ》かに強制されたものではなく、双子《ふたご》の自然で自発的なスタンスだった。

「この件は俺が処理する。お前たちは九校戦に集中しろ」

達也は二人に「これ以上手を出すな」と言っているのだった。それは黒羽の魔法師《まほうし》としてのプライドからすれば、受け容れがたいセリフのはずだった。

「分かりました」

「達也《たつや》さんがそう仰《おっしゃ》るのでしたら」

しかし微塵《みじん》の不満も懐《いだ》かず、文弥《ふみや》も亜夜子《あやこ》も達也の命に頷《うなず》いた。

［3］

八月十一日、土曜日。九校戦大会七日目、新人戦三日目。今日の競技は男子モノリス・コード一日目と、女子ミラージ・バット。いよいよ文弥と亜夜子の出番だ。

朝、四高の天幕に偶然《ぐうぜん》同時に入った二人は、気合の入った顔を見交わした。

「文弥、遂《つい》に本番よ」

最初に声を掛けたのは亜夜子。

「大丈夫《だいじょうぶ》だよ。今日の相手は雑魚《ざこ》ばかり。本命は明日の一高戦さ」

姉の激励《げきれい》に、文弥が不敵な笑顔《えがお》で応《こた》える。

「姉さんの方こそ、取りこぼしなんてするなよ」

「大丈夫よ」

亜夜子が自分の勝利を微塵も疑っていない、自信たっぷりな笑顔で応じる。

「本当は噂《うわさ》の『七草《さえぐさ》の双子《ふたご》』と戦《や》ってみたかったけど」

「新人戦は掛け持ちできないからね」

不敵に嘯《うそぶ》く亜夜子に、文弥は苦笑気味の笑《え》みを返す。

「一人はロアー・アンド・ガンナー、もう一人はアイス・ピラーズ・ブレイク……どちらか一人はミラージ・バットに出て来ると思ったんだけど」

どうやら「戦ってみたかった」というのは本気だったようで、亜夜子《あやこ》は本当に残念そうだ。

「そんなに七草家《さえぐさ》の魔法師《まほうし》と腕比べしたかったの？」

まさかそんな理由ではあるまいと思いつつ、文弥《ふみや》がそう訊《たず》ねる。

案の定、そんな殊勝《しゅしょう》な理由ではなかった。

「えっ？　違うわよ。『七草の双子《ふたご》』に勝ったとなれば、この上なく目立つでしょう？」

だから当主命令を果たすには最適だと亜夜子が言外に答える。

「第一、私が勝つに決まっているんだから競うも何もないじゃない」

これはさすがに亜夜子の冗談《じょうだん》だった。勝敗は実力だけで決まるものではないと亜夜子は任務を通じて良く知っている。

「そうだね」

しかし、亜夜子同様そのことを良く知っているはずの文弥が、大真面目に頷《うなず》いた。

これには亜夜子の方がびっくりする。

「ちょっと文弥、今のは冗談……」

「ミラージ・バットでは姉《ねえ》さんに敵《かな》わないことが分かっていたから、あえてこの種目を外してきたんじゃないかな」

文弥と亜夜子のセリフの出だしは同時だった。だが言葉数が多かった分、文弥のセリフが亜夜子のセリフを打ち消すように被《かぶ》っていた。

「本気？」

亜夜子の探るような問い掛けに、文弥が頷く。

「本気だよ。だって普通《ふつう》に考えればエースをミラージ・バットに持ってこないのはおかしいよ。他の競技はペアで、ミラージ・バットはソロなんだから」

ペア競技一位は六十点（本戦換算三十点）。

ミラージ・バット一位は五十点（本戦換算《かんさん》二十五点）。

二人で六十点取るより、一人で五十点取る方が効率が良いという考え方だ。

それは単純すぎる計算だと亜夜子は思ったが、文弥の次の言葉に気を取られてツッコミは不発に終わった。

「きっと達也《たつや》兄さんが決めたんじゃないかな。七草姉妹では姉さんに勝てないから別の競技に回そうって」

「そ、そうかしら？」

推理に夢中になっている文弥は、亜夜子が柄《がら》にもなく動揺していることに気づかなかった。

「飛行魔法《まほう》が使えればまた別かもしれないけど、今年の競技では飛行時間に制限が掛かっているからね。瞬間《しゅんかん》移動をダウングレードすれば他の選手を合法的に蹴散《けち》らしながらただ『跳躍《ちょうやく》』するよりも早く的に到達する魔法になるってことくらい、達也兄さんなら簡単に考えつくはずだよ。僕たちだって考えついたんだから」

「それはまあ、そうでしょうね」

亜夜子《あやこ》もこの意見には完全に同意だった。こと魔法《まほう》のアレンジと利用方法に関することなら、達也《たつや》の頭脳は日本でもトップクラス、それどころか世界でも最高クラスだと亜夜子は思っている。——ちなみに文弥《ふみや》は世界最高峰《さいこうほう》だと確信している。

「姉《ねえ》さんの瞬間《しゅんかん》移動を知っている達也兄さんが、自分のチームの魔法師《まほうし》ではミラージ・バットで勝てないからエースは他の競技で確実に一位を取るって計算するのは、むしろ当然だと思うよ？」

「なるほど」

これを認めるのは何だかナルシズムのような気もしたが、確かにそう考えるのが合理的だと亜夜子も考えるようになった。

「じゃあ、今日はその達也さんのご期待に応《こた》えなければならないわね」

「そうだよ。達也兄さんの正しさを証明する為《ため》にも、圧倒的一位を取らなきゃ」

◇◇◇

文弥に煽《あお》られた結果なのかどうか。

亜夜子はミラージバットの予選を圧倒的大差で勝ち上がった。予選の同じ組には三高の一年生エースもいたのだが、彼女が膝《ひざ》をついて悔《くや》し涙をこぼしたスコア、と言えばどれほどの圧勝だったか分かろうというものだ。

そして現在時刻、午後七時。

新人戦ミラージ・バット決勝戦が始まった。

嵐《あらし》のような暴風を巻き起こしながら、亜夜子が空中の光球目掛けて駆《か》け上《あ》る。それはさながら、天地が逆転した流星の如《ごと》き姿だった。

亜夜子の試合を見て「これは仕方が無い」と呟《つぶや》いたのは達也だが、その比較対象にされた少女たちも同級生を応援《おうえん》する為、観客席に来ていた。

「……泉美《いずみ》、あれ、どう思う？」

「口惜《くや》しいですけど、私《わたくし》では勝てそうにありませんわね……。香澄《かすみ》ちゃんはどうです？　何か突破口《とっぱこう》が見つかりそうですか？」

泉美の問い掛けに、香澄は口惜しそうに首を振った。

「残念だけど……ボクにも勝ちが見えない。観客席で見ていてもそうなんだから、フィールドで試合していたら手も足も出なかっただろうね」

香澄の答えに、泉美は目を見開いた。この侮《あなど》られるのも負けるのも嫌いな双子《ふたご》の姉が、実際に戦ってもいないのに「勝てない」と認めるなどとは思っていなかったのだ。

彼女たちが短く言葉を交わしている間にも、亜夜子《あやこ》が着々と得点を重ねていく。

香澄《かすみ》たちのチームメイトは、亜夜子が跳《と》び上《あ》がった後に別の光球を狙《ねら》って確実にポイントを稼《かせ》ぐ方針に切り替えたようだ。亜夜子には及《およ》ばないが、着実に二番手をキープしている。

自分ではこういう冷静な試合運びはできなかっただろう、と香澄は考え、彼女をミラージ・バットに起用したスタッフにさすがだと感心した。——のだが、すぐにそのスタッフが達也《たつや》だったことを思い出して不機嫌満載《ふきげんまんさい》の顰《しか》め面《つら》になった。

「香澄ちゃん、何が気に入らないんですか？」

急に気分を害した姉を訝《いぶか》しく思って、泉美《いずみ》がそう訊《たず》ねる。

香澄は言うか言うまいか一瞬《いっしゅん》迷った素振《そぶ》りを見せたが、結局正直に答えた。

「あいつはこうなることが分かっていたのかな……？」

「ダメですよ、香澄ちゃん。司波先輩《しばせんぱい》のことを『あいつ』なんて呼んでは」

いや、その言い方はとても正直に答えたというレベルのものではなかったが、

どれだけぼかそうと泉美にはお見通しだった。

「でも、香澄ちゃんの言うとおりかもしれません。私《わたくし》たちではあの子に勝てないと判断して、他の競技で確実にポイントを稼ぐ戦略だったとも考えられます」

ここで泉美が、少し考え込む素振りを見せた。

「泉美？」

「……もしそうなら」

「もしそうなら、分からないのは司波先輩が何故《なぜ》あの子の実力を知っていたのかということです」

「……偶々《たまたま》知り合いだったとか？」

香澄の答えは単純で一見何も考えていないようだが、一番可能性の高い解答だった。

「それは無いと思います。司波先輩は前夜祭パーティーであの子と初対面のあいさつをされていましたから」

だが泉美が、自分の目で見た事実でそれを否定する。

「へぇ、そうなんだ」

「……香澄ちゃん、少しは先輩方が何を為《な》さっているかにも気を配った方が良いですよ。今日の味方は明日の敵、などという殺伐《さつばつ》としたことを言うつもりはありませんが、他人の成功や失敗を観察することで近道を見つけたり落とし穴を避《さ》けたりすることもできるのですから」

「あーはいはい、いつものお説教どうも。でも近道や落とし穴は泉美が教えてくれるんだからいいじゃん」

「まったくもう……」

「それでさ。偶然《ぐうぜん》じゃなかったら、何故司波先輩には分かったんだろう？」

頭を抱《かか》えた泉美《いずみ》に、香澄《かすみ》が軌道《きどう》修正の質問を投げ掛ける。

その間にも、亜夜子《あやこ》と一高選手の点差は開いていく。

泉美が頭に当てていた手を下ろして香澄と目を合わせた。

「あの噂《うわさ》の為《ため》、かもしれません」

「噂?」

よく分からない、という顔をする香澄に、泉美は直接答えずヒントを出した。

「あの四高の選手の名前は何ですか?」

「えっ? 黒羽《くろば》亜夜子でしょ? あっ、黒羽!?」

ここで第一ピリオド終了のブザーが鳴る。観客席がざわつく中で、泉美が香澄にしか聞こえないように囁《ささや》いた。

「ええ、その噂です」

「四葉《よつば》家の血縁《けつえん》に黒羽という家がある……」

「司波先輩《しばせんぱい》は四高の新人戦ミラージ・バット代表選手の名簿を、何処《どこ》からか入手されていたのかもしれませんね」

「うっわー……何か、犯罪臭《くさ》い」

「……今の話のつながりで、感想がそれですか」

泉美が呆《あき》れた視線を向けると、香澄が決まり悪げに笑いながら目を逸《そ》らした。

泉美が「ふぅ……」とため息を吐《つ》き、再び囁き声で話し始める。

「あの子が使っているのは単なる『跳躍《ちょうやく》』ではありません。おそらく『疑似瞬間《しゅんかん》移動』から真空のチューブを作る工程を取り除いた魔法《まほう》」

「それってルール違反にはならないの？」

「ええ。『疑似瞬間移動』がミラージ・バットでルール違反になるのは、本人が移動する前に真空のチューブが他の選手の移動を妨《さまた》げるからです。本人の移動と共に起こる突風《とっぷう》は規制の対象になりません」

香澄が「へぇ、そうなんだ」と今初めて知ったように頷いているのを見て、泉美は頭痛を覚えた。泉美は魔法の理解において明らかに感覚派で、それを本人も自覚している。だがその泉美から見ても、香澄はアバウトすぎるように思われたのだ。

「……多分、あの子は『疑似瞬間移動』が得意魔法なのでしょう。ロアー・アンド・ガンナーやアイス・ピラーズ・ブレイクで私《わたくし》たちが負けるとは思いませんが、あの子の魔法力が十師族《じゅっしぞく》の一員である私たちに、少なくとも匹敵《ひってき》するものであることは間違いありません」

香澄の表情が急に真剣なものとなった。

「十師族・七草《さえぐさ》家の魔法師《まほうし》に匹敵する魔法力。なるほどね。あの子が四葉家の血縁だという推測、何だか当たっている気がしてきた」

「そうですね……」

ここで第二ピリオド開始のブザーが鳴った。

香澄《かすみ》の注意は試合フィールドに引き寄せられ、泉美《いずみ》の呟《つぶや》きの意味が問われることはなかった。

泉美は逆に、試合に全く集中できなくなっていた。彼女は試合に関係の無い思考に捕《と》らわれていた。

(十師族《じゅっしぞく》に匹敵《ひってき》する魔法力《まほうりょく》の持ち主は、同じ十師族の可能性が高い……)

(では、深雪《みゆき》お姉様《ねえ》は？)

(深雪お姉様のお力は、明らかに私《わたくし》たちより上)

(七草《さえぐさ》家の魔《ま》法師《ほうし》を上回る魔法力の持ち主なんて……それこそ四葉《よつば》家の……)

(いえ……そんなこと、あり得ませんわね。深雪お姉様が、あの四葉家の魔法師だなんて……)

泉美は、己《おのれ》の中に芽《め》生《ば》えた疑念を忘れようと強く念じた。

「あっ……!?」

その時、突然《とつぜん》香澄が声を上げた。

「きゃっ!?」

後ろめたい——と勝手に自分で感じていた——思《し》惟《い》にふけっていた泉美が、その声に過剰《かじょう》反応する。

「わっ!?　泉美、どうしたのさ？」

泉美の悲鳴に、香澄の方がむしろ驚いていた。

「い、いえ、何でもありません」

　これは、誤魔化《ごまか》しているわけではなかった。突然思考を中断させられて、泉美は今まで何を考えていたのか思い出せなくなっていた。……忘れようという意志が、記憶《きおく》に鍵《かぎ》を掛けたのかもしれない。

「それより、香澄ちゃんの方こそどうしたのですか？」

「えっ、うん。ボク、縁起《えんぎ》でもないことに気づいちゃったよ」

「縁起でもない？」

　小首を傾《かし》げる泉美に、「気づかなきゃ良かった」という後悔《こうかい》を滲《にじ》ませる表情で香澄が答える。

「四高の一年生にはもう一人、黒羽《くろば》って選手がいるじゃん。今日の新人戦モノリス・コードに出場してた」

　香澄に言われて、泉美も「あっ⁉」という形に口を開ける。

「あの男子も四葉の関係者だとしたら……」

「明日のモノリス・コードも波乱がありそうですわね……」

　顔を見合わせた二人は、同時に試合模様へ目と注意を向けた。

　明日のことを考えないようにしたのである。

◇◇◇

八月十二日、日曜日。九校戦八日目、新人戦四日目。

香澄《かすみ》たちの祈《いの》り（？）も虚《むな》しく、新人戦モノリス・コード、リーグ戦二日目は波乱の展開となっていた。

第八回戦（二日目第三回戦）終了時点で、一高と四高が六勝零《ゼロ》敗でトップ。三高が五勝一敗でこれに続いている。例年、最下位争いが定位置だった四高の快進撃には、四高関係者を含めて誰《だれ》もが驚いていた。

下馬評《げばひょう》では第八回戦の一高対三高が事実上の優勝決定戦と見られていた。それに相応《ふさわ》しい激《げき》闘《とう》を制した一高チームは、試合終了直後、「これで優勝だ！」と盛り上がっていたが、第九回戦の対四高戦を前に緊張感をみなぎらせていた。

「フォーメーションは今までどおりだ」

試合前のミーティングで、キャプテンの七宝琢磨《しっぽうたくま》が確認するようにチームメイトの顔を交互に見る。

「ああ」

「僕もそれが良いと思う」

してている。

千川《せんかわ》と梶原《かじわら》、二人のチームメイトから異議は出なかった。二人とも琢磨を信頼した目で見返している。

琢磨は彼らの信頼に相応しい活躍《かつやく》をこの新人戦で見せてきた。場外では三高に差をつけられて萎縮《いしゅく》する一年男子を叱咤《しった》激励《げきれい》してまとめ上げ、このモノリス・コードではディフェンスとして自陣《じじん》モノリスの前で全《すべ》ての攻撃《こうげき》を跳《は》ね返《かえ》し、敵のオフェンスをことごとく返り討ちにしてきた。第八回戦の対三高戦も先にオフェンス二人が倒され、同時に敵のディフェンスを倒したものの一対二となった不利な状況《じょうきょう》で、三高の選手を続けて撃破《げきは》し勝利をもぎ取ったのは琢磨だ。

ここまで六連勝の最高殊勲《しゅくん》選手は間違いなく彼だった。

新入生総代でありながら入学当初は同級生の間にも悪い噂《うわさ》が先行していた琢磨だったが、四月末のある日を境に彼はがらりと変わった。

自己主張が強いのは相変わらずだが、それを押し付けることが無くなった。

リーダーシップを取りたがるのは一緒《いっしょ》でも、独《ひと》り善《よ》がりな面が影《かげ》を潜《ひそ》め全体に目を配るようになった。

感情的になりやすい性格はそのままだが、過《あやま》ちを指摘されれば素直に反省し謝るようになった。

何より「変わろう」「成長しよう」と努力しているのが傍目《はため》にもよく分かり、同級生たちの共感と信頼を集めていった。

このような積み重ねがあって、一高代表チーム一年男子選手九人の纏《まと》め役は自然に琢磨《たくま》が担っていた。

「四高チームについてだが、俺《おれ》は典型的なワンマンチームだと分析している」

琢磨の言葉に、チームメイトの二人が頷《うなず》く。

「オフェンスの黒羽《くろば》文弥《ふみや》。コイツが問題だ。口惜《くや》しいが、コイツと正面からぶつかり合えば俺も勝つのは難しいだろう」

「七宝《しっぽう》君⁉」

「お前がそこまで言う相手か……」

「口惜しいけどな。案外、あの噂《うわさ》は本当かもしれない」

七宝たち三人の脳裏に「四葉《よつば》」と「黒羽」に関する噂がよぎる。

琢磨はその噂を意識から振《ふ》り払《はら》って作戦説明を続けた。

「お前たちの力を侮《あなど》っているわけじゃないが、残念ながら二人とも黒羽選手には歯が立たないだろう」

琢磨の言葉に、チームメイトは首を振った。

「馬鹿にされているなんて思っていないよ。妥当《だとう》な分析だと思う」

「確かに、一分も立っていられないだろうな」

そう言いながら口惜しそうに俯《うつむ》く仲間の姿に、琢磨もグッと奥歯を噛《か》み締《し》める。

「……すまない」

「七宝が謝ることじゃない。それで？」

「ああ……だから、アイツとの戦闘《せんとう》は避《さ》けてくれ。そのまま俺の所に素通りさせて構わない」

「あえてこっちのモノリスまで近づけるということ？」

その心配そうな問い掛けに、琢磨は頷いた。

「四高はこれまでの全試合を相手チーム戦闘不能で勝っている。それにモノリスのコードを入力する為《ため》にはディフェンスが邪魔《じゃま》だ。黒羽選手は間違いなく、まず俺を倒そうとする」

琢磨の予想に、千川《せんかわ》も梶原《かじわら》も異論はないようだった。

「俺が黒羽選手を相手に時間を稼《かせ》ぐ。お前たちはその間に敵のモノリスを攻略してくれ。黒羽選手抜きの二対二なら、お前たちが不覚を取ることはない」

「……黒羽選手がモノリスに構わず俺たちの各個撃破《げきは》に来たら？」

「黒羽選手が自分の方に近づいてくると判断したら、とにかく全力で俺の所まで後退しろ。俺が黒羽選手の相手を始めたら、すぐに反転して敵陣《てきじん》へ向かってくれ」

「分かった」

「了解だ」

琢磨が改めて、チームメイトと顔を見合わせた。

「まだ十回戦の最終試合が残っているとはいえ、この試合に勝てば今度こそ優勝はほぼ決まりだ。絶対に勝つぞ！」

「おうっ！」

琢磨《たくま》たちは気合いを入れ直して、試合会場の岩場ステージへ出陣《しゅつじん》した。


それはまるで疾風《しっぷう》だった。

試合開始と同時に四高陣地《じんち》を飛び出した小柄《こがら》な人影《ひとかげ》は、白い巨岩の間を縫《ぬ》うように駆《か》け抜《ぬ》けたちまち一高陣地へ肉薄した。

一高の選手はそれに気づいていない。

最初の接触は、完全に不意《ふい》討《う》ちの形になった。

「ガッ！」

「千川《せんかわ》っ⁉」

チームメイトがいきなり岩陰《いわかげ》から現れた敵の攻撃《こうげき》で倒されたのを見て、琢磨は思わずその名を呼んだ。

だが、手遅れだ。

一高チームのオフェンス選手は、四高のオフェンス選手——文弥《ふみや》に、一瞬《いっしゅん》で倒された。

(何だ今のは⁉「幻衝《ファントム・ブロウ》」か⁉)

琢磨はその早業《はやわざ》に動揺を禁じ得なかった。

琢磨の知る「幻衝」は幻覚《げんかく》による痛みを与えて相手の戦闘力《せんとうりょく》を殺《そ》ぐ魔法《まほう》だ。徐々《じょじょ》にダメージを与え、決め手となる魔法を放つ隙《すき》を作るつなぎ技の術式。出会い頭《がしら》の一撃《いちげき》で相手を完全に無力化するような強力な魔法ではない。

（それに接近したのがまるで分からなかったぞ⁉）

岩場ステージといっても、視界が塞《ふさ》がれてしまうほど石灰岩が密集して配置されているわけではない。岩と岩の間はそれなりに距離があるから、敵陣《てきじん》からこちらへ走ってくる姿が何処《どこ》かで必ず見えるはずだ。

それにこのスピードで接近してきたからには、生身の身体能力だけでなく必ず自分に対して魔法を使っている。それなのに琢磨には、魔法による事象改変を受けた物体の接近が知覚できなかった。

「クッ、梶原《かじわら》っ、戻れ！」

だが動揺したのは一瞬のこと。琢磨は前進していたチームメイトに、自分と合流するよう指示した。

しかしその時、琢磨とチームメイトの間に石礫《いしつぶて》の雨が降り注ぐ。

「何だこれは⁉」

思わず足を止めるチームメイト。

その背後に文弥が迫る。

「逃げろ！」

琢磨《たくま》のこの指示は、妥当《だとう》ではなかった。

逃走を命じられた梶原《かじわら》選手は文弥《ふみや》に背中を向けたまま、なおも降り注ぐ石礫《いしつぶて》の雨の中へ飛び込んだ。

石礫はそれほど脅威《きょうい》では無い。確かに当たればダメージを免《まぬが》れないが、対物障壁《しょうへき》で防御《ぼうぎょ》可能だ。梶原選手にはそれだけの力量もある。

まずかったのは、文弥に背中を曝《さら》し続ける結果になったことだ。これでは狙《ねら》い撃《う》ってくださいと言っているようなもの。

突如《とつじょ》、石礫の雨が止んだ。

その直後、梶原選手を幻覚《げんかく》の痛みが襲《おそ》う。

両足を何かで刺されたようなダメージに梶原選手がよろめき、反転して尻餅《しりもち》をつく。

振り返ったのは、背中を向けたままでは防御も反撃《はんげき》もままならないと気づいたからだった。

自分に迫る、小柄《こがら》な人影《ひとかげ》。

梶原選手がそう認識して文弥に反撃の魔法《まほう》を放とうとしたその時。

彼を直接、激痛が襲った。

梶原選手の意識はその痛みに耐《た》えられず、ブレーカーが落ちるように途切《とぎ》れた。

琢磨はその様を見て「甘く見た！」と思わず後悔《こうかい》を口にしていた。

四高が文弥のワンマンチームだという琢磨の分析は、大筋で正しかったが、一面で間違っていた。

四高生が得意とする魔法は工程が多い、複雑で精緻《せいち》な術式だ。

例えば石灰岩を砕《くだ》いて作った石礫の散弾《さんだん》を自陣《じじん》から放って、遠く離れた敵陣へ正確にばら撒《ま》くような魔法。

（直接戦闘《せんとう》の能力は低くても、援護《えんご》射撃《しゃげき》に適した魔法を四高チームは備えていたのか！）

琢磨はそれ以上、後悔を噛《か》み締《し》めている余裕が無かった。

文弥が確実に魔法を当てられるという意味での射程距離に入っていた。

先手を取ったのは琢磨だ。彼は自分の前面に十六個の空気弾を作り出し、群体制御で、照準を定めず方向性だけを定義して撃ち出した。

一点を狙うのではなく顔を、胸を、手足を目掛けて襲い掛かる空気の弾丸《だんがん》。文弥はそれを障壁で防御するのではなく、軽やかに飛んで躱《かわ》した。

今度は空気の弾丸ではなく薄い円盤《えんばん》を八枚並べ、琢磨はさながらチャクラムのようなスタイルで文弥目掛けて飛ばす。

文弥は白い巨岩に足を置いたと見るや、一瞬《いっしゅん》の停滞《ていたい》もなく逆方向へ跳躍《ちょうやく》し、空気の戦輪を躱す。そして空中で琢磨目掛けて拳銃《けんじゅう》形態特化型ＣＡＤの引き金を引いた。

琢磨の右腕に切りつけられたような痛みが走った。弱みを見せまいと苦鳴を呑《の》み込むが、左手首に巻いたCADを操作する指が鈍《にぶ》る。

文弥《ふみや》が再び石灰岩を足場にして跳躍《ちょうやく》する。

琢磨《たくま》は右太腿《ふともも》に錐《きり》が刺《さ》さったような痛みを覚えた。

奥歯を噛《か》み締《し》めてその痛みに耐《た》え、細く絞《しぼ》り込んだ下降気流を文弥目掛けて打ち下ろす。

文弥は琢磨の攻撃《こうげき》を、空中で斜《なな》め前に跳躍することで回避した。

空中では運動方向を変えられない、という常識は、魔法師《まほうし》にとっての常識ではない。琢磨も文弥の回避行動に驚きはしなかった。

彼が思ったのは、

(牛若丸《うしわかまる》か、コイツは⁉)

というもの。

——ならば自分は五条の橋の弁慶《べんけい》か。

琢磨はその思考を一瞬《いっしゅん》で打ち消した。

弁慶と牛若丸の勝負は、弁慶の敗北で終わる。こんなことを考えるのは不吉《ふきつ》であり敗北主義につながる。そう自分を戒《いまし》める。

再び琢磨の身体《からだ》に痛みが走る。傷を伴《ともな》わない、幻《まぼろし》の痛みだ。彼も想子《サイオン》の防壁《ぼうへき》を展開し、無系統魔法《まほう》に備えているはずなのに、ダメージが少しずつ蓄積《ちくせき》されていく。

(それだけ元々の「幻衝《ファントム・ブロウ》」の威力が高いのか)

このままではジリ貧だ、と琢磨は思った。

こちらは一人で、向こうはまだ三人もいるのだ。体力が残っているうちに勝負をかけなければならない。

琢磨は再び空気弾《だん》の弾幕を張って文弥を牽制《けんせい》すると、大技の準備に入った。

肉体が次々と襲《おそ》い掛かる痛みに悲鳴を上げるが、全《すべ》て幻覚《げんかく》と言い聞かせて無視する。

目の前の地面には四高の陣地《じんち》から放たれた多数の石礫《いしつぶて》。

その一つ一つに魔《ま》法式《ほうしき》をコピーしていく。

琢磨の魔法を伝える為《ため》の、群体制御《せいぎょ》用の魔《ま》印《いん》。

一際《ひときわ》激しい痛みが腹を貫《つらぬ》いたのと同時に、琢磨は叫んだ。

「喰《く》らえ！」

――『ストーン・シャワー』――

声と同時に心の中で魔法名を叫び、琢磨は群体制御魔法を発動した。

琢磨の前に散らばっていた石礫が同時に浮き上がる。

観客席にどよめきが起こる。

それは、石礫が一斉《いっせい》に文弥が立っていた巨岩へ降り注いだ光景に対するものだったのか。

それとも巨木が倒れるが如《ごと》く、琢磨が仰《あお》向《む》けに倒れたことに対するものなのか。

『ダイレクト・ペイン』。

空中から琢磨《たくま》に撃《う》ち込《こ》まれた文弥《ふみや》の魔法《まほう》は、想子の衝撃波《しょうげきは》が肉体に重なる想子体《サイオン》に衝突《しょうとつ》することによって、その部位を打たれた、切られた、刺《さ》されたなどの幻覚《げんかく》を作り出す無系統魔法ではなく、精神に直接痛みを与える系統外魔法。

このユニークな魔法により、琢磨は遂《つい》に力尽《ちからつ》きた。

試合終了のブザーが鳴る。

文弥が右手を突《つ》き上《あ》げ、観客席が歓声《かんせい》と喝采《かっさい》に沸《わ》き上《あ》がる。

新人戦モノリス・コード第九回戦、一高対四高戦は四高の勝利で幕を閉じた。

◇◇◇

四高チームは続く第十回戦、対三高戦にも勝利を収め、新人戦モノリス・コードで全勝の一位となった。

新人戦とはいえ毎年最下位争いをしていた四高が、一種目とはいえモノリス・コードで優勝という快挙。

その立役者である黒羽《くろば》文弥の名は、前日の新人戦ミラージ・バットで圧倒的なスコアを記録し一位となった黒羽亜夜子《あやこ》の名と共に観客と各校代表と九校戦関係者の記憶《きおく》に深く刻まれた。

〔ミッション・完了〕

The irregular at magic high school

薔薇の誘惑

西暦二〇九六年六月、国際実業界に一つの訃報《ふほう》が流れた。

市場規模は小さいものの、軍事上の重要性からどの国家も無視できない魔法《まほう》工学製品。そのトップメーカーであるドイツのローゼン・マギクラフト社の前社長、バスティアン＝ローゼンが息を引き取った。

享年《きょうねん》九十六歳。老衰死《ろうすいし》だった。

◇　◇　◇

CADその他、魔法機器の売上でUSNAの「マクシミリアン・デバイス社」と世界首位の座を争うドイツの魔法機器メーカー「ローゼン・マギクラフト社」。その日本支社長、エルンスト＝ローゼンは自分のオフィスで書類、ではなく録画映像を見ていた。

記録されているのは去年、西暦二〇九五年夏の九校戦モノリス・コードの試合模様。本戦ではなく新人戦だ。ディスプレイの中では場違いなマントを羽織《はお》った大柄《おおがら》な少年が剣のような物を振り回している。

ような、というのはその全長が十メートルを超えていて、しかも根本と先端《せんたん》しかなく、先端部は空中を移動しているという通常の剣ではあり得ない特徴《とくちょう》を備えていたからだ。

一般人には驚きを誘《さそ》う武器かもしれないが、エルンストにとっては少し物珍しいだけで大して価値のある物ではない。彼が注目しているのは、武器ではなくそれを振るう少年の方だ。

異形《いぎょう》の剣による斬撃《ざんげき》は、その半ばで軌道《きどう》が横にずれ地面に喰《く》い込《こ》んだ。少年が魔法による攻《こう》撃《げき》を受けて横倒しに吹き飛ばされたからだ。ハンマーで叩《たた》かれたに等しい衝撃《しょうげき》を受けながら剣を最後まで振り切った闘争心《とうそうしん》は瞠目《どうもく》に値するし、金属片を地面にめり込む勢いで人間の頭上に落とすのは幾《いく》ら相手がヘルメットを被《かぶ》っているとはいえ少々思い切りが良すぎるようにも思える。

しかしエルンストが注目していたポイントはそのどちらでもなかった。

ディスプレイの中で少年が立ち上がった。だがそれは、普通《ふつう》に考えればあり得ないことだった。少年は直前に魔法攻撃を受けて一メートル近く吹き飛ばされたばかり。それに相応《ふさわ》しいダメージを受けているはずだ。意識を失っていてもおかしくないし、録画映像で判断する限り実際に気絶していたように見える。しかし画面の中でマントを振り回す少年の動きから、それを窺《うかが》い見ることはできない。

少年が獅子吼《ししく》のような気合いと共にマントを投げた。たった今まで柔《やわ》らかな布であったマントが、一枚の黒い板となって回転しながら飛んで行く。

「硬化《こうか》魔法か」

エルンストの口から独り言《ひとごと》が漏《も》れた。彼の呟《つぶや》きが終わる前に黒い板は地面に突《つ》き立《た》ち、少年のチームメイトを守る壁となる。

壁は土砂の奔流《ほんりゅう》を受け止め、跳《は》ね返した。

少年が土に喰《く》い込《こ》んだ剣の先端部《せんたんぶ》に向かってダッシュする。獣《けもの》のような勢いだ。彼は手に持った剣の根元と小さな墓標のように立った先端部の凹凸《おうとつ》をかみ合わせ、一本に戻った剣を土の中から引き抜いた。

再び少年の口から雄叫《おたけ》びが上がる。

剣が分離し、刃が宙を舞《ま》う。

少年の一撃《いちげき》は、相手チームに残った最後の一人を薙《な》ぎ倒《たお》した。

「ふむ……」

映像はそこで終わっていた。エルンストは暗くなったディスプレイに目を向けたまま、意味ありげな吐息《といき》を漏らした。

「何度見ても間違いないか。ゲオルグの孫はブルク・フォルゲの能力を受《う》け継《つ》いでいる」

思い出したようにディスプレイの電源を切り、エルンストは目を閉じて椅子《いす》の高い背もたれに寄り掛かった。

「まさか第一型式《エアステ・アルト》の遺伝子がこんな所で継承《けいしょう》されていようとは……」

エルンストは目を開けて、少し苛立《いらだ》たしげに首を振った。彼はこの情報が本社に送られておらず、日本に来るまで知り得なかったということに腹を立てていた。

調整体魔法師《まほうし》ブルク・フォルゲの第一型式《エアステ・アルト》、ゲオルグ＝オストブルクが五十年前、日本に逃亡したのは分かっていた。しかしブルク・フォルゲ製造を命じたドイツ軍部と製造に携《たずさ》わったローゼンは、他の第一型式《エアステ・アルト》がことごとく自滅《じめつ》した事実から、ゲオルグも長くないと考えて追跡《ついせき》の必要は無いと判断していた。

だからといって、ローゼンはその遺伝子に対する権利を放棄《ほうき》したわけではない。ブルク・フォルゲの製造には少なからぬ資金を投入し、その大半は回収できていないのだ。調整体に関するデータ自体は保存されているのだから、この映像を見れば分かったはずだ。彼、西城《さいじょう》レオンハルトがブルク・フォルゲの特徴《とくちょう》を備えていることを。現に本国から連れてきたエルンストの側近はすぐに気づいた。

この事実と、ゲオルグ＝オストブルクが日本に逃亡した過去を考え合わせれば自然と一つの推理に行き着く。西城レオンハルトはゲオルグの血を引いている。ゲオルグ＝オストブルクはこの日本で子を成し、その遺伝子がこうして受け継がれている。これが事実であることは、すぐに裏付けが取れた。

日本支社の立て直し——という名目の粛清《しゆくせい》はすぐに実行するとして、とエルンストは考えた。

（問題はこの少年をどうやって手に入れるかだ……）

彼はフレキシブルレイアウトのモニターになっているデスクの天板に、西城レオンハルトに関する調査資料を呼び出した。既《すで》に繰り返し見ている資料だが、何度読んでもその度《たび》に渋《しぶ》い表情を浮かべてしまう。

一見、不遇《ふぐう》をかこっていて攻め所《せ》が多いように見えるデータだ。だがエルンストの判断はその逆だった。少年は自分の境遇《きょうぐう》に不満を持っていない。少なくとも高校生活を楽しんでいる。二年前ならもっと簡単だったかもしれないが、今の彼は相当の好条件を提示しても誘《さそ》いに乗ってこないだろう。エルンストの頭脳を以《もっ》てしても、日本を捨てさせドイツを選ばせるだけの決め手を見出せない。

だからといって強引にドイツへ連れていくわけにもいかない。魔法師《まほうし》の出国はきびしく制限されている。それはドイツでも日本でも同じだ。観光旅行が認められることはまずないし、ビジネス目的であっても長期の滞在《たいざい》は認められない。公務でさえ、大使館員など一部の例外を除き、海外に月単位で居住することは中々許可されないほどだ。

これは別の側面から見れば、魔法師の出国が厳しく監視《かんし》されているということに他ならない。特にローゼン・マギクラフトはドイツ政府・軍部とつながりの深い魔法関連の企業。出国時に日本政府から受けるマークは特に厳重なものになる。本人の協力が得られる任意の亡命ならともかく、拉致《らち》が成功するとは思われない。

最低限、本人をその気にさせることが必要だ。

(とにかく、接触してみなければ展望も開けない)

ローゼン本家の人間である彼が日本支社長として赴任《ふにん》してきたのは、飛行魔法デバイスを実現した日本の魔法機器メーカーＦＬＴ《フォア・リーブス・テクノロジー》とその開発者トーラス・シルバーにローゼンが危機感を懐《いだ》いたからだ。実現不可能と言われていた飛行魔法デバイスの開発を、ＦＬＴは何故《なぜ》成功させることができたのか。その秘密、研究体制、研究ノウハウを探り出し、可能であればトーラス・シルバーをローゼンに引き抜く。

素性を秘《ひ》匿《とく》されているトーラス・シルバーの正体はまだ分かっていない。あの技術者に関する情報操作は驚くほど強力で巧みなものだ。しかし、その正体を突《つ》き止《と》めることまで含めて、エルンストに課せられている使命だ。その為《ため》にローゼンの持つ経営資源を最優先で利用する権限を彼は与えられている。

これは彼にとって試練であると同時にチャンスでもあった。この仕事を成《な》し遂《と》げれば、彼はローゼン本家の後継者《こうけいしゃ》レースで、他の候補者に一歩先んじることになる。

トーラス・シルバーの秘密を暴き、引き抜く。それが日本におけるエルンストの最優先業務のはずだった。だが「西城《さいじょう》レオンハルト」という思い掛けない発見で、彼は優先順位の変更を余儀《よぎ》なくされた。

世界で最も早く調整体魔法師製造技術を確立した国はドイツだ。しかしそこには、先駆者《せんくしゃ》の宿命ともいえる過度の試行錯誤《しこうさくご》があった。魔法師の開発は大概《たいがい》非人道的なものだが、それを考慮に入れても最初期の調整体魔法師製造に実験投入された技術は許されざるものだった。人道とか尊厳とか、そういう近代的なモラルよりもっと根幹の部分、宗教的な禁忌《きんき》を想起させる技術だった。

ある意味当然というべきか。その技術を人間は受け止めきれなかった。未《いま》だ明確な因果関係は確認されていないが、その技術を投入された調整体魔法師《まほうし》は若くして壊《こわ》れた。肉体的に壊れたのではなく、精神的に自壊《じかい》した。自殺した者、約半数。狂死した者、約半数。自殺も狂死もしなかった者も任務中に斃《たお》れ、あるいは逃亡し、ローゼンの手元には一人も残らなかった。

ローゼン家では「実験データが残っているのだから、それでも不都合はない」と考えられていた。現に、第一型式《エアステ・アルト》のデータを基にしてより安定的な性能を実現した第二型式《ツヴァイテ・アルト》、第三型式《ドリッテ・アルト》が生み出されている。

しかし、自壊がゼロになったわけではない。一層安定性を増した第三型式《ドリッテ・アルト》のブルク・フォルゲでも十パーセントの確率で狂死者が発生している。調整体製造に要するコストを考えれば、軽視できない損失率だ。

だから、より不安定な第一型式《エアステ・アルト》の遺伝子を継承《けいしょう》しながら自壊の兆候《ちょうこう》を見せない西城《さいじょう》レオンハルトは、今後の調整体魔法師開発の為《ため》に是非《ぜひ》とも手に入れたいサンプルだった。これはエルンスト個人の考えではなく、ローゼン家当主の了解も得ていた。

スカウト条件に関する、白紙委任状と共に。

しかしせっかくの白紙委任状も、効果的な条件を思いつかなければ宝の持《も》ち腐《ぐさ》れだ。

（更《さら》なる調査が必要だな）

あと一か月もすれば、今年の九校戦が開催《かいさい》される。補欠学生である少年が今年も選手に選ばれるかどうかは微妙《びみょう》だったが、身上調査書に記載《きさい》されたデータから見て応援《おうえん》には来るはずだ。

ローゼンの日本支社長である彼の手元には早くも九校戦の招待状が届いている。そこで接触を図るのが最も自然だろう。

来日当日からずっと付きまとっている監視《かんし》の目を鬱陶《うっとう》しく思いながら、エルンスト＝ローゼンは招待状の返事を書かせるべく秘書を呼んだ。

◇◇◇

西暦二〇九六年八月四日。今年も明日から九校戦が始まる。例年とは異なる緊張感が会場を包み込んでいたが、その緊張に感応しているのは主に出場を控《ひか》えた選手で、観戦に来たギャラリーはそれを「エキサイティングな雰囲気《ふんいき》」と捉《とら》えていた。

レオもその一人だ。彼は先月から新競技シールド・ダウンの練習相手を務めており半分スタッフのようなものだが、この空気の中、緊張より興奮を覚えていた。……仮に選手として出場していても、彼の性分としてこの点は同じだったかもしれない。

久々に行われた競技種目の変更。その方向性は魔法師の実戦投入を想定している。各校の選手もスタッフも、程度の差はあれどこの認識は一致していた。

魔法《まほう》は武力、いや、兵力であり、魔法師《まほうし》には兵士、あるいは兵器としての役割が求められている。それは紛《まぎ》れもない事実の一側面だ。若い彼らも、そのことは承知している。分かった上で国防に携《たずさ》わる道へ進もうとしている生徒も少なくない。

だが、こういう現実を突《つ》きつけられるのは少なくとも半年以上先のこと、魔法科《まほうか》高校を卒業してから向き合えば良いと考えている生徒がほとんどだった。そこにいきなり、九校戦という舞台《ぶたい》で「兵士に求められる技能」を要求されて、魔法科高校生たちは狼狽《ろうばい》を覚えていた。覚悟《かくご》ができていなかった。

その一言で片付けてしまうのは簡単だ。しかし、常在戦場の心構えなど容易に持ち得るものではない。覚悟を決めるには時間が必要だ。

一方で、人は環境《かんきょう》と時間によって変化する生き物である。覚悟が必要な環境に放《ほう》り込まれれば、自然とそれを身につけていく。これまでの魔法科高校は、尚武《しょうぶ》を掲《かか》げる三高を含めて、兵士としての心構えを切実に要求する環境ではなかったということだろう。

要するに魔法科高校生にとって、九校戦の種目変更が通達されてからの一ヶ月と少しという期間は、変化に適応する為《ため》に十分なものではなかった。ただそれだけのことだったのである。

もっともこれは一般論だ。誰《だれ》もが戸惑《とまど》っていたわけではない。

既《すで》に兵士、戦士としての心構えを有していた者にとっては、新たに採用された競技もゲームでしかない。事故で最悪の事態が生じる可能性は高くなった。だがそれはあくまでも事故であり、誰かが命を落とすことが必然ではない。その意味では、格闘技《かくとうぎ》やモータースポーツと変わらない。

他方、自分は軍人にならないと決めている――割り切っている生徒にとっては、試合がスリリングでエキサイティングなものになっただけだった。全く逆の方向性ながら、ある意味で格闘技やモータースポーツと変わらない、という点では同じだ。そう認識していれば、戸惑いも狼狽も無い。

例えば、エリカは前者。

そして、意外に思われるかもしれないが、レオは後者だった。

レオは自分のことを戦士であるとも兵士であるとも認識していない。志望する職業は交通機動隊か山岳《さんがく》警備隊。軍人になるつもりもなければ、自分が軍人に向いているとも考えていない。戦うことを恐れてはいないが、自分にできるのは喧嘩《けんか》までだと彼は思っている。レオは自分の遺伝子の四分の一が兵器となるべく改造を受けたものだと知っているが、その血に縛《しば》られるつもりは毛頭無かった。

しかしローゼン・マギクラフトの日本支社長、エルンスト＝ローゼンは、レオに対して正反対とも言える評価を持っていた。

エルンストがチェックインするレオを見掛けたのは、本当に偶々《たまたま》だった。観戦には来るだろうと考えていたが、ホテルのフロントをずっと見張っていたわけではない。部下を使って見張らせてもいなかった。彼もこのホテルに到着したばかりで、秘書と共に案内役の下士官を待っているところだった。

ガールフレンドの荷物持ちをしている姿は年齢相応に微笑《ほほえ》ましいが、骨太で厚みのある身体《からだ》つきは既《すで》に少年のものではない。男性魔法師《まほうし》は古典的な「魔法使い」のイメージに反して体格の良い者が多い。だがその中でも、レオの肉体はエルンストの目を引いた。

秘書を遣《つか》わすべきか、それとも自分で声を掛けるべきか。迷っているエルンストの視線の先で、レオは同じ一高の生徒に声を掛けた。

(あれは、司波達也《しばたつや》)

達也もまた、エルンストがスカウトしたいと考えている魔法科《まほうか》高校生だ。前任の日本支社長からもその価値を耳にしていたし、四月の恒星炉《こうせいろ》実験では前任者の極めて高い評価が決して過大なものではないと確認している。

声を掛けるにはちょうど良い機会だ、とエルンストは思った。二人一緒《いっしょ》なら、一人一人別々に話し掛けるより彼らも警戒《けいかい》しないだろう。それがエルンストの判断だったが、一緒にいる少女の顔を見て考えを変えた。

エルンストを躊躇《ちゆうちよ》させたのは深雪《みゆき》でも美月《みづき》でも、雫《しずく》でもほのかでもなく、エリカだった。

アンナ＝ローゼン＝鹿取《かとり》。それはエルンスト＝ローゼンの従姉《いとこ》の名であり、千葉《ちば》エリカの母の名でもある。エルンストの父親の長兄がローゼンの現当主。そして次兄が本家を出奔《しゅっぽん》したアンナの父、エリカの祖父だ。

つまりエリカはローゼン家当主の弟の孫に当たる。本来であればローゼン本家の一員に数えられるべき娘なのだ。

エリカもまた、エルンストがこの日本で処理すべき事案の一つ。しかもデリケートな取り扱《あつか》いを要求される厄介《やっかい》な案件だ。西城《さいじょう》レオンハルトはともかく、司波達也の前でエリカとコンタクトするのは避《さ》けたかった。

結局エルンストはレオにも達也にも声を掛けず、その場を立ち去る彼らを見送った。

◇◇◇

翌日、八月五日の朝食後。エルンストは日本人の女性秘書に一通の封書を手渡した。

「千葉エリカ嬢《じょう》への招待状だ。呉々《くれぐれ》も粗相《そそう》の無いように」

「承知しております」

「弁護士は手配できているな？」

「昼には到着の予定です」

「交渉は君たちに一任する。話が纏《まと》まったら呼んでくれ」

「はい、お任せください」

秘書が一礼してエルンストの前から退く。彼女の姿が見えなくなってから、エルンストはスイートルームに運び込ませたデスクの奥で小さくため息を吐《つ》いた。トーラス・シルバーや西城《さいじょう》レオンハルトのスカウトは、成功すれば将来ローゼンに大きな利益をもたらしエルンスト自身の地位向上にもつながる前向きの仕事だ。逆に、千葉《ちば》エリカに関わる諸事は、失敗すればローゼンに大きなデメリットをもたらしエルンストにとっても大きな失態となる後ろ向きの仕事だった。

エリカは今年の六月に亡くなったローゼン家の先代当主、バスティアン＝ローゼンの曾孫《ひまご》だ。そしてバスティアンの息子であるエリカの祖父、孫であるエリカの母は既《すで》にこの世を去っている。

ローゼンの一族にとって、エリカの祖父は日本人と駆《か》け落《お》ちした時点で、既にいないものとなっている。だがそれはあくまでも一族内部の認識に限った話だ。法的に見れば、エリカは遺留分権利者、曾祖父《そうそふ》の遺産の一部を受《う》け継《つ》ぐ権利を有している。

日本支社赴任《ふにん》当初、エルンストにはエリカと関わり合いになるつもりは無かった。顔も知らないエリカの母親は、従姉《いとこ》といっても他人同然だ。ましてやその娘のエリカは親戚《しんせき》という感覚も無かった。

それはおそらく、エリカの方も同じだろう。いや、彼女はそんな消極的な気持ちではなく、もっと積極的に、こちらとの接触を忌避《きひ》している可能性が高いとエルンストは思っている。彼女の立場なら、ローゼン家を憎悪《ぞうお》していてもおかしくない。

そんな相手と交渉しなければならないというのは、気が重くなる話だ。しかしエルンストに、この問題を避《さ》けて通ることは許されない。先代社長の相続は何時《いつ》発生してもおかしくなかったもので、それが現実となった時、日本支社長の地位にあったのはエルンストなのだから。

巡《めぐ》り合《あ》わせが悪かった、と諦《あきら》めるより他に無い。幸い、交渉自体は秘書と弁護士に押し付けることができる。エルンストはそう考えて自分を慰《なぐさ》めた。

◇◇◇

秘書から千葉エリカとのアポイントが取れたと報告を受けて、エルンストは拍子《ひょうし》抜《ぬ》けの感を覚えた。彼はエリカがもっと頑《かたく》なな拒絶を見せると予想していたのだ。当日中に返事が来る、どころか招いたその日に会いに来るというのは完全に予想外だ。まあ、ローゼンの中枢《ちゅうすう》にいるエルンストに、ローゼン本家の血筋とそれに付随《ふずい》する財力・権力などどうでも良いというエリカの本音は、理解できなくても当然だった。

そろそろエリカがやって来るという時間になって、エルンストはロビーに下りた。迎えに出たわけではない。エリカのことを今か今かと待っていた、という印象を与えたくなかっただけだ。事実、本家の者たちは千葉《ちば》エリカが先代の遺産に対してどう出るか、気になって仕方が無かったのだが、交渉の責任者を押し付けられたエルンストはそれをエリカ本人に覚らせたくなかった。

エルンストがホテルのロビーに下りていった行為にそれ以上の深い考えはなかったのだが、この時、彼は運が良かった。

エルンストはホテルの外へ向かっていた少年に、流暢《りゅうちょう》な日本語で話し掛けた。

「失礼、西城《さいじょう》レオンハルト君ではありませんか」

当然の反応だが、唐突《とうとつ》に名前を呼ばれたレオは、驚きを浮かべた顔で振り返った。

「そうだけど、あんたは……ローゼンの支社長さん？」

今度はエルンストの方が小さな意外感を見せた。

「ほぉ。私のことを知っているのですか」

「そりゃ、俺《おれ》たちの間では有名人ですからね」

レオはエルンストの顔を恒星炉《こうせいろ》実験直後のニュース番組でしか見ていない。だが記憶力《きおくりょく》に優《すぐ》れた彼にとっては、それで十分だった。

「それは光栄だ。改めて、エルンスト＝ローゼンです」

適度に砕《くだ》けて適度に丁寧《ていねい》な、余裕を感じさせる口調でエルンストが名乗る。

「はあ。ご存じのとおり、西城レオンハルトです」

人を食った挨拶《あいさつ》で、レオはそれに応《こた》えた。

「それで、ローゼンの支社長さんが俺に何の用です？　俺には達也《たつや》みたいな技術はありませんけど」

レオの声に媚《こび》は無い。魔法《まほう》の世界におけるローゼン・マギクラフトの影響力《えいきょうりょく》は製品分野に止まらず、軍や警察内部においても隠然《いんぜん》たるものがある。それが分からぬほど、レオも世間知らずではない。ただ彼は、そんなもので得をしようとは考えない人間だった。

「単刀直入に言いますと、君をスカウトしたいのですよ」

「スカウト？　だから俺には自慢《じまん》できるような魔法工学関係の技術なんてありませんけど」

エルンストが魔工技師《まこうぎし》として自分をスカウトしようとしているのではないことくらい、レオにも分かっている。これはエルンストの真意を探るセリフだった。

無論、その程度の思惑《おもわく》はエルンストに筒抜《つつぬ》けだ。

「ここでは詳《くわ》しい話もできません。スカウトに応じる、応じないは別にして、まずは私の部屋に来てくれませんか。西城君の納得が得られるよう、しっかりと説明させてください」

「困ったな。俺、これからダチと約束があるんですよ」

レオがさっさと話を切り上げて背中を向けないのは、ローゼンとコネを持つことによるメリットに未練があるのではない。その逆で、喧嘩《けんか》別れのデメリットを懸念《けねん》してのことだった。

ローゼン・マギクラフトの影響力は、今年四月にマスコミを賑《にぎ》わした反魔法師キャンペーンの際に思い知らされている。あの時、反魔法師的《まほうし》なムードを和らげるのに大きな役目を果たしたのは、他でも無い、レオの目の前に立つエルンスト＝ローゼンのインタビュー報道だった。エルンストが恒星炉《こうせいろ》実験を高く評価したことが、魔法師に対するネガティブキャンペーン終息に大きな役割を果たしたのは疑いようのない事実だ。

CADのトップメーカーであり魔法工学製品のリーディングカンパニーであるローゼン・マギクラフト社が魔法師の敵となることはあり得ない。だがローゼンはドイツの企業だ。日本の魔法師に対して冷淡《れいたん》な態度に転じる可能性は十分にある。

角が立たない上手《うま》い言い訳を考えるのは、レオの苦手分野だった。言葉を飾《かざ》るのは、彼の性分ではない。「約束がある」の一言だけでは引き下がる気配の無いエルンストを前にして、レオは次の言葉に苦慮《くりよ》していた。彼の意識はそこに向いていて、少し距離を置いて通りかかった銀色の下級生、達也の助手のポジションに収まっている一高一年技術スタッフ・隅守賢人《スミスケント》のとても目立つ姿にも気づかなかった。

「そうなのですか」

エルンストの態度は、それ程押しの強いものではなかった。ただ粘《ねば》り強く、巧みだった。

「すぐに済むから、とは残念ながら言えません。西城《さいじょう》君にも色々と訊《き》きたいことがあるでしょうからね。例えば、君のお祖父《じい》さんのこととか」

「祖父さんの……？　ゲオ爺《じい》さんに関係のある話なのか？」

　これまで迷惑《めいわく》そうな素振《そぶ》りしか見せていなかったレオが、隠《かく》しようのない興味を示した。

「お祖父さんの話に興味がありますか？　でしたら、ドイツにいた頃《ころ》のヘル・オストブルクのことも私が知っている限り教えてあげましょう」

「うーん、参ったな……」

　正直なところ、レオはかなり心動かされていた。ただ彼は義理堅い人間だったので、友人との先約を破るのが忍《しの》びなかった。

　レオの背中に最後の一押しをくれたのは、クラスメイトの不機嫌《ふきげん》な声だった。

「取《と》り敢《あ》えず話だけでも聞いてみたら」

「エリカ？」

　背中から掛けられた声にレオが振り向く。

　エリカはぶすっとした顔で横を向いていた。

　彼女が顔を向けている反対側のサイドには、三十代から四十代と思《おぼ》しきスーツ姿の女性がいた。よほど気に入らない相手なのか、エリカはその女性からあからさまに顔を背けていた。

「断っても、またつきまとわれるだけだから」

　もっともエリカの声が不機嫌丸出しなのは、その女性に対する悪感情ばかりが原因ではないだろう。彼女の言葉には、エルンストに向けた棘《とげ》も生えていた。

「一回くらい約束をすっぽかしたって、達也くんは気にしたりしないわよ」

「お前、何でここに？」

「どうでも良いでしょ、あんたには」

エリカは身体中から「話したくない」というオーラをまき散らしていた。

それはレオだけでなく、エルンストにも分かったはずである。

「そういえば西城《さいじょう》君は千葉《ちば》エリカさんと同じ一高の二年生でしたね」

「……クラスメイトですよ。それが何か？」

「ほう。実は彼女と少し相談しなければならないことがあるのですよ。いや、私が話をするのではなく弁護士と話し合ってもらわなければならないことなのですが。それで、弁護士の準備ができるまで少しお待たせしてしまうと思っていたところだったのです」

だからこれは、

「クラスメイトの西城君が一緒《いっしょ》なら、千葉さんも退屈《たいくつ》しないでしょう。彼女の為《ため》にも、少し付き合ってもらえませんか」

エルンストが、わざと言っていることだ。

「そういうふざけた態度なら、あたしはこれ以上付き合わないわよ」

エリカの声には今や不機嫌《ふきげん》を通り越して、殺気がこもっていた。

「あんたたちがしつこく、どうしてもって言うから、話を聞いてあげることにしたんだけど。あたしの方は、あんたたちの事情になんて興味は無いのよ」

きつい眼差《まなざ》しでエリカがエルンストを睨《にら》みつける。

エルンストはそれを、余裕のある表情で受け止めた。

「別に恥じることでもないと思うが……我々の関係をご友人に知られるのは嫌《いや》ですか？」

エリカの頰《ほお》が紅潮《こうちょう》した。

しかしそれは、恥ずかしさに顔を赤らめたのではなかった。

「行くわよ。案内して」

顔を向けず、エリカはスーツの女性秘書に要求する。

秘書が先頭に立ち、その後ろにエルンストが続く。

エリカは足を踏《ふ》み出して、顔だけで振り返った。

「何してるの。あんたもさっさと来なさい」


レオが結局、エルンストの招きに応じたのは、祖父の話に興味があったからというよりエリカを放っておけなかったからだった。

今のエリカは、何かに追《お》い詰《つ》められているような印象がある。余計なお節介《せっかい》かもしれないが、彼女を一人にするのは良くないとレオは感じたのだった。

だからといって、レオに気の利いた会話ができるはずもなく。

クッションの効いたソファの上で、レオは今、大層居心地の悪い思いをしていた。

「そうそう、去年の新人戦モノリス・コード決勝戦、ビデオで拝見しました。実に勇猛《ゆうもう》な戦い振りでしたね」

先程から舌を動かしているのは主にエルンストで、レオは訊《き》かれたことに答えるだけ。それは別に構わないのだが、隣《となり》から押し寄せるピリピリとした不機嫌《ふきげん》の波動が、レオをどうにも落ち着かない気分にさせる。

その波動の発生源は、この部屋に入ってきてからずっと黙《だんま》りを続けているエリカだ。今の彼女はまるで、背中の毛を一斉《いっせい》に逆立てた猫だった。

レオはエリカの放つ殺意にも似た敵意に怯《おび》えているのではない。

その余裕の無さがエリカらしくないように感じて、それがレオを落ち着かない気分にさせるのだ。

一方で、エリカに敵意を向けられているエルンストは、彼女の刺々《とげとげ》しい態度を気にしている様子が無かった。分かっていて無視しているというより、それを当然のものとして受け止めているような印象があった。

「西城《さいじょう》君、今年は選手として出場しないのですか？」

「しませんよ。去年も最初から選手だったわけじゃないし……」

「去年、あれ程はっきりした実績を残したのに？」

「不器用ですからね、俺《おれ》は」

レオの回答を聞いてエルンストがニヤリと笑った、ような気がした。唇《くちびる》も目尻《めじり》も動かなかったが、瞳《ひとみ》の色が、笑っているように見えた。

「西城君の魔法《まほう》は十分に実用的だと思いますが」

「はあ、どうも」

色々と含みがありそうなエルンストのセリフに、レオは相槌《あいづち》を打つことしかできなかった。

その時、ドアをノックする音がした。

エルンストが手元のリモコンで鍵《かぎ》を開ける。

入ってきたのは、先刻の女性秘書だった。

「失礼します、弁護士の先生がお見えになりました」

「分かった」

エルンストは秘書に向かって頷《うなず》き、エリカへ顔を向けた。

「隣の部屋を商談用に空《あ》けてもらっています。そちらでまず、弁護士の説明を聞いてください」

すぐに返事をしなかったエリカに対して、エルンストは意地の悪い口調で付け加えた。

「それとも、西城君にも同席してもらった方が良いですか？」

「……行くわよ」

エリカが立ち上がり、

「案内しなさい」

秘書に向かって先程と同じ言葉で命じた。

エリカが扉《とびら》の向こうに消えた途端《とたん》、エルンストを見るレオの目付きが鋭《するど》いものとなる。

「あいつとあんたたちローゼンはどういう関係なんだ？」

エルンストはにこやかなビジネススマイルでレオの視線を受け止めた。

「気になりますか？」

達也《たつや》ならここで「気になる」と即答《そくとう》しただろう。だがレオは達也と違って、少年らしい含《がん》羞《しゅう》を持ち合わせていた。

「別に、あいつのことが気になるとかじゃ……」

「西城《さいじょう》君はお祖父さんの話の方が興味があると思っていましたが」

「あ、ああ。そのとおりだぜ。約束どおり、ゲオ爺《じい》さんのことを聞かせてくれよ」

エルンストの誘導《ゆうどう》にまんまと乗った格好だが、レオ自身がそれを良しとしている面もあった。本音では、祖父のことよりもエリカのことが今は気になっていた。しかしレオは、彼女の事情に自分が踏《ふ》み込んで良いものかどうか、躊躇《ためら》いを覚えていたのである。

「良いですよ。ですが君のお祖父さん、ヘル・オストブルクのことを話す前に……西城君、君は『ブルク・フォルゲ』のことをどの程度知っていますか？」

全身の筋肉に力が入り、強張《こわば》る。レオがそれを自覚したのは、止まっていた呼吸を再開した時だった。

「……世界で最初に作られた調整体魔法師《まほうし》のシリーズ名。魔法技能の強化よりも肉体の強化に重点が置かれた強化人間。魔法技能を持つ超人兵士」

そこで一旦《いったん》言葉を切り、レオは息を吸い込んだ。

「だがその実態は、ほとんどの個体が自滅《じめつ》した失敗作」

レオの口調が硬《かた》かったのは、声が震《ふる》え出さないように力んでいたからだろうか。

そんな彼に、エルンストは優しく見える微笑《ほほえ》みを浮かべた。

「ブルク・フォルゲは失敗作ではありませんよ」

レオがエルンストへ猜疑《さいぎ》に満ちた目を向ける。彼の瞳《ひとみ》の中には疑いのみならず怒《いか》りまでもが渦巻《うずま》いていた。

「第一型式《エアステ・アルト》のブルク・フォルゲが自壊《じかい》したのは例外なく戦場においてです。戦闘《せんとう》に参加しなかった第一型式《エアステ・アルト》に自壊は見られませんでした」

「……爺さんは自分以外、皆死んだと言っていたぜ」

「当時の祖国は、彼らを戦闘に参加させないという選択肢《せんたくし》を許さない状況《じょうきょう》でしたから」

何事か反論しかけたレオを遮《さえぎ》って、エルンストがもう一言付け加える。

「入隊直前に脱走したゲオルグ殿を除いて」

「爺さんが……脱走？」

レオが質問を返すまで、短い間があった。

エルンストはその質問を予期していたのだろう。答えはすぐに返ってきた。

「ヘル・オストブルクは良心的兵役拒否者だったのです。調整体としての教育を受けていた彼がどこで非暴力思想を学んだのかは分かっていませんが、彼は兵役を拒否する代償《だいしょう》として祖国を捨てることを選択《せんたく》しました」

「それで爺《じい》さんは日本に……？」

「最初はアメリカに亡命したんですが、どうも性《しょう》に合わなかったようで……半年ほどで、日本に移住していました」

「意外だな……ゲオ爺さんの性格からすれば、だだっ広いアメリカの方が性に合うような気がするんだが」

「色々あったんでしょうね。伯父《おじ》もアメリカまでしか同行しませんでしたので、そこから先のことは分かりません」

「伯父……？」

レオがその単語に反応するのはエルンストの計算どおりだった。

実はレオの方も、エルンストが自分の興味を惹《ひ》く為《ため》に口にした話題だと勘付《かんづ》いていたが、それでも無視できなかった。

「ブルク・フォルゲを作り出したのは我々ローゼン・マギクラフトです」

エルンストのいささか唐突《とうとつ》なセリフを聞いて、レオが訝《いぶ》しげに眉《まゆ》を顰《ひそ》めた。

「ドイツ軍が作ったんじゃなかったのか？」

調整体は軍によって作られたもの。それがレオの常識だった。

「研究の発案者は軍の科学者ですが、実際の研究は我々に委託《いたく》されたのですよ。ヘル・オストブルクもローゼンの研究所で誕生しました。彼は生真面目な人間が多かったブルク・フォルゲの中では珍しく陽気で気さくな人物で、研究所の職員やその家族とも親しく付き合っていました。伯父はヘル・オストブルクと特に親しくさせてもらっていたそうです」

「だから爺さんの脱走を手伝ったのか？」

「脱走と言っても、非合法ではありませんよ。他国で軍務につかないこと、他国の魔法師《まほうし》開発に協力しないことを誓約《せいやく》した上で、彼は国籍《こくせき》を放棄《ほうき》したのです」

「……約束を守るように、呪《のろ》いでも掛けたのかい」

皮肉な口調でレオが挿《はさ》んだ茶々に、エルンストは気分を害した様子は無かった。

むしろ彼は、面白そうに口もとを綻《ほころ》ばせた。

「呪いとはまた古風な言い回しですね。日本の魔法科高校生の間では、古い言葉が流行《はや》っているのですか？」

「いや、そういうわけじゃねえけど……」

指摘《してき》を受けて、自分でも古臭《ふるくさ》いと思ったのか、レオの返しは歯切れの悪いものだった。

「残念ながら我々は、永続性のある心理操作の技術を有していません。あくまでも信頼関係に基づく契約《けいやく》です」

「よくそれで軍事機密の塊《かたまり》を手放す気になったな」

エルンストは「そのセリフを待っていました」とばかり、笑《え》みを浮かべた。

「ブルク・フォルゲの皆さんを調整体にしたのは彼らの意思によるものではありません。我々が勝手にやったことです。ですからせめて、生き方くらいは自分で選ばせて差し上げたかったのですよ」

「……死に方の間違いだろ？　生まれた時から研究所の中で、ずっと戦闘魔法師《せんとうまほうし》としての技能を叩《たた》き込まれてきた人間に他の生き方が選べるわけがねえ」

「それは否定しません」

レオの憎《にく》まれ口を、エルンストはあっさり認めた。

「だから余計に、ゲオルグ殿の望みを叶《かな》えてやろう、という結論になったのでしょう。戦闘魔法師として作られた者に、兵士でない生き方ができるのかどうか。科学者たちがそんな好奇心を懐《いだ》いたであろうことは想像に難《かた》くない」

言い訳が無かったことにレオが拍子抜《ひょうしぬ》けしている隙《すき》に、エルンストは話題を再転換した。

「俄《にわか》には信じられないかもしれませんが、私たちはヘル・オストブルクを信用して出国の手伝いをしたのです。伯父《おじ》ルーカスがアメリカまで付《つ》き添《そ》ったのも、監視《かんし》の為《ため》ではありません。伯父はゲオルグ殿にとても懐《なつ》いていたそうですから」

「懐いていたって……」

「ヘル・オストブルクが故郷を捨てたのが第三次世界大戦勃発《ぼっぱつ》の直前です。当時伯父は十四歳でした」

十四歳という年齢を聞いて、レオが目を剝《む》いた。

「まだ子供じゃねえか」

「ええ。我々ローゼン一族にとっても仕事に関わらせるには早過ぎる歳です。事情を知らない第三者からすれば、伯父はちょっとした旅行に出掛けたとしか見えなかったでしょうね。ローゼン本家の次男である伯父の護衛に強化兵士をつけても、不自然には思われなかったはずです」

「そういう名目で周囲の目を誤魔化《ごまか》したってことか……」

「当時、すでにテロや内戦が散発的に生じていました。アメリカも決して安全とは言えなかった。そのリスクを承知で、伯父はゲオルグ殿の亡命に協力したのです。我々ローゼン家は、ゲオルグ殿の意思を、ひいてはブルク・フォルゲの皆さんの意思をそれだけ尊重していたのだと理解してもらえれば幸いです」

「……あんたたちがゲオ爺《じい》さんの為に危ない橋を渡ったってことは理解した」

レオは不承不承、エルンストの主張を認めた。

彼はエルンストの言い分を全面的に信用していたわけではなかった。特に、調整体ブルク・

フォルゲ全体に対して、彼の祖父に対するのと同じように手厚く処遇《しょぐう》したというのは信じられない。事実として、祖父以外のブルク・フォルゲは天寿《てんじゅ》を全《まっと》うできなかったのだ。

しかし、ローゼン本家のルーカス少年が祖父を好きでいてくれたことは信じられると感じていた。レオはローゼン家に都合の良い説明を全面的に信じてはいなかったが、全《すべ》てが胡散臭《うさんくさ》いとも思わなくなっていた。

「ブルク・フォルゲの第一型式《エアステ・アルト》を、ゲオルグ殿を除いて全て死なせてしまったことを、ローゼン家は後悔《こうかい》しています」

エルンストは悲痛な表情でそう語った。

レオは彼の表情に、偽《いつわ》りを見つけることができなかった。

「本来であればローゼン・マギクラフト社は調整体の育成から手を引くべきなのでしょう。ですが我々は、この世界に深く関わりすぎた。これから何をして何をしないのか、自分たちの意思だけでは決められなくなってしまった」

「まあ……そこは何となく理解できるぜ」

ローゼン家と規模はまるで違うが、レオの実家も過去のしがらみを捨て去ることができずにいる。自分は何とも思わないが、姉にとっては辛《つら》いこともあるだろう。しかし今、家で面倒を見ている連中を放《ほう》り出すことはできない。

「君をスカウトしたいのはその為《ため》なのですよ」

レオの眉《まゆ》が険しく顰《ひそ》められる。

「俺《おれ》に、実験台になれって言うのか？」

レオの声には殺気、というより敵を前にした野獣《やじゅう》の気がこもっていた。

牙《きば》を剝《む》く虎《とら》や獅子《しし》の前に立って、平気でいられる人間は少ない。

「いえいえ、まさか」

エルンスト＝ローゼンは、その例外的な胆力《たんりょく》を持つ人間のようだ。

「人体実験などという野蛮《やばん》な真似《まね》はしません」

「以前はやってたんだろ」

噛《か》みつくようなレオの決めつけにも、エルンストは余裕を崩《くず》さなかった。

「それは否定しません。しかし言い訳をさせてもらうなら、人体実験を行っていたのは我々ローゼンだけではありません」

エルンストの「言い訳」はレオも知る歴史的事実で、そう言われてしまえば彼も口をつぐむしかなかった。

「私たちは西城《さいじょう》君に、調整体の訓練を手伝って欲しいのですよ」

「訓練？　そいつは、実験とは違うのか？」

レオの質問に皮肉が含まれていないわけではなかったが、それよりも疑問の成分の方が多かった。

「魔法科高校《まほうか》や魔法大学で行われている魔法技能開発のプログラムを実験とは言わないでしょう。それと同じです」

「俺《おれ》にはインストラクターなんて務まらないぜ？　まだ高校生で、しかも出来の悪い劣等生だ」

レオは本気で卑下《ひげ》しているのではなく、遠回しに断っているだけだ。

だがエルンストはその論法を逆手《さかて》に取った。

「君の上達が思わしくないのは、魔法科高校のカリキュラムが君に合っていないからです。ブルク・フォルゲは近接戦に特化した能力を与えられている。遠距離の攻防《こうぼう》は通常兵器に任せておけばいい。君たちは戦闘《せんとう》の最終局面における拠点占拠《きょてんせんきょ》や、撤退《てったい》時における要人警護を想定した魔法師《まほうし》です。当然、通常兵器を代替する魔法師とは異なるトレーニング方法があるはずだ。君にはそれを作り上げてもらいたいと考えています」

エルンストがレオに申し入れているのは魔法師ではなく、研究者の役目だ。レオはエルンストの言葉に違和感を覚えていたが、それが具体的に何かということまでは指摘《してき》できなかった。

レオは決して鈍《にぶ》くないし、愚《おろ》かでもない。ただ魔法の研究、魔法師の開発がどのように行われるのかを知らなかっただけだ。

この場に達也《たつや》がいたなら、エルンストの申し入れが不自然なものだと分かっただろう。だが高校生は普通《ふつう》、その手の具体的な知識を持ち合わせていない。

「無論、それなりの待遇《たいぐう》をお約束しますよ。西城《さいじょう》君にはピンと来ないかもしれませんが、将来的には本社の部長待遇を用意しています」

「……せっかくだけど、遠慮《えんりょ》させてもらいますよ」

表面的には、美味《おい》しい話に思える。だがレオは、自分の嗅覚《きゅうかく》を信じた。

「俺も今の生活に不満が全く無いってわけじゃないけど、それでも余所《よそ》の国へ行って一旗揚《ひとはたあ》げようって考えるほどじゃない」

レオは面白い冗談《じょうだん》を考えついた、という風にニヤリと笑った。

「俺は、小市民なんで」

残念ながら、エルンストにはまるで受けなかったが。

「そう結論を急ぐ必要も無いでしょう」

エルンストはにこやかな表情をまるで変化させず、レオを引き止めに掛かった。

「外国といっても、西城君にとっては縁《えん》もゆかりも無い土地ではありません。それに、ドイツには君の助けを必要としている仲間たちがいます」

「仲間？」

少しのタイムラグがあって、レオが顔色を変える。

「まさか、爺《じい》さんと同じ調整体を作っているのか……？」

「残念ですが、我々も自分たちの一存で出来上がった技術を捨て去ることは不可能なのです」

エルンストの声は、聞いているだけなら、苦渋《くじゅう》に満ちていた。

「ただ、同じではありません。心を病む症例《しょうれい》は随分《ずいぶん》減りました。その分、能力はヘル・オストブルクの頃《ころ》より下がっていますが、人命第一ですからね」

レオが手が細かく震《ふる》える。それ程強く拳《こぶし》を握《にぎ》らないと、殴《なぐ》りかかりたいという衝動《しょうどう》に耐《た》えられなかったのだ。

生存率を高める為《ため》に性能を下げた。それは確かに事実だろう。しかしその動機は、人道的なものでは決してない。高いコストを掛けて作った兵器が簡単に自壊《じかい》するようでは採算が取れない。それだけのことだ。

本当に魔法師《まほうし》の身を心配しているのなら、ただ一人を除いて自滅《じめつ》したブルク・フォルゲを再び作り出そうとはしない。エルンスト＝ローゼンは、目の前のこの男は調整体を道具としか考えていない――。

レオが怒《いか》りに震えていることは、エルンストにも分かったはずだ。表情や仕草から相手の心理を読み取れない鈍感《どんかん》な人間に、交渉事は務まらない。

だがエルンストは、レオの神経を更《さら》に逆撫《さかな》でするようなセリフを続けた。

「もし西城《さいじょう》君が望むなら、ローゼンの一族に迎え入れても良い。君は先程、千葉《ちば》エリカと私たちローゼン家の関係を気にしていましたね？」

レオから、返事は無い。

エルンストはレオの返事を待たなかった。

「彼女は」

聞いてはいけない。レオは瞬間《しゅんかん》的にそう感じた。

「ゲオルグ殿の亡命を助けた」

しかし彼は、エルンストのセリフを遮《さえぎ》ることができなかった。

「ルーカス＝ローゼンの孫」

「じゃあ……」

「そうです。彼女は先代当主バスティアン＝ローゼンの曾孫《ひまご》に当たる、れっきとしたローゼンの一族です」

「エリカが、ローゼンの一族……？」

レオが呆然《ほうぜん》と呟《つぶや》く。彼が受けた衝撃《しょうげき》は、ブルク・フォルゲが今なお生産されていると聞かされた時よりも大きかった。

反論を紡《つむ》ぐことができないレオに、エルンストが誘惑《ゆうわく》の言葉を囁《ささや》く。

「彼女には相応の対価を受け取ってもらって、ローゼン家に関する権利を放棄《ほうき》してもらう予定だったのですが……君が望むなら彼女を好きにしてもらって良いですよ。ローゼン家にとっては意味の無いの娘ですが、一族の血を引いているのは確かだ。彼女の夫ならローゼン一族の一員とすることに異議は出ないでしょう」

「ふざけんな！」

レオが吼《ほ》えた。彼は男女の垣根《かきね》を越えて、エリカのことを仲間だと考えている。男とか女とか関係無く、すごいやつだと敬意を懐《いだ》いている。その彼女を政略結婚の駒《こま》にするエルンストに、レオは怒《いか》りを抑《おさ》えられなかった。

だが、レオの認識はまだ甘かった。

「そんなに堅苦《かたぐる》しく考える必要はありませんよ。夫といっても血縁《けつえん》関係を作り上げる為《ため》の方便です。彼女に子を産ませれば、それ以上のことは求めません。あの娘、外見は中々のものですからね。君も悪い気はしないでしょう?」

エルンストはレオをわざと怒らせようとして、このような条件を出したのではない。千葉《ちば》エリカはエルンストの目から見ても美しい少女だ。男なら美女を自由にできるというのは魅力的なはず、と考えただけだった。

要するにエルンストが俗物《ぞくぶつ》だったということだが、彼の考え方がおかしいわけではない。富。地位。名誉《めいよ》。プライド。あるいは、美しい異性。報酬として一般的で、世間に広く通用するもの。

ただエルンストは、選択《せんたく》を誤っただけだ。

その過《あやま》ちが、レオの更《さら》なる怒りを招く。

レオの自制心が、音を立てて切れた。

「テメエ!」

自分のことを「戦士」とは思っていないレオだが、エリカのことは「戦友」と認識している。その戦友を侮辱《ぶじょく》されて、レオは遂《つい》に自分を抑えきれなくなった。

レオが、自分とエルンストを隔《へだ》てるテーブルを、座ったまま蹴《け》り上げた。

飲み物はサイドテーブルに載《の》っていたのでカップやソーサーが割れることはなかったが、派手な音を立ててテーブルが壁際《かべぎわ》に転がっていく。

テーブルが動きを止める前に、レオは立ち上がり、右手を振りかぶっていた。

エルンストもわずかに遅れて立ち上がっている。中年太りとは縁《えん》の無い体型だが、戦闘員《せんとういん》でもアスリートでもないビジネスマンにしては驚くべき反応速度だ。

レオが右の拳《こぶし》を突《つ》き出《だ》す。

怒りに任せた大振りなパンチだが、普通《ふつう》の人間に躱《かわ》せるスピードではなかった。

事実、エルンストはレオのパンチを避けられなかった。

レオの右拳は、エルンストの目の前、至近距離に出現した魔法障壁《まほうしょうへき》によって受け止められていた。

障壁は術者との相対距離で形成される性質の物だったのだろう。エルンストは立ち上がったソファに尻餅《しりもち》をついている。彼の身体《からだ》を受け止めたソファはその勢いでひっくり返りそうになるが、激しい音を立てて床《ゆか》に脚《あし》を戻した。

「あんた……魔法師《まほうし》だったのか」

「……三流だがね」

拳《こぶし》を振り切った体勢で見下ろすレオと、肘掛《ひじか》けを掴《つか》んだ姿勢で見上げるエルンストが、どちらも驚いた表情で短い問答を交わす。

「何事です⁉　支社長、大丈夫《だいじょうぶ》ですか⁉」

テーブルとソファの立てた音が隣《となり》の部屋にも聞こえたのだろう。ドアが激しくノックされる。

エルンストが遠隔《えんかく》操作でドアのロックを解除した。

すぐにそれと分かったのか、女性秘書がドアを開けて駆《か》け込《こ》んでくる。

そのすぐ後ろに、エリカが続いていた。

「支社長、如何《いかが》なさいましたか⁉」

「大丈夫だ。何でもない」

エルンストが笑顔《えがお》で首を横に振る。

女性秘書がそれで納得した様子はなかったが、彼女はそれ以上質問を重ねなかった。

「レオ、何を言われたの？」

一方のエリカは、レオとエルンストの体勢を見ただけで大体何が起こったのかを察したようだ。その上でレオに理由を訊《たず》ねた。

「何でもねえよ」

レオはエリカと目を合わせようとしない。

エリカの方も、それ以上問《と》い詰《つ》めることはしなかった。

「そっ。じゃあお暇《いとま》しましょ」

レオを促《うなが》しそのまま部屋を出て行くかと思われたエリカだが、すぐには踵《きびす》を返さなかった。

「話は分かったから、結論は弁護士さんから聞いてちょうだい」

彼女はエルンストにそう話し掛けた。

「正式な書類が必要ならサインするから、家の方に届けさせて。もう、わざわざ話をしに来る必要無いから。もちろん、こちらから出向くつもりも無い」

だから二度と呼びつけるな。そう言外《げんがい》に告げて、エリカは今度こそエルンストに背中を向けた。

◇◇◇

ホテルの職員ではなく自分の部下、つまり日本支社の従業員に部屋を片付けさせて、エルンストは秘書を含めた全員を下がらせた。

レオとの面談は、正直に言って不愉快《ふゆかい》の一言に尽《つ》きた。だが商談で不愉快な思いをするのはありふれたことである。いつ迄《まで》も引きずっていてはビジネスなどできない。

エルンストは手酌《てじゃく》でショットグラスにウイスキーを注ぎ、一気に呷《あお》った。彼はドイツの蒸留酒コルンやアクアビットよりスコッチ・ウイスキー派だ。別に外国の物が好きだというわけではない。その証拠《しょうこ》に、と言えるかどうかは定かでないが、ブランデーは好まない。

彼がアルコールの助けを欲するほど引きずっているのは、レオに対してではない。全く無関係ではないが彼自身に対する不快感は大したものではなかった。西城《さいじょう》レオンハルトのことは、所詮《しょせん》子供だと割り切れた。

ではエリカの態度が腹に立ったのかというと、これも違う。レオと比較すれば関連度は高いが、やはりエリカ本人が問題なのではなかった。

エルンストの心に不快な小骨となって引っ掛かっているのはエリカの祖父、ルーカス＝ローゼンのことだった。

ローゼン一族の汚点《おてん》。

卑劣《ひれつ》な逃亡者。

浅慮《せんりょ》な背信者。

ローゼン家直系の責務も信用も踏みにじり、身勝手な駆《か》け落《お》ちで方々《ほうぼう》に多大な迷惑《めいわく》と損害をもたらしたエルンストの伯父《おじ》。

ルーカスが一族の定めた婚約者を捨てて日本人女性と駆け落ちした所為《せい》で、ローゼン家はしばらくの間ヨーロッパの社交界で肩身の狭い思いをしなければならなかった。あのスキャンダルが無ければマクシミリアン・デバイスに欧州市場を侵食《しんしょく》などさせなかった。

彼が日本に移住した裏に日本政府との密約など無かったということをドイツ政府に納得させる為《ため》、ローゼン・マギクラフト社は日本進出を控《ひか》えなければならなかった。それは市場を失ったというマイナス面だけでなく、技術開発の面でも無視できない負の影響《えいきょう》が見られた。

それでも、ルーカスが女にしか興味の無いボンクラならば、まだ害は少なかった。なまじ、頭が切れ機転も利く質《たち》だった為に、ローゼン家は彼を切り捨てる時期を誤ってしまった。本来ならば、もっと早く、出奔《しゅっぽん》される前に放逐《ほうちく》しておくべきだったのだ。

そう……。ゲオルグ＝オストブルクの逃亡を手伝った時点で。

エルンストがレオに語った内容には、この点で虚偽《きょぎ》が含まれていた。

ローゼン・マギクラフトは、ゲオルグを解放などしていない。彼の亡命を許す気などローゼン家には無かった。

ゲオルグの亡命を手助けしたのは、ルーカス＝ローゼンの独断だ。いや、亡命の首謀者《しゅぼうしゃ》はゲオルグ本人ではなくルーカスだった。

あの時の真相はこうだ。

ルーカスがアメリカに旅行するにあたり、ゲオルグがその護衛役に選ばれた。十四歳の少年とはいえあの時のルーカスはローゼンの直系としての仕事を与えられての渡米だったし、第三次世界大戦の前哨戦《ぜんしょうせん》とも言える地域紛争《ふんそう》が中南米でも頻発《ひんぱつ》していた。ローゼンの直系であるルーカスが、その当時白兵戦において最強の兵士と見られていたブルク・フォルゲを自分のボディガードに指名するのは自然であり当然と受け止められた。

しかしそれは、ルーカス＝ローゼンの計略だった。彼はゲオルグを監視《かんし》が緩《ゆる》い国外に連れ出し、ルーカスが自分でリークした情報に釣《つ》られて襲撃《しゅうげき》してきた反政府テロリストとの交戦中を狙《ねら》ってゲオルグを脱走させたのだった。

全てが茶番だと分かったのは、ゲオルグの生存が日本で確認された一年後のことだった。その時には既《すで》に世界中で地域戦争——最早《もはや》「紛争《ふんそう》」で片づけられるレベルではなかった——が勃《ぼっ》発《ぱっ》しており、正規の手続きで入国しているゲオルグを日本から連れ戻すことは不可能だった。

ゲオルグ＝オストブルク脱走の真相が明らかになった時点で、ルーカスはローゼンの後継者《こうけいしゃ》候補から外された。しかし、前当主バスティアンの五人いる息子、娘たちの中で最も優秀《ゆうしゅう》と評されていたその才覚を、ローゼン一族の大人たちは惜《お》しんだ。機密性の高い軍関係の仕事にはもう関わらせられないが、一般業務の管理者や政略結婚の駒《こま》としては使えるのではないかと欲を出してしまったのだ。

（その結果が、あのざまだ）

結局ルーカスはローゼン家に害しかもたらさなかった。彼は恩を仇《あだ》で返したまま、その償《つぐな》いもせず世を去った。

ならば彼の孫に、多少役に立ってもらったとしても罰《ばち》は当たらないはずだ。

エルンストは少し酔《よ》った頭で、そんなことを考えていた。

心の中で散々愚痴《ぐち》をこぼして満足したのか、エルンストの思考はエリカからレオに焦点《しょうてん》を移した。

（それにしても、西城《さいじょう》レオンハルトのあの力は）

あれは本物だ。それが確認できたことだけが、今夜の収穫《しゅうかく》だった。

それは決して、小さな成果ではない。

（運動エネルギーを中和する対物障壁《しょうへき》を腕力で吹き飛ばすとは）

エルンストは確かに魔法師《まほうし》だ。そもそも魔法の素養が無くては魔工師《まこうし》にはなれない。魔法が使えなくても魔法工学製品を開発することはできるが、魔法が使える、使えないは大きなアドバンテージになりハンディキャップになる。ローゼン一族は自身が魔法を使えたから、魔法工学産業の黎明期《れいめい》において先駆者《せんくしゃ》となり得た。

ただその能力は、お世辞《せじ》にも一流と呼べるものではなかった。逆に、だからこそ前線で使《つか》い潰《つぶ》されることなく技術者として成功を収める余地があったのだろうが。

エルンストの力も本人の自己申告どおり貧弱なものだ。三流というのは、謙遜《けんそん》ではあっても嘘《うそ》ではない。彼の魔法力はせいぜいが二・五流といったレベルだ。

それで何故《なぜ》、レオの拳《こぶし》を防ぎ得たのか。そのからくりはエルンストが使ったＣＡＤにある。

完全思考操作型ＣＡＤ。世界に先駆《さきが》けてローゼン・マギクラフトが製品化した最新モデルだ。思考操作の為《ため》にインターフェイスを一から見直し、手動操作に迫る確実性と手動操作を上回るスピードを実現した魔法《ま》補《ほう》助具。そのスピードがあったからこそ、エルンストのお世辞《せじ》にも速いとは言えない発動速度で魔法障壁《しょうへき》の展開を間に合わせた。

しかし、CADで発動速度は上げられても、干渉力《かんしょうりょく》は底上げできない。あの時の障壁の強度は彼の魔法力に相応《ふさわ》しい、程々のものでしかなかった。

だがそれでも、魔法として成功していた。物理法則を一時的に書き換える魔法は確かに機能していた。

あの時彼が使った魔法は、運動エネルギーの中和による運動体の停止。レオの拳《こぶし》は、エルンストの魔法により振《ふ》りかぶった位置から障壁に接触するまでの間に得た勢いを殺されて「殴《なぐ》る」から「押す」に変化させられていたはずだ。

それなのにレオの右腕は、太ってはいないが痩《や》せてもいない、エルンストの大柄《おおがら》な身体《からだ》を押し倒し、否《いな》、吹き飛ばした。

あのパワーは人間という生物が持ち得る範疇《はんちゅう》を逸脱《いつだつ》している。人間にあのパワーを発揮するのが不可能という意味ではない。レオの筋肉量では、完全に静止したゼロ距離からエルンストを吹き飛ばすパワーを絞《しぼ》り出すことは不可能なはずだった。

日本で「火事場の馬鹿力」と呼ばれている人間の潜在《せんざい》的な筋力を引き出す技術の実在をエルンストは信じていない。リミッターは意味があるから存在するのだと彼は考えている。

あの時のレオのパワーは、そういう非科学的な偶然《ぐうぜん》が作用したのではない。

レオの肉体の中でブルク・フォルゲの遺伝子が作用したものだと考える方が、エルンストにとって合理的だった。

（やはり、多少手荒《てあら》な真似《まね》をしても手に入れる価値がある）

エルンストは本国から彼の手駒《てごま》である第三型式《ドリッテ・アルト》のブルク・フォルゲ、ヴァールブルク姉妹を呼び寄せることを決意した。

◇◇◇

九校戦の会場は国防軍の敷地《しきち》内だが、その中で起こることに目を光らせているのは国防軍だけではない。今の時代も縄張《なわば》り侵犯《しんぱん》は仁義にもとると激しく非難されるので大っぴらには活動していないが、他の情報機関も諜報員を潜《もぐ》り込ませている。こっそり動いている分には、国防軍も「お互い様」ということで見なかったふりをしていた。

公安のオペレーターである小野遥《おのはるか》も九校戦の会場に潜り込んだ諜報員の一人だ。彼女には第一高校のカウンセラーという肩書きがあるので、他の同業者より楽をしているかもしれない。と言ってもそれは、会場内にいる口実に苦労しないというだけであって、諜報《ちょうほう》の仕事自体に平坦《へいたん》な近道があるわけではない。

今回の彼女の任務——本人の主張によれば副業——は、外国人招待客の監視。日本にとって、あるいは国防軍にとって機嫌《きげん》を損ねられない相手であり、特権的な自由を認めざるを得ない彼らは、容易に国家機密漏洩《ろうえい》ルートとなり得る存在だ。

表面的にその行動を制限できないなら、裏側から見張るしかない。九校戦に招かれた外国政府職員、外国人学者、多国籍企業幹部には、一人一人に二人、三人、あるいはそれ以上の監視《かんし》者がついている。

遥《はるか》がマークしている相手は魔法《まほう》工学製品のリーディングカンパニー、ローゼン・マギクラフト社の日本支社長、エルンスト＝ローゼンだった。

この任務を命じられた時、「今回は楽な仕事だ」と遥は思った。

魔法工学製品は市場規模が小さい為、売り上げで見たならローゼン・マギクラフトは大した会社ではない。しかし軍事分野においてますます存在感を増す魔法の価値を考えれば、国家や軍にとって軍艦《ぐんかん》や軍用機のトップ企業に勝《まさ》るとも劣らぬ価値がある。特に去年の秋、世界を震《しん》撼《かん》させた「灼熱《しゃくねつ》のハロウィン」以来、そのプレゼンスは高まるばかりだ。

必然的に、国防軍はエルンスト＝ローゼンに大きなフリーハンドを与えないわけにはいかない。その意味で、彼の監視は一瞬《いっしゅん》も目を離せないというレベルで密なものである必要があった。

だが遥は、そのことを上司から何度も念押しされながら、勝手に楽観していた。エルンストは単に日本支社長というだけでなく、ローゼン本家の直系に極めて近い人間だ。本社の次期社長候補とも噂《うわさ》されている。

そんな人間が、犯罪や外交問題となる行為をしでかすはずがない。

彼女は何の根拠《こんきょ》もなく、そう決めつけていた。

（私ってバカ……）

しかし遥は自分が如何《いか》に甘かったか、九校戦の初日で思い知らされていた。

エルンストはよりにもよって、彼女の本業の——と遥本人が主張してやまない——勤務先である第一高校の生徒を相手に一悶着《ひともんちゃく》起こしてくれたのだ。

暴行と魔法無断使用。

暴行事件はレオがエルンストへ一方的に殴《なぐ》り掛《か》かったものであり、魔法無断使用はその暴力から身を守る為に障壁《しょうへき》魔法を使用したというもの。表面的に見れば正当防衛で、エルンストに非は無い。

だがエルンストがレオを招いた密室で起こった事件で、ローゼン側が隠蔽《いんぺい》を図っているとくれば、背景に面倒な事情が潜《ひそ》んでいるのは明らかだ。

エリカがローゼン先代社長の曾孫《ひまご》であり、レオがドイツの開発した最初期調整体の末裔《まつえい》であることを遥は知っていた。ローゼンの先代、バスティアンが先日亡くなり相続問題が発生していることも彼女は把握《はあく》していた。しかし遥は、それがこの場でトラブルに発展するとは考えていなかったのだ。まさかローゼン・マギクラフトの日本支社長ともあろう者が高校生を相手に揉《も》め事を起こすなどとは、遥の想像力を超えていた。エルンスト＝ローゼンはもっと大人で紳士的な対応をする人物だと無意識に決めつけていたのである。

「今年は司波《しば》君に関わらないで良いから楽だと思ったのに……」

遥《はるか》の口から囁《ささや》き声で愚痴《ぐち》が漏《も》れる。彼女は九校戦が始まる前、上司に「達也《たつや》と深雪《みゆき》をマークする役目は他の部員を当てて欲しい」と申請《しんせい》していた。

自分は顔を知られているので必要以上に周りをうろちょろしていると絶対に勘付《かんづ》かれる。あの二人はただの魔法科《まほうか》高校生ではない。必死にそう訴《うった》えた甲斐《かい》あって、公安から追加のオペレーターが派遣《はけん》されていた。（なおその公安部員は達也に簡単に振《ふ》り切られ、彼の暗躍《あんやく》に一切気づくことができなかった）

遥に対して代わりに割り振られたのが、エルンスト＝ローゼンの監視《かんし》だった。この任務を命じられた時、前述のとおり彼女は「ラッキー！」と思ったのだ。ところが蓋《ふた》を開けてみれば。

（ドイツから新型の調整体とまだ製品化もしていない最新の魔法装備を取り寄せるなんて……。平和的に事を納める気はさらさら無いってことね）

遥は自身の特殊《とくしゅ》技能を駆使《くし》して集めた調査結果を前に、これからどんな厄介事《やっかいごと》が起こるか予想し、それに自分が否応《いやおう》なしに巻《ま》き込まれることを確信して、途方《とほう》に暮れていた。

◇◇◇

八月十四日、火曜日の夜。

一高生は本日の、モノリス・コードの勝利に浮かれていた。

彼ら、彼女たちが躁《そう》状態になっているのは、今回の九校戦が苦戦続きだったストレスの反動だ。一高は一時、三高に百点差のリードを許していた。それが、昨日のミラージ・バットでようやく逆転してトップに立った。しかし今日のモノリス・コードで三高に負けていたなら、点差は十五点まで縮まっていたところだ。

結果は一高が一位、三高が二位。両校の点差は九十五点まで広がった。三高に最大のリードを許していた三日目終了時点の、ほぼ逆の点差になっていた。

まだ優勝が決まったわけではない。三高に再逆転される可能性は残っている。だが彼我《ひが》の戦力を考慮《こうりょ》すれば、その可能性は無視できるほど小さい。一高生は少し気が早い祝勝会気分ではしゃいでいたのだ。

それは選手とスタッフに限ったことではない。泊まり込みで応援《おうえん》に来ている生徒も同じように興奮していた。夕食が済んだ後も、苦しかった戦いと明日も期待に応《こた》えてくれるであろう代表選手の活躍《かつやく》を予想し語り合っていた。

しかし、どんな場所、どんな時、どんな場合にも例外は存在する。

例えば達也は代表団の輪を抜け出して、九重八雲《ここのえやくも》立ち会いの下、藤林響子《ふじばやしきょうこ》と密談していた。

例えばエリカは美月《みづき》や他の友人たちに見つからないよう、こっそりレオの部屋を訪れていた。

レオが泊まっているのは狭いシングルルームだ。大勢で騒ぐには全く向いていない。今も部屋にいるのはレオとエリカの二人だけ。しかしエリカの目的は、言う迄《まで》もなく逢《あ》い引《び》きではなかった。

「あの後、ローゼンから何か言ってきた？」

「何も言ってこないぜ」

「そう……」

「オメエの方はどうなんだよ」

「何も言ってこないわ」

エリカが友人知人から深刻な誤解を招くリスクを冒《おか》してまでレオと二人きりで会っているのは、エルンスト＝ローゼンの動向が気になるからだった。九校戦初日の夜に強引な手口で接触してきたエルンストだが、あれ以降、エリカの前にもレオの前にも姿を見せていない。使いを寄越《よこ》すこともしない。

「あん時のことは冗談《じょうだん》だった、ってわけもねえだろうしなぁ」

エリカはあの場でローゼンにとって都合が良い回答を返しているので、向こうが興味を失っていると考えられないことはない。しかしレオに対するなりふり構わぬ勧誘《かんゆう》が、あの夜限りのものだったとは思えなかった。

「そうだったら良いんだけどね。あたしの方は単純な話だったけど、あんたに対するラブコールは簡単に引き下がるような代物《しろもの》じゃなかったでしょ」

「ラブコールってお前な……」

ラブコールという表現にレオが顔を顰《しか》めた。

だが彼はそれ以上本題に関係の無い文句はつけなかった。

「お前に対する要求もそう簡単に片付けて良いこっちゃないだろ。詰《つ》まるところカネの問題だから単純って言やあ単純かもしれないが、庶民《しょみん》の遺産じゃねえんだ。幾《いく》らお前が『要らない』って言っても、向こうにしてみりゃそう易々《やすやす》と信用はできないだろうぜ」

「それでも単純な金銭の問題よ。金額が幾ら大きくても」

エリカはつまらなさそうな目でそう言い切って、一転、真剣な眼差《まなざ》しをレオに向けた。

「でもあんたをスカウトしたいっていうのは、軍事絡《がら》みだからね。一回断られたくらいで諦《あきら》めるはずがない」

レオとエリカは自分がローゼンからどんな申し入れを受けたか、情報を交換し合っている。

エリカは自分が先代ローゼン当主の曾孫《ひまご》であり、ローゼンの財産の一部を継承《けいしょう》する立場にあること。

レオは自分がローゼンの作った調整体の遺伝子を受《う》け継《つ》いでおり、現在生産している調整体の改良に協力を求められていること。――なおエリカを好きにして良い云々《うんぬん》は黙秘《もくひ》している。

レオはともかくエリカの方には自分とローゼン家の関係を打ち明けることに躊躇《ためら》いがあった。

レオがその話を既《すで》にエルンストから聞かされていると知らないから尚更《なおさら》である。だがお互いの事情を知っておかないと、二人の間の温度差に相手がつけ込んでくるおそれがある。そう判断したエリカの方から共闘《きょうとう》を提案したのだった。

「むしろあいつらの本音は、あんたの意思なんて関係無いってところじゃない？」

「力尽《ちからづ》くかよ……お前の妄想《もうそう》って笑えねえところがやばいな」

「怖い？」

エリカの挑発《ちょうはつ》とも取れる問い掛けに、

「怖いな」

レオは強がる素振《そぶ》りも見せずに頷《うなず》いた。

「俺《おれ》の事情に知り合いを巻《ま》き込んじまうかもしれねえからな」

「それは無いでしょ」

エリカはレオの回答に意外感を見せなかった。その代わりただ淡々《たんたん》とレオの懸念《けねん》を否定した。

「相手は地位も立場もある大企業のオーナー一族だからね。荒《あら》っぽい真似《まね》をして、それが明るみに出た時、ダメージがデカイのはあっちよ」

「そんなもんもみ消せる、とか思ってそうじゃないか？」

「あいつらのホームグラウンドならそうかもしれないけど、ここは日本よ。もみ消せないとは言わないけど、その為《ため》のコストは許容できないほど大きいでしょうね」

「結局は金勘定《かねかんじょう》か」

「相手は商売人よ。当然じゃない」

エリカの乱暴な理屈《りくつ》に、レオは納得した様子だ。

「じゃあ、襲《おそ》ってくるとしても『ばれないようにこっそり』か」

「一服盛ってお持ち帰り、かもね」

それまで皮肉げな笑《え》みを浮かべていたエリカが、言葉を切って真顔になる。

「今日まで手を出してこなかったってことは、あたしたちが家に戻ってから仕掛けるつもりなのかな。ここは軍の敷地《しきち》内だし、その方が確実だって向こうは考えているのかもしれない」

「ありそうなことだな。だがよ。こっちにそう思わせておいて、油断しているところへ仕掛けてくるって可能性もあるぜ」

レオの反論に、エリカは数回、瞬《まばた》きした。

「……何だよ、その意外そうな顔は」

「意外……。あんたがそんな細かいことを思いつくなんて」

「お前なぁ……」

エリカの失礼な発言に、レオは怒るのではなく脱力した。

「あっ、バカにしてるんじゃないよ。本気で感心してるんだけど」

「それがバカにしてるんだよ！」

このセリフも、食って掛かるというよりツッコミのニュアンスが濃かった。

「まあまあ。とにかく、あんたの言うことにも一理あるわ。せいぜい、気を抜かないようにしましょう」

「俺《おれ》たちとしちゃ、他にできることはないか。こっちから攻《せ》め込《こ》むわけにゃいかないからな」

「とっても残念だけどね」

エリカは肩をすくめて、レオに同感であることを示した。

◇◇◇

エルンスト＝ローゼンは、策があって九校戦期間中ずっと大人しくしていたのではなかった。監視《かんし》がきつすぎて、下手《へた》に身動きが取れずにいたのだ。

マークが厳しくなったのは八月六日の朝からだ。タイミングから見て、西城《さいじょう》レオンハルトおよび千葉《ちば》エリカとの接触が原因だろう。

日本の諜報《ちょうほう》組織の能力を甘く見ていたと、エルンストは認めざるを得なかった。閉め切った部屋の中で、大した騒ぎにもならなかったにも拘《かか》わらず、エルンストが引き起こしたトラブルを直ぐさま把握《はあく》してのけたのだから。

あの時、室内に盗聴器《とうちょうき》や盗撮《とうさつ》カメラが仕掛けられていなかったことは確認していた。どのような手段を用いて室内の様子を知り得たのか分からない。だから余計に、不用意な真似《まね》はできなかった。

しかし今日、八月十五日で今年の九校戦は終わりだ。これ以上手をこまねいてはいられない。エルンストが暴力的な手段を用いることも辞さないというエリカたちの推測は当たっていたが、基地内で荒事《あらごと》は避《さ》けたいだろうという推理は間違っている。市街地で事を起こすよりは基地内で決着を付けたいとエルンストは考えていた。

ローゼン・マギクラフトは魔法《まほう》工学製品メーカーだが、そもそもの成り立ちから軍需《ぐんじゅ》企業の性格が強い。このあたりの事情はＵＳＮＡのマクシミリアン・デバイスも同じだ。日本においても国防軍に対して太いパイプを持つ一方、市街地の治安を預かる警察には発言力が無いに等しい。国防軍基地内の方が無理を通す交渉材料が豊富なのである。

エルンストは焦《あせ》りを覚えていた。

「支社長」

一時的に日本当局と敵対するリスクを冒《おか》してでも西城レオンハルトの身柄《みがら》を確保すべきか。そんな迷いの中で朝食を済ませたエルンストの所へ、エリカの応対をした例の女性秘書がある報告を持って来た。

「日本軍に内部抗争《こうそう》が発生している？　確かか？」

「はい、支社長。間違いありません」

「そうか……」

これはチャンスかもしれない。

エルンストは素早く思考を巡《めぐ》らせた。

「リンダとエマを呼べ」

「はい」

程なくして、エルンストの前から退出した秘書に替わり、二人の若い女性が彼の前に現れた。

外見年齢はどちらも二十代前半。二人とも百七十センチ近い長身で、細身の筋肉質な体型をしている。瞳《ひとみ》の色も同じヘーゼル。銀色の髪をショートにしているところまで同じだ。

一卵性双生児《そうせいじ》というほどそっくりではないが、顔立ちは他人のそら似で片付けられないほどよく似ている。この二人を見た大抵《たいてい》の者は、二卵性の双子《ふたご》か歳の近い姉妹と判断するだろう。

それは間違いではなかった。

「リンダ＝ヴァールハイト、参りました」

「エマ＝ヴァールハイト、参りました」

この二人は同じ母の腹から生まれた姉妹ではないが、遺伝子上は姉妹と言って差し支えない。

ローゼン内部の名称も「ヴァールブルク姉妹」だ。

彼女たちは同じ男女の精子と卵子からなる受精卵を同じ調整設計図で加工し、同じタイプの人工子宮から約一ヶ月違いで誕生した最新型のブルク・フォルゲ調整体。第三型式《ドリッテ・アルト》と呼ばれるバージョンの中で最も成功していると見られている二個体だ。

リンダの方が先に人工子宮から出て来た為《ため》、彼女が姉、エマが妹ということになっている。

もっとも、この二人の間に姉妹愛は無い。対外的には「エマ」「姉《ねえ》さん」と呼び合う仲だが、それはあくまでロールプレイであって、お互い相手のことは仕事上のパートナーでありライバルであるとしか考えていない。

「二人とも、今日は別の任務についてもらう」

この二人はエルンストの護衛という名目でドイツから呼び寄せられている。

「いや、本来の任務に戻ってもらう、と言うべきか」

しかし本当は、西城《さいじょう》レオンハルトを確保する為の戦闘《せんとう》要員として来日したのだった。

「いよいよ仕掛けるのですか」

エマが期待感を微《かす》かに漂《ただよ》わせてそう訊《たず》ねる。ブルク・フォルゲはその性質上、護衛任務に多用されており要人警護は慣れたものだ。だが今回はあらかじめ、自分と同じ調整体魔《ま》法師《ほうし》を相手にした捕獲《ほかく》作戦という説明を受けている。与えられた能力をフルに発揮できる期待感をずっと押し殺してきたところへようやく「本来の任務」と聞かされて、逸《はる》る心が漏《も》れ出てしまったのである。

「そうだ」

エルンストの回答は、エマの期待に背かぬものだった。

「日本軍による監視《かんし》はクリアできたのですか？」

リンダも第一型式《エアステ・アルト》との戦闘《せんとう》には——正確に言えば、第一型式《エアステ・アルト》より自分たち第三型式《ドリッテ・アルト》の方が優れていると実証する機会を得たことには、高揚《こうよう》を禁じ得ない。ブルク・フォルゲの第二型式《ツヴァイテ・アルト》は、生物としての安定性を高める為《ため》、第一型式《エアステ・アルト》に比べて「超人兵士」としての性能をダウングレードする方向で改良された。第三型式《ドリッテ・アルト》は生物としての安定性と超人兵士としての性能を両立させた最新バージョンだが、戦闘能力のみで評価するなら第一型式《エアステ・アルト》に劣《おと》ると見做《みな》されている。レオは第一型式《エアステ・アルト》そのものではなく非調整体、非魔《ま》法師《ほうし》の血が混ざっている。だが第一型式《エアステ・アルト》の特徴を受け継いでいると、エルンストだけでなくローゼンの技術者からも認められていた。レオを倒すことで、第一型式《エアステ・アルト》と第三型式《ドリッテ・アルト》の評価をある程度であれ覆《くつがえ》すことができるとヴァールブルク姉妹は考えていたのである。

しかしエマより少し慎重《しんちょう》な性格のリンダは、今日まで行動を控《ひか》えざるを得なかった状況《じょうきょう》を無視することもできなかった。

「日本軍に内部抗争《こうそう》が発生している。大規模な争乱に発展する可能性はほとんど無いが、事後の処理にむしろ手間取るだろう。九校戦の競技中は大きく動けない。だとすれば、競技終了直後、我々を監視している人員がそちらの処理に回されることになると私は考えている」

エルンストが語ったことはほとんどが彼の推測だったが、リンダはそれに疑義を挿《はさ》まなかった。無論、エマもだ。

「日本軍以外の監視は無視するのですね？」

エマのこの問い掛けも、確認以上の意味を持たない。

「基地の中なら、軍の目さえかいくぐれば何とかなる」

リンダとエマは、エルンストに向かって姿勢を正した。

「本日の競技終了後、西城《さいじょう》レオンハルトを人気《ひとけ》の無い場所に誘《さそ》い出《だ》す。君たちで彼を捕獲《ほかく》しろ」

「はい」

エルンストの命令をリンダが落ち着いた口調で受諾《じゅだく》し、

「本任務に当たっては、ファントム・アンツーク（ファントム・スーツ）の使用を許可する」

「分かりました！」

エルンストの指示に、エマが興奮のうかがわれる表情で応《こた》えた。

◇◇◇

八月十五日。二〇九六年度九校戦最終日、午前九時二十五分。

午前中の競技、女子スティープルチェース・クロスカントリーが始まる五分前になって、一高応援席《おうえんせき》に幹比古《みきひこ》が現れた。

「あれっ、吉田《よしだ》君？」

美月《みづき》が真っ先に気づいたのは、単に彼女が通路に面した席に座っていて、幹比古《みきひこ》がその通路を上ってきたからだ、と思われる。

「おはよう、柴田《しばた》さん」

そう言って美月の横に立ち止まった幹比古は、応援席《おうえんせき》をキョロキョロと見回してため息を吐《つ》いた。

「参ったな……すっかり満席だ」

幹比古の言うとおり、一高応援席は生徒と職員で全《すべ》て埋《う》まっていた。この競技でよほど大きな取りこぼしがなければ一高の優勝が決まるのだ。応援にも熱が入るというものだろう。

「幹比古、替わってやろうか？」

美月、エリカの向こう側からレオが幹比古に声を掛けた。

「いや、いいよ」

首を横に振って腰を浮かせ掛けたレオを押し止め、幹比古は通路の階段に直接腰を下ろした。

少しオロオロした表情を浮かべている美月の隣《となり》から、エリカが顔をのぞかせて幹比古に話し掛ける。

「ミキ、何でわざわざ応援席に来たの？　選手は天幕のモニターで観戦してるんじゃない？」

幹比古が曖昧《あいまい》な笑《え》みを浮かべてエリカを見上げた。

「そうなんだけど、何となく居心地が悪くてね」

幹比古に人見知りの気があるのはエリカも知っていたので「何故《なぜ》」とは訊《き》かなかった。モノリス・コードのチームメイトは上級生だし、二年生のチームメイトも技術スタッフも一人を除いて幹比古にとり、あまり付き合いがある相手ではない。

「達也《たつや》くんは？」

エリカが何故と訊く代わりに口にしたのは、この質問だった。

「達也は女子選手の分の調整を終えてから部屋に戻って休んでいるよ」

幹比古の回答に、美月が驚きを表す。

「えっ、大丈夫《だいじょうぶ》なんですか？」

「疲れているだけだと思う。無理もないよ。昨日までもフル回転だったところに、今朝《けさ》は五人分の調整だから。何だか、午後の競技を担当してもらうのが申し訳ない気分だよ」

男子のスティープルチェースは午後二時スタートで、達也が担当するのは幹比古一人。午前と午後のバランスが悪い気もするが、達也に担当して欲しいという女子選手の希望を受け容れた結果の割り振りだ。

「達也のことだから、午前中休んでいれば大丈夫だろ」

「午後はミキ一人っていうなら、大した負担にもならないだろうしね」

レオはともかく、エリカが幹比古を慰《なぐさ》めるようなことを言ったのは、一応選手に気を遣《つか》ったのだろう。

「それなら良いんだけど……」

幹比古《みきひこ》の反応は歯切れの悪いものだった。浮かべた表情も曖昧《あいまい》な微笑《びしょう》だ。

実を言えば、いざとなったら自分で調整しても良いと幹比古は考えていたのだった。


椅子《いす》に座れなかったのは幹比古だけではなかった。スタート間際《まぎわ》になるまで応援《おうえん》の観客は増え続け、通路は前世紀の盆《ぼん》正月に見られた帰省列車のような様相を呈《てい》していた。

飛行船で空中に吊《つ》された大型ディスプレイに表示されている時計が、九時二十九分を指した。

「いよいよか」

レオの目が期待に輝《かがや》く。

「どんなレースになるんだろうね」

「本当に、予想がつかないよ。どんな障碍《しょうがい》が待っているのかすら分からないんだから」

エリカが呈した疑問に、幹比古が首を振《ふ》りながら答える。

スティープルチェース・クロスカントリーは今年始めて採用された競技だ。本来、純然たる軍の訓練メニューで競技として公開された例はほとんど無いとあって、何が起こるか誰《だれ》も予測できずにいた。

「危ないことにならなければ良いんですけど」

美月《みづき》がレースに対する不安を口にする。魔《ま》法師《ほうし》の卵とはいえ未成年の高校生にやらせるのだ。

安全はきちんと確保されているはずだが、危惧《きぐ》の念は拭《ぬぐ》えない。

そんな期待と不安が渦《うず》巻《ま》く中、空中の秒針が頂上に近づく。細長い針が真上を指すと同時に、四十一丁のスターティングピストルが競技の開始を告げた。


スタートから五分。今のところ戦況《せんきょう》は各校横並びの状態だ。

「五分で一キロか。このペースは速いのか、遅いのか？」

レオの疑問に幹比古が答える。

「森の中ということを考えても、少しゆっくりめだね。もちろん、魔法《まほう》あってのスピードだけど」

「時速十二キロだろ。魔法抜きでも不可能じゃないと思うんだが、知らない森の中を進むのはそれだけ大変ってことか」

「ただの森じゃなくて、罠《わな》が仕掛けてあるからね。皆、様子を見ているんじゃないかな」

「それに、この視界の悪さは予想以上よ。どのくらいのスピードで進めば安全か、ペースを摑《つか》みかねている面もあると思う」

幹比古とはやや違う切り口でエリカがレースの感想を述べる。彼女の言葉には、レオだけでなく幹比古も納得を示した。

「これ、中継《ちゅうけい》用のカメラが無かったら中で何が起こっているのか分からないわね……。ううん、カメラにも結構死角があるみたいだから、コースに曲者《くせもの》が紛《まぎ》れ込んでも分からないかも」

「エリカちゃん、怖いこと言わないでよ」

エリカが何気なく呟《つぶや》いたセリフに、美月がブルッと身体《からだ》を震《ふる》わせた。

自分の思考が知らず知らず物騒《ぶっそう》な方向へ暴走しかけていたのを覚って、エリカが美月に「ゴメンゴメン」と謝る。

その直後、「あーっ！」という悲鳴が応援《おうえん》席のあちらこちらから上がった。

その声につられて見上げたディスプレイの中では、花音《かのん》が泥《どろ》まみれになっていた。

胸から下はまだ泥沼の中だ。彼女が何を思い何を感じているのかは、俯《うつむ》いている所為《せい》で表情が見えないので分からない。

花音が両手を泥の中から引き抜く。

次の瞬間《しゅんかん》、
泥沼が、爆発《ばくはつ》した。

ディスプレイの中で、花音がゴールの方角へ顔を向けた。

そして中継用マイクが、彼女の雄叫《おたけ》びを拾う。

「——ふざけるなぁぁ！　これの何処《どこ》が軍事訓練なのよぉー！」

本人にしてみれば心からの叫びだっただろう。

だが応援席の一高生たちは、申し訳ないという顔をしつつ失笑を漏《も》らしていた。

エリカと美月もその例外ではない。

エリカの口から放たれた物騒な呟きは、競技が終わるまで忘れ去られていた。

◇　◇　◇

スティープルチェース・クロスカントリー、女子の部。優勝は深雪《みゆき》。他の一高選手の主な戦績は花音が二位、ほのかが五位で雫《しずく》が六位。

男子の部。優勝は三高の一条将輝《いちじょうまさき》。一高選手は幹比古《みきひこ》が二位、服部《はっとり》が三位でゴールした。

その結果、第一高校が四年連続で総合優勝の栄冠《えいかん》を勝ち取る。

今年は苦戦が続いたという意識が強い所為か、祝勝会が始まる前から一高代表団にはお祭りの空気が漂《ただよ》っていた。祝勝会には選手、スタッフだけでなく、練習相手を務めた自分やエリカも引きずり込まれること間違いないだろう、とレオには思われた。

レオはお祭り騒ぎが嫌《きら》いではない。むしろノリは良い方だ。

だが大した貢献《こうけん》もしていないのに、当事者のような顔をしてしゃしゃり出るのは気が乗らなかった。

戦いの場を与えられた選手たちが、本音では羨《うらや》ましかったのかもしれない。嫉妬《しっと》などという格好の悪い真似《まね》はしたくない、と無意識に考えていたのかもしれない。

優勝校の特権である祝賀会は、後夜祭《ダンス》パーティー終了後に行われる。

レオはダンスパーティーが始まる前にホテルを抜け出した。

彼には一つ、あまり良くない趣味《しゅみ》がある。いや、趣味というより癖だろうか。

それは、彷徨癖《ほうこう》。

歩くでも、走るでも、叫ぶでもなく、夜を、さまよう。

深夜が近づくにつれて、当ても無くフラフラと歩き回りたくなるのだ。

今はまだ真夜中と言うには早い時刻だが、今夜は何故《なぜ》か、いつもより強く夜に誘《さそ》われているようにレオは感じた。

彼は人気《ひとけ》が無い場所を求めて、闇《やみ》に沈む森の中へ足を進める。

演習林は、無人魔法《まほう》兵器「パラサイドール」の関係者が証拠《しょうこ》隠滅《いんめつ》に現れるのを期待して、警備がわざと緩《ゆる》められていた。

それを知らないレオは、誰《だれ》からも呼び止められなかったのを良いことに、スティープルチェースのコースに使われた森の奥深くへ進んでいった。

◇◇◇

レオがホテルを抜け出したことは、すぐにエルンストの知るところとなった。

予定では後夜祭パーティの最中、レオを人気《ひとけ》のない場所へ誘い出す段取りになっていたが、彼の方から人混みを離れてくれたのはエルンストにとって好都合だ。

ただこれでは、彼が何処《どこ》に行くのか分からない。仕掛ける場所をこちらが選べない。

エルンストはヴァールブルク姉妹にレオの追跡《ついせき》を命じた。邪魔《じゃま》が入らぬ場所で確保するよう付け加えて。


レオが演習林に向かったことを見届けたヴァールブルク姉妹は、ローゼン・マギクラフト社のコンテナ型移動ラボへ立ち寄った。

ファントム・アンツーク（ファントム・スーツ）に着替える為《ため》だ。

ファントム・アンツークは歩兵用の高機動装備。この点はムーバル・スーツと同じだ。ヘルメットの形状が異なるくらいで、他は色も外見もよく似ている。

だが移動速度と移動距離を重視し打撃力《だげきりょく》の高い遊撃《ゆうげき》兵力として運用する、ある意味で個人用戦闘《せんとう》ヘリの役割を目指したムーバル・スーツに対し、ファントム・アンツークは対探知性能とセンサーのジャミング機能を重視し潜入《せんにゅう》工作や後方攪乱《かくらん》、建物内部や森林部など障碍物《しょうがいぶつ》の多い環境下での戦闘を想定している。

「リンダ＝ヴァールブルク、エマ＝ヴァールブルク。ファントム・アンツークの機能チェックを」

ハッキングを防ぐ為《ため》、ファントム・アンツークはスタンド・アローンで作動する設計になっている。外部との無線接続は音声通信のみで、戦術データ・リンク機能も無いという徹底《てってい》ぶりだ。

移動ラボの技術者に促《うなが》されて、リンダとエマは着用したスーツの自己診断《しんだん》機能を走らせた。

「全機能、異常ありません」

「こちらも、異常無しです」

リンダとエマがバイザーに表示された診断結果を申告する。続けて技術者の「動きにくい所は無いか」という質問に対しても、二人は問題無いと回答する。

「よろしい。では、健闘《けんとう》を祈《いの》る」

技術スタッフ責任者の声に見送られて、二人は移動ラボから出撃《しゅつげき》する。

リンダとエマはファントム・アンツークのステルス性能を活かし、基地の監視《かんし》網《もう》をくぐり抜《ぬ》けて、レオを追い掛け演習林の中へ侵入《しんにゅう》した。

◇◇◇

レオの動向を気にしていたのはエルンストだけではない。

ローゼンを共通の敵と認識しているエリカも、レオの動きに気を配っていた。

だから彼女はレオがホテルを出て行ったのに、すぐ気づいた。

(あのバカ! こんな時に一人でフラフラと!)

ローゼンが強引な勧誘《かんゆう》手段を取る、具体的に言えば拉致《らち》を企《くわだ》てる可能性が低くないとレオは分かっていたはずだ。少なくともエリカと話をしている最中は、それを理解している様子だった。

(あいつは一人になったら危機管理もできないの⁉)

「エリカちゃん……どうしたの?」

知らず知らずの内に苛立《いらだ》ちが顔に出ていたのだろう。

美月《みづき》から怯《おび》えを含んだ声を掛けられて、エリカはハッと手を顔に当てた。

「あ、あはは……何でもない。何でもないよ」

慌《あわ》ただしく手を振って誤魔化《ごまか》すエリカ。美月は小首を傾《かし》げてクエスチョンマークを浮かべているものの、取《と》り敢《あ》えず怯えた様子は無くなっていた。

「あっ、そうだ!」

どうやら誤魔化せたようだ、と考えたエリカが、わざとらしく両手を叩《たた》く。

美月の疑問は何一つ晴れていないのだが、彼女は大人しくエリカの次のセリフを待った。

「あたし、用事ができたんだ。悪いけど、ミキの所にでも行ってて」

「ええっ!?　無理だよ！」

エリカの言っていることは相当無茶《むちゃ》で、美月でなくても無理だと返しただろう。幹比古《みきひこ》はもうすぐ始まる後夜祭パーティーに出席予定で、あのダンスパーティーは九校戦代表チーム限定だ。顔パスが通用する祝勝会とはわけが違う。去年エリカがパーティー会場に潜《もぐ》り込《こ》めたのは、あらかじめウエイトレスとして雇《やと》われていたからでしかない。

美月が途方《とほう》に暮れるのも当然だ。しかしエリカの方も、今は美月を思いやる余裕が無かった。戸惑《とまど》いに立《た》ち尽《つ》くす美月に背を向けて、エリカはその場から走り去った。

エリカは部屋に戻り、刃の部分が棍棒《こんぼう》に変化する形状記憶《きおく》合金で出来た脇差《わきざ》し形態の武装一体型ＣＡＤを持ってホテルの外へ出た。

レオが向かった方向は分かっている。

彼女はホテルの敷地《しきち》を出ようとして、巡回《じゅんかい》の警備兵の姿に気づき建物の角に身を隠《かく》した。武装デバイスは目立たぬよう棍棒形態に変化させているとはいえ、この「形状記憶棍刀《こんとう》」は今年度から警察で採用されている製品化済みの武器だ。

当然、国防軍の兵士もこの武装一体型ＣＡＤのことは知っているはずだ。ＣＡＤがそこら中にゴロゴロしている九校戦開催《かいさい》中のホテルだから見咎《みとが》められずにいるようなもので、敷地の外へ武器を持ち出すことを見逃《みのが》してはくれないだろう。

エリカが向かおうとしているのは、国防軍が演習に使う人工林なのだ。

だからといって、ずっとここでこうしていられないのも確かだ。彼女の感覚は、レオの気配と、レオを追い掛ける二つの気配を捉《とら》えているのだから。

何故《なぜ》自分がここまで一所懸命《けんめい》になっているのか、今この瞬間《しゅんかん》他人に問われたら彼女は答えに窮《きゅう》しただろう。それを理解しないまま、エリカが強行突破《とっぱ》を決意しかけたその時。

「千葉《ちば》さん」

背後から声を掛けられて、エリカは素早く振《ふ》り返った。危うく手に持つ武装デバイスを棍棒《こんぼう》形態のまま振るおうとして、寸前で思い止まる。

声の主は、エリカの間合いのギリギリ外側から声を掛けていた。――もっともエリカがその気になれば、一瞬《いっしゅん》で彼女の間合いの内だったが。

「小野《おの》先生？」

エリカの声は猜疑《さいぎ》心《しん》と警戒心で満ちていた。

彼女に五感外知覚《ESP》は無いから後ろは見えない。だが今のように警戒心を研《と》ぎ澄《す》ませている時なら、見えなくても人が近づけば確実に感知する自信があった。

それなのに、遥《はるか》の接近がエリカには分からなかった。声を掛けられるまで、背後に立たれていることに気がつきもしなかった。

「……いつの間に？」

「そんなに警戒《けいかい》しないで。この状態から千葉さんを相手にして、私に勝ち目は無いんだから」

そう言いながら遥は両手を挙げた。

彼女に敵対の意思が無いことを感じ取って、エリカも気持ちを静める。

「さっきのは私の特技。と言うか、私はこれしか出来ないんだけどね」

遥が何を言っているのか、一拍《いっぱく》おいてエリカは理解した。

「大した特技だと思いますよ。小野先生にその気があれば、あたしは背中を刺《さ》されていた」

「どうかしらね。千葉さんなら何の気配も感じなくても、刃が迫っているというだけで反撃《はんげき》してきそうだけど」

エリカと遥はお互い本気のエールを交換し合って、ようやく話し合いの態勢に入った。

「千葉さん。そのデバイス、私が持っていってあげようか」

「小野先生が、ですか？」

「ええ。私なら誰《だれ》にも見つからずにそのデバイスを演習林まで持って行けるわよ」

そういえばこの人、素人じゃなかったな、とエリカは一年四ヶ月前のことを思い出しながら考えた。

エリカたちが入学直後に遭遇《そうぐう》した反魔法《まほう》主義犯罪結社による大騒動、「ブランシュ事件」。その際、遥が達也《たつや》にテロリストの居場所に関する情報を提供した現場をエリカはその目で見ている。

軍か、内情か、公安か、それとも私的な情報組織か。具体的な所属は興味が無かったので調べていないが、遥《はるか》がその筋の人間であることは確実だ。少なくともエリカはそう思っている。

エリカは胡散臭《うさんくさ》く思っていることを隠《かく》そうともしない眼差《まなざ》しで遥を見詰《みつ》めた。

「あたしごと隠していただければありがたいんですけど」

そうじゃないと持ち逃げされるかもしれないじゃないですか、というニュアンスが込められたエリカの嫌味《いやみ》なリクエストに、遥は苦笑を漏《も》らした。

「残念ながら、そこまで便利な力じゃないわ。子猫程度までなら隠して連れて行けるけど、人間は無理」

「残念です」

遥の笑《え》みが挑発《ちょうはつ》するようなものに変化する。

「私のことが信用できない？」

「信用する根拠《こんきょ》がありません」

エリカの答えはいっそ見事と言いたくなるほどけんもほろろなものだった。

もっとも、それで遥がダメージを受けた様子は無い。

「でも信用した方が得だと思うけど？」

遥の挑戦《ちょうせん》的な指摘《してき》にエリカが考え込んだのは数秒だけの短い時間だった。

「納得できる理由を教えていただければ信用します」

「理由？　そうねえ……勤め先の生徒だから？」

それでエリカが納得するとは遥も思っていなかっただろう。語尾《ごび》が疑問調になっていたのがその証拠《しょうこ》だ。

案の定、エリカは冷ややかな目を彼女に向けている。今にも遥に背を向けそうな雰囲気《ふんいき》だ。

「あっ、待って待って！　今のも嘘《うそ》じゃ無いわよ。でも本当の理由は……」

遥はもったいぶって言葉を切ったわけではない。

「本当の理由は？」

言い難《にく》そうにしている遥を、エリカは容赦《ようしゃ》無く問《と》い詰《つ》めた。

「……西城《さいじょう》君を連れて行かれるとアルバイト先の上司に怒られるから」

「アルバイト？」

エリカの短いセリフは、「アルバイト先は何処《どこ》か」ということと「学校の職員がアルバイトをして良いのか」ということを同時に問い掛けるものだった。

「それは訊《き》かないで欲しいな……」

遥の回答も、二つの質問に答えるものだ。

「……良いです。小野《おの》先生に御願いします」

結局折れたのはエリカだった。遥が自分を利用しようとしているのは分かっていたが、エリカの方も警備兵を前に手助けを必要としていた。このままでは得物を持ったままレオを追い掛けらないし、素手で切り抜《ぬ》けられるような甘い事態は想定できない。武器は必要不可欠だ。

差し出された武装デバイスを、遥《はるか》はホッとした表情で受け取った。

◇◇◇

演習林に入り、既《すで》に一キロほど進んでいるが、レオが足を止める気配は無い。

見失わないギリギリの距離を取って彼を追い掛けていたヴァールブルク姉妹は、足を止めてヘルメットのバイザー越しに目を合わせた。

「センサーの反応無し。エマ、貴女《あなた》の方はどうですか？」

ファントム・アンツークの対探知機能でこの辺りがセンサーの死角になっていることを確認したリンダが、念の為《ため》エマに再確認を求める。

「こちらも反応無し。仕掛けますか？」

「そうですね、仕掛けましょう。ただし、まずは説得です」

「分かっています。無意味だと思うけど」

念を押すリンダにエマが肩をすくめるような素振《そぶ》りを見せた。

リンダも同感だったし、戦闘《せんとう》を望んでいるのもエマと同じだったので、「妹」の態度をたしなめはしなかった。

「行きましょう」

「ヤー」

リンダの合図にエマが応じ、二人はレオへ向かって走り出した。

夜の闇《やみ》に沈んだ森を、ただ気ままに奥へ奥へと進んでいたレオは、背後から迫ってくる足音に立ち止まり振《ふ》り返《かえ》った。

半分宙に浮いているような軽い音だが、小動物が駆《か》け寄《よ》ってきている可能性は最初から頭に無い。野生動物のテリトリーを頻繁《ひんぱん》に彷徨《ほうこう》するレオは、この足音が人間のものだと聞き分けていた。

余程体重が軽いのか、それとも体重を軽くしているのか。

後者であるなら、接近してくるのは魔法師《まほうし》だ。

不用心に歩き回っているようでも、レオは自分が襲《おそ》われる可能性を忘れていなかった。ズボンの丈《たけ》が長いのは当然として、シャツも長袖《ながそで》。左手には手甲《てっこう》形態のCADを付けているし、右手にも拳《こぶし》を保護する指貫《ゆびぬき》グローブをはめている。

レオは、何処《どこ》から襲い掛かってこられても対応できるよう身構えた。

だが相手に奇襲《きしゅう》の意図は無かったようで、その足音は彼のすぐ傍《そば》までやって来ると勢いを緩《ゆる》め、規則的な歩調に変わる。

右の木の陰《かげ》と、左の木の陰。

そのまま進めばレオを挟《はさ》み込む位置に、二つの人影《ひとかげ》が現れた。

「女か……？」

二人が着ている服は一見するとライディングスーツのようなツナギだが、要所要所を守るようにプロテクターが仕込まれていて身体のラインは分かり難《にく》い。頭部もヘルメットにすっぽり覆《おお》われてどんな顔をしているのか全く分からない。だが全体のシルエットから、この二人が女性だとレオは思った。

二人が同時にヘルメットのバイザーを上げる。市販《しはん》のバイク用ヘルメットより顔が露《あら》わになる面積が広いのは、視野の確保を重視しているからか。

レオの推測は当たっていた。バイザーの下には、若い女性の顔が隠《かく》れていた。

若いといってもレオより年上。二十代前半に見える。

夜目の利くレオは、二人が白人女性であること、二人がとても良く似ていること、そして二人の顔立ちが何処《どこ》と無く作り物めいていることまで見て取った。

「西城《さいじょう》レオンハルト」

レオから見て右側の女性が彼の名を呼ぶ。「西城《さいじょう》」の部分が慣れない感じだったのに対して、「レオンハルト」の発音は随分《ずいぶん》と流暢《りゅうちょう》だ。

この時点まで、レオには状況《じょうきょう》が呑《の》み込《こ》めていなかった。

「私たちと一緒《いっしょ》に来てもらえませんか」

だがもう一人の女性が放《はな》ったこのセリフで、彼は何が起こっているのかを覚った。

「なるほど、そうかい……。あんたら、ローゼンの人たちだろう」

「何を今更《いまさら》。白々しい」

エマが苛立《いらだ》たしげな声を上げ、

「私たちが尾行《びこう》していることを承知で邪魔《じゃま》が入らない場所に誘導《ゆうどう》したのではないのですか？」

リンダが訝《いぶか》しげに問い掛ける。

目的が話し合いであれ戦闘《せんとう》であれ、レオが自分たちのことを分かった上でセンサーもカメラも無いこの場所に誘《さそ》い込《こ》んだのだとヴァールブルク姉妹は考えていた。

しかしこれは彼女たちの買《か》い被《かぶ》りである。レオにそんなつもりは無かった。彼は気の向くままフラフラと歩き回っていただけで、尾行に気がついたのも少し前のことだ。

「お、おう。まあな」

だからこう答えたのは、彼の見栄《みえ》である。

幸い、ヴァールブルク姉妹はレオの回答を額面どおりに受け取った。

「それにしても、ただの高校生だと思っていましたが中々の胆力《たんりょく》ですね」

「ただの高校じゃなくて魔法科《まほうか》高校だけどな。それで、一体俺《おれ》に何の用だ？」

気を取り直して、レオが彼女たちに用件を問い直す。

「一緒《いっしょ》に来なさいと言ったでしょう」

強い口調でエマが答える。リンダとは対照的に、彼女の態度は高圧的なものだった。

「俺《おれ》が訊《き》きたいのは、何の為《ため》に俺を連れて行きたいのかってことなんだが」

「それも既《すで》にエルンスト様からお伝えしているはずですが」

リンダがエマを抑《おさ》えるようにしてレオの問い掛けに答える。

「俺は本当のことが知りたいのさ」

「それを知ったら、断れなくなりますよ」

レオの挑戦《ちょうせん》的な口調に、同じような口調でエマが応じた。

「……断って良いのかい？」

「……分かっているじゃないですか」

「待ちなさい、エマ」

早くも戦端《せんたん》を開こうとするエマを、リンダが制止した。

「自分がこれからどうなるのか、彼に教えてあげましょう。自分のことですからそのくらいの権利はあると思いますし、知っておいた方が本気で抵抗してくれるでしょうから」

「そうでしょうか。むしろ、喜んで同行しそうですが」

エマはクスッと笑いながら、形だけの反論を口にする。彼女も本心ではリンダと同じく、真実を告げることでレオの抵抗が激しくなる、ひいては自分たちの性能を存分に示すことができると考えているのだった。

「平和的に解決するなら、それに越したことはないでしょう」

リンダは心にもない言葉をエマに返して、レオに向き直った。

「西城《さいじょう》レオンハルト。貴方《あなた》の遺伝子の四分の一はローゼン・マギクラフトの調整施設《しせつ》で作られたものです。従ってローゼン・マギクラフト社は貴方の遺伝子に権利を有しています」

「おいおい、競走馬じゃないんだぜ。……それで？」

レオの口調はまだまだ人を食ったものだったが、表情は厳しく引《ひ》き締《し》められている。

リンダとエマを同時に睨《にら》む目付きは、既に戦いの中にある者のそれだ。

リンダとエマが同時に、ゆっくり前進する。

レオがじりじりと後退し、太い幹を背にして止まる。

ヴァールブルク姉妹は、レオを左右から挟《はさ》むポジションで立ち止まった。

「最初期型の調整体でありながら自壊《じかい》しなかった唯一のサンプル。貴方の遺伝子には大きな価値がある」

「貴方の遺伝子は、新しい調整体の開発に役立ってもらいます」

エマがリンダからセリフを引《ひ》き継《つ》ぐ。

レオはリンダに対する警戒を維持《いじ》したまま、エマへ振《ふ》り向《む》いた。

「人体実験か？　それとも、解剖《かいぼう》でもするのかい」

「ウフフフ、まさか」

エマがこれ見よがしに声を上げて笑う。

「もっと良いことですよ」

再びリンダが口を開く。

レオは二人のどちらかに視線を固定することができなくなった。

「貴方《あなた》には新型調整体の母体に遺伝子を提供してもらいます。知っていますか？　最近、我が国では、人工受精より自然な受精の方が優秀《ゆうしゅう》な個体を生み出すという説が支持を広げているのですよ」

「要するに、卵子提供者の女性とセックスするのが貴方の仕事というわけです。良かったですね。皆さん、きっと美女揃《ぞろ》いですよ」

「俺《おれ》は種馬かよ……！」

エマの嘲弄《ちょうろう》に、レオは嫌悪感《けんおかん》を剥《む》き出《だ》しにした。挑発《ちょうはつ》に乗ってはいけないという自制の声は、心の片隅に押しやられた。

「不満ですか？　大丈夫《だいじょうぶ》、貴方の意思は尊重します。最初の相手は、貴方のお友達にしますから」

「てめえら……まさか」

「千葉《ちば》エリカさん、でしたっけ？　本家の血を引く優秀な魔法師《まほうし》。きっとローゼンの調整体を代表する新型を産んでくれますよ」

「ふざけんな！」

レオの身体《からだ》から制御《せいぎょ》を外れた想子《サイオン》が噴《ふ》き出《だ》す。

リンダとエマがそれに呼応して、ヘルメットのバイザーを閉じる。

「シュトライトコルブン（槌矛《メイス》）！」

レオが叫んだ直後、彼の右拳に想子が集まる。魔法《まほう》の発動に過剰《かじょう》な想子が空中に飛び散らずレオの拳を厚く覆《おお》っているのだ。

レオがエマに殴《なぐ》りかかる。

エマは避《よ》けずに左腕でレオの拳を受ける。

装甲板《そうこうばん》に鉄球が衝突《しょうとつ》したような、重い金属音が演習林に響《ひび》いた。

エマの身体がはね飛ばされる。彼女はスーツの機能を使って転倒することなく姿勢を立て直した。

「硬化《こうか》魔法か⁉」

「何を驚いているのですか？」

背後から降ってきた声に、レオは思考するより早く地面を転がった。

リンダの跳《と》び蹴《げ》りがレオの上を通過する。

慌《あわ》てて立ち上がるレオの前方に、リンダが余裕をもって着地する。

今の攻撃は彼女も本気では無かったのだろう。本気なら、声を掛けたりはしない。

「私たちはブルク・フォルゲの第三型式《ドリッテ・アルト》。貴方《あなた》がその血を受《う》け継《つ》ぐ第一型式《エアステ・アルト》の改良型です。貴方と同じ魔法《まほう》を使うのは当然でしょう」

今の蹴《け》りは、リンダからの挨拶《あいさつ》だった。

「もっとも、改良型である私たちの方が優れていますけれどもね。今からそれを証明してあげます！」

そして今度は、エマが襲《おそ》い掛《か》かる。

彼女の拳《こぶし》には、先程レオが使ったのと同じ魔法が宿っている。ＣＡＤを操作した素振《そぶ》りは無かった。彼女たちが着用しているファントム・アンツークには、完全思考操作型ＣＡＤが内蔵されていた。

「パンツァー！」

レオのコマンドは間一髪で彼の服を鎧《よろい》に変えた。

エマの右ストレートをレオは左肩で受ける。

しかし、エマの攻撃はそれで終わりではなかった。

次々と繰り出されるパンチとキック。

その拳、その足は完全思考操作型ＣＡＤの補助を受けてその都度紡《つむ》ぎ出される硬化《こうか》魔法で鋼の硬度を得ている。

一方のレオは、逐次《ちくじ》展開の技法により継続《けいぞく》的に更新《こうしん》される硬化魔法で服に鎧の強度を与え、エマの攻撃をブロックしている。

だが反撃《はんげき》する拳には、最初に繰り出した一撃《いちげき》の硬《かた》さが宿っていない。

レオの肉体は相手をむしろ上回る性能を発揮しているが、彼の魔法演算領域は一つの魔法を継続的に発動し続けるだけで手一杯になっている。

「エマ、手伝いましょうか？」

リンダに声を掛けられて、エマが一旦《いったん》レオから大きく距離を取った。

「予想を上回る性能であることは認めます。でもリンダは手を出さないで。一人で十分よ」

「分かりました。手出しは控《ひか》えましょう」

敵の片割れが「手を出さない」と言ったからといって、それを額面どおり信用するほどレオは純な性格ではない。しかしリンダがそう口にしたことによって、彼の注意がエマに集中したのも確かな事実だった。

その「虚《きょ》」を、レオは突《つ》かれた。

リンダの身体《からだ》が彼の視界の下に沈んだ。

膝《ひざ》の高さ、木の根や地面に埋《う》まっている岩に引っ掛からないギリギリの高さを滑空《かっくう》するリンダの足が、レオを襲う。

レオは跳《と》び上《あ》がってその蹴りを躱《かわ》した。

彼が地上に戻るより先に、エマの跳《と》び蹴《げ》りがレオの腹に突《つ》き刺《さ》さる。

木の幹に叩《たた》きつけられたレオは、根元に落下すると同時に自ら地面を転がった。

間一髪でリンダの踵《かかと》を避《よ》けることに成功。

だが立ち上がったところにまたしても、エマの蹴り、今度は回し蹴りを喰らってしまう。

よろめきながら何とか踏《ふ》ん張《ば》り、レオはディフェンスの構えを取った。

間合いを詰《つ》めてきたエマのワン・ツーは何とかブロックする。

しかし側面に回り込んだリンダの手刀は、防ぎ止める体勢にない。

その時。

銀光が閃《ひらめ》き、
リンダが手刀を引き戻して後退する。

風は光に遅れて吹いてきた。

「レオ、生きてる?」

不敵な声でエリカが問い掛け、

「見りゃ分かんだろ」

同じくらい不敵な声でレオがそう答えた。

◇◇◇

演習林の入り口で遥《はるか》と別れたエリカは、得物を脇差《わきざし》に変形させてレオの後を追い掛けた。

彼女の感覚は三人の気配を摑《つか》んでいる。

レオと、彼に接近する二人の追跡者《ついせきしゃ》。

その想子光《サイオン》をエリカは白く光る人影《ひとかげ》として捉《とら》えていた。

元々エリカが叩き込まれた剣術体系には想子光を頼りに敵の位置や周囲の状況を掌握《じょうきょうしょうあく》する技が含まれている。人間の知覚反応速度の限界領域で剣を振《ふ》るう「山津波《やまつなみ》」を使いこなす為《ため》には、視覚や聴覚《ちょうかく》だけでは不十分なのだ。

だがエリカは去年まで、この技術をあまり熱心に修行していなかった。曖昧《あいまい》な「陰」を認識する感覚を磨《みが》くより、剣を操る技を磨く方が大切だと、剣士として思い込んでいた。

彼女が考えを変えたのは、一高に現れたパラサイトと交戦した経験がきっかけだった。

パラサイトが肉体を持っている間は戦えた。

だが、肉体を捨てたパラサイトを相手にした時、自分は足手纏《あしでまと》いだった。

彼女はあの戦いの直後、そう感じていた。今も、そう思っている。

自分には、美月《みづき》のような特別な「目」は無い。

自分には、達也《たつや》のような特別な「眼」は無い。

しかしそれは、言い訳にはならない。

エリカは自身をそう叱咤《しった》した。

あの戦いの後、彼女は集中的に想子光を認識する技を修行した。

彼女はこの技術でも天稟《てんぴん》を示した。元々気配を読むことには人並み以上に長《た》けていたのだ。その剣士としての感覚に魔法師《まほうし》としての感覚を融合《ゆうごう》させることで、エリカは短期間の内に想子《サイオン》光で「陰《かげ》」と「影《かげ》」の「形」を捉える技を会得《えとく》した。パラサイトとの最終決戦の夜、灯りの無い森の中で自在に戦えたのは、その特訓があってのことだった。

パラサイトとの戦いにけりを付けた後も、エリカは想子光で物理光線を代用する技術を磨《みが》き続けてきた。今の彼女は「視角」を絞《しぼ》り込《こ》めばおよそ八百メートル先まで、想子光の輪郭《りんかく》を識別することができるようになっていた。

美月《みづき》のように、霊子光《プシオン》を見ることはできない。

達也のように、そこに何があるのかまで見通すことはできない。

エリカが見ている「景色」は、影絵《かげえ》のようなものだ。

だが敵を見つけ、敵を見失わない為《ため》には、それで十分だった。

彼女は確実にレオとその追跡者を追い掛ける。

演習林に入ってから、そろそろ一キロになろうかという所で、突如闘気《とつじょとうき》が膨《ふく》れ上《あ》がり、激突《げきとつ》するのをエリカは感じ取った。

分厚い鉄板を、巨大なハンマーで叩《たた》いたような、重々しい金属音が彼女の耳に届く。

エリカは自分の気配を隠《かく》すのを止めて、闘争《とうそう》の場へ急いだ。


そして今、エリカはレオとヴァールブルク姉妹の戦闘《せんとう》に割り込んでいる。

リンダ＝ヴァールブルクに脇差《わきざ》しの切っ先を向けて牽制《けんせい》しながらレオに不敵な声を掛ける。

「レオ、生きてる？」

「見りゃ分かんだろ」

レオの闘志《とうし》がまだ尽《つ》きていないことを確認して、エリカは唇《くちびる》の両端《りょうはし》を吊《つ》り上《あ》げた。

◇◇◇

思い掛けない邪魔《じゃま》に、リンダとエマは攻撃《こうげき》の手を止めた。

自分にどう対処すべきか決めかねている様子の二人に、エリカは楽しげな声を掛けた。

「飛び入りで参加させてもらうけど構わないよね？　そっちも二人なんだし」

「千葉《ちば》エリカ……」

「うん？　ああ、ローゼンの人なら知っていても不思議じゃないか」

リンダの独《ひと》り言《ごと》とも誰何《すいか》とも取れる呟《つぶや》きに、エリカも独り言めいた答えを返す。

ようやく奇《き》襲《しゅう》を受けた驚きから回復したのか、バイザーに隠《かく》れたリンダの瞳《ひとみ》に戦意が戻った。

「貴女《あなた》を痛めつける許可は下りていないのですが」

「心配しなくても治《ち》療《りょう》費《ひ》なんか請《せい》求《きゅう》しないわよ。そもそも、そんな必要も無いだろうし」

お前たちの攻《こう》撃《げき》など当たらない。

言外にそう告げたエリカのセリフを、リンダとエマは正確に理解した。

「リンダ、やりましょう。千《ち》葉《ば》エリカを捕《ほ》獲《かく》することはエルンスト様の意に適《かな》うはず」

「エルンスト様は彼女と友好的な関係の構築を望んでいるわ」

「友好関係下で彼女が母体となることを承《しょう》諾《だく》するはずないでしょう」

「……それもそうね。やりましょう」

リンダがそう答えた直後、彼女はエリカへ、エマはレオへ襲《おそ》い掛《か》かった。

エリカに襲い掛かったのはリンダだった。

いや。正確に言えば、リンダはエリカに襲い掛かろうとした。

しかし彼女が一歩を踏《ふ》み出《だ》そうとした時には既《すで》に、エリカの振《ふ》るう刃が彼女の首に迫っていた。

慌《あわ》てて腕を上げ、リンダは刃をブロックする。ファントム・アンツーク自体の防刃《ぼうじん》機能と硬《こう》化魔法《かまほう》の効果によって、刃がリンダの肉体を傷つけることはなかった。

だが、ブロックした腕から伝わってくる感触に、リンダは違和感を覚えた。

違和感は次の瞬間《しゅんかん》に、危機感へと変わった。

軽すぎる感触。それはこの一撃《いちげき》が半ばフェイントの意味しか持たぬものであった証《あかし》だ。

エリカが最初からそのつもりだったのか、それともブロックされると分かって次の一刀の為《ため》に力を抜《ぬ》いたのか、それは分からない。

リンダに、それを考える余裕は無かった。

激しい衝撃《しょうげき》が脇腹《わきばら》を襲う。切られた、いや、打たれたのだ。

リンダは痛みを堪《こら》えて前方へ身体《からだ》を投げ出した。

リンダの背後からその首を薙《な》ぐエリカの一閃《いっせん》は、切っ先がわずかにスーツをかすめるだけの結果に終わった。

リンダは直ぐさま立ち上がり、飛行魔法を使って距離を取ろうとする。

だがファントム・アンツークに組み込まれた重力制御《せいぎょ》魔法用デバイスが作動した時にはもう、エリカが短い刃の届く距離まで詰《つ》め寄《よ》っていた。

リンダが垂直に跳《と》び上《あ》がる。逃げる為ではなく、反撃《はんげき》の為だ。

己《おの》が背の高さの分だけジャンプし、両足をエリカの頭部目掛けて蹴《け》り出《だ》す。

跳び上がる為の予備動作を魔法で代替した、通常の跳《と》び蹴《げ》りより一テンポ速い蹴撃《しゅうげき》。

その奇襲《きしゅう》を、エリカはあっさりと躱《かわ》した。

ただ躱したのではなく、リンダの右のふくらはぎを脇差《わきざ》しで薙《な》いだ。

蹴《け》りの威力を高める為《ため》、ブーツには硬化魔法《こうかまほう》が掛かっていた。だが他の部分は硬化魔法の効力範囲外だ。

痛みを堪《こら》え、乱れた姿勢を立て直して、リンダは飛行魔法で樹上に着地した。

リンダは脇腹《わきばら》に手を当て、上げていた右足を枝の上に下ろした。幸い、どちらも骨に異常は無い。相手の得物が軽量だったことが幸いしたようだ。

リンダが立っている枝を見上げて、エリカが嘲笑《ちょうしょう》を浮かべた。

「丈夫《じょうぶ》なスーツだこと。でも、魔法を使っていなければ衝撃《しょうげき》までは吸収しきれないようね」

言葉による揺さぶり。

リンダは懸命《けんめい》に心を静め、体勢を立て直した。

今のセリフは彼女の動揺を誘《さそ》い隙《すき》を作り出そうとするものだったが、全く無意味なものではなかった。

硬化魔法を使っていなければ衝撃を吸収しきれずにダメージを負う。

逆に言えば、敵は硬化魔法を貫《つらぬ》いてダメージを与えられないということだ。

リンダはファントム・アンツークの全面を硬化魔法で覆《おお》い、エリカ目掛けて飛び降りた。

レオはエマを相手に防戦一方を強いられていた。

付け入る隙が全く無い、というわけではない。

レオの実感として、格闘《かくとう》技術は自分の方が優っている。

ただ、相手にダメージを入れられない。

レオとエマは同じブルク・フォルゲといっても、生まれた状況《じょうきょう》を考えれば随分《ずいぶん》違う。エマは調整体として操作された受精卵から作られたのに対して、レオは調整体の祖父を持つというだけで四分の三は自然な――という表現が妥当《だとう》であれば――遺伝子を持つ。だが魔法師《まほうし》としてのタイプは全く同じだ。

硬化魔法に著しく偏《かたよ》った適性があり、高い身体能力を持つ。

硬化魔法については互角、硬化魔法以外の魔法力はエマが若干《じゃっかん》高く、身体能力はレオが若干上回っているという程度の違いだ。

だから互角の条件で戦えば、この様に一方的な展開にはならないはずだ。

レオが苦戦しているのは装備の差、主にＣＡＤの性能差に原因があった。

起動式の展開速度はＣＡＤのハードウェアに依存する。しかもレオが使っているのは音声コマンド入力方式であるのに対して、エマが使用しているＣＡＤは完全思考操作型。起動式の展開はエマが圧倒的に速い。それは即《すなわ》ち、魔法を切り替える速度に大きな差があるということだ。

拳や足を局所的に硬化する攻撃《こうげき》用の術式と、腕の広い面積や身につけている衣服の全面を硬化する防御用《ぼうぎょ》の術式。

二人が同時に攻撃《こうげき》を意図した時、先に武器を手にするのはエマの方だ。

レオが攻撃を仕掛けようとしても、エマの方が先に盾《たて》と鎧《よろい》を完成させる。

レオは継続《けいぞく》的に全身防御の魔法《まほう》「パンツァー」を更新し続けることで、ダメージを辛《かろ》うじて防いでいる状態だ。

この戦況《せんきょう》を打開する為《ため》には、攻防《こうぼう》一体の術式が必要だ。

その魔法を、レオは持っていた。

だが、あらゆる状況《じょうきょう》に適合する道具が存在しないのは魔法も同じだ。攻撃にも防御にも適した魔法は、他に大きな弱点を持つ。

しかし——と、レオは思った。

どうやら、躊躇《ためら》っている余裕は無さそうだった。


エリカは圧倒的なスピードでリンダの攻撃を躱《かわ》し続ける。

だが彼女にも、余裕があるわけではなかった。

リンダは軍事用の特殊《とくしゅ》スーツで全身を覆《おお》っている上に、硬化《こうか》魔法で防御力を高めている。

それに対して、エリカは何の防具も着けていない。

リンダが全身防御の硬化魔法を発動してから、エリカの脇差《わきざ》しは彼女に何のダメージも与えられずにいる。

対して、リンダの拳が一発でも当たれば、それがクリーンヒットでなくてもエリカを倒す決定打になり得る。

それは両者が共通して懐《いだ》いている認識だった。

このことに焦《あせ》りを覚えているのは、リンダの方だった。

（何故《なぜ》あんなに速く動ける⁉）

飛行魔法で機動を補助しても縦横無尽《じゅうおうむじん》に駆《か》け回《まわ》るエリカにまるで追い付けない。

今のところダメージは負っていない。とはいえ、ヒット・アンド・アウェイで攻撃を当て続けられれば心理的な消耗《しょうもう》は避《さ》けられない。

一方的に攻撃を受けていることだけではない。エリカの動きは、リンダにとって不可解なもので、それが足に絡《から》みつくようなプレッシャーになっていた。

（何故あの小娘はこの暗闇《くらやみ》の中で私よりも速く動けるんだ？）

それがリンダには分からない。理解できない。

（暗視装置も携帯《けいたい》ソナーも無しにこの暗闇、この障碍物《しょうがいぶつ》だらけの森の中を何故躊躇いも無く！）

万全の装備に身を固めているヴァールブルク姉妹と異なり、エリカは手に持つ得物以外、ほとんど普段着《ふだんぎ》だ。

（この小娘、恐怖心が無いのか⁉）

それなのに何の躊躇《ちゅうちょ》も無く、リンダよりも思い切りよく、かつ確実に樹々を避《よ》け木の根を踏《ふ》み越《こ》え下生《したば》えに足も取られずこのフィールドを駆《か》け巡《めぐ》っている。

(このままではこちらのスタミナが切れてしまう)

リンダが焦《あせ》っている理由はこれだった。

そもそも何故《なぜ》リンダもエマも最初から全身防御《ぼうぎょ》の魔法《まほう》を使っていなかったのか。

それは常駐《じょうちゅう》型魔法に共通の欠点、継続時間に限界があるからだ。

飛行魔法の魔法式《まほうしき》があれほど小さなものになっているのは、他の魔法を併用《へいよう》するニーズに対応する為だけではなく、継続して使える時間を延ばす為でもあった。

現代の魔法技術では、一つの魔法を発動するのに魔法師《まほうし》の想子《サイオン》保有量が問題になることはほとんど無い。だが現代の魔法は基本的に、瞬間《しゅんかん》的あるいは短時間で完了するものだ。長時間効果を維持《いじ》する為には何度も魔法を掛け直さなければならず、発動の都度確実に想子を消耗《しょうもう》していく。

効果が強い、つまり現実からの改変度が高い魔法ほど多くの情報を魔法式に書き込まなければならない。その分、想子の消耗量は増大する。そして一般的に、広い範囲に効力を及《およ》ぼす、つまり空間的に大規模な魔法より、長い時間効力を及ぼす、即《すなわ》ち時間的に大規模な魔法の方が想子の消耗量は多い。

世界は常に、魔法によって書き換えられた事象を修正しようとしている。その力は時間の経過と共に強くなっていく。同じ魔法を長時間維持しようとすると、経過時間に対して比例的に想子《サイオン》を消耗するのではなく指数的に消耗量が増えていく。

飛行魔法はこの問題を、魔法による事象改変が終了すると同時に、同じ魔法を新たに発動することで回避している。

レオは「パンツァー」を継続《けいぞく》的に使用することに慣れている為、負担を減らすコツを覚えている。ずっと魔法を発動し続けているように見えて、時々魔法を更新せず切断している。

だがヴァールブルク姉妹はこれまで、長時間同じ魔法を使い続けた経験が無い。そのような状況《じょうきょう》に直面したことが無かった。

常に最先端《さいせんたん》のＣＡＤの提供を受ける環境にいたので起動式の出力速度に不自由をしたことが無い。それは、硬化《こうか》魔法に限って言うなら、魔法の発動速度で不利に陥《おちい》ったことが無いのと同義だ。

必然的に、と言って良いだろう。ヴァールブルク姉妹の戦い方は、状況に応じた魔法を素早く発動するというものになる。ＣＡＤの優位があり、特定魔法に特化しバリエーションを犠牲《ぎせい》にすることで発動速度のアドバンテージを握《にぎ》った彼女たちには、一方的に攻撃《こうげき》され続けるという経験が無かった。そんな状況を想定してもいなかった。

リンダは既《すで》に想子枯渇《こかつ》の兆候《ちょうこう》を自覚している。これ以上全身防御の魔法を維持し続けることには無理があった。

（──問題無い。あの刀でファントム・アンツークを着た私に決定的なダメージを与えることはできない）

エリカの脇差《わきざ》しでファントム・アンツークを切れないのは実証済みだ。骨折に至る打撃《だげき》を加えられないことも最初の攻防《こうぼう》で分かっている。

リンダは全身防御魔法《ぼうぎょまほう》「パンツァー」を解除して局所硬化《こうか》魔法「シュトライトコルブン」を発動し、攻撃《こうげき》へ転じることを決意した。

こちらからの攻撃で相手を捉《とら》えられないなら、カウンターを打ち込めば良い。

彼女は一際《ひときわ》太い木の幹を背にして足を止めた。

エマが繰《く》り出《だ》すパンチとキックのコンビネーションを腕と肩でブロックし、レオはローキックを繰り出した。狙《ねら》いはエマの軸足《じくあし》。ダメージを与えることが目的ではなく、蹴《け》り足が戻りきっていない状態で軸足を払《はら》い、体勢を崩《くず》すことが目的だ。

ローキックがヒットした感触は、まるで金属バットを蹴ってしまったかのように硬《かた》かった。

だが体重までは増やせなかったようで、エマの身体《からだ》は四分の一回転して宙に浮いた。

普通《ふつう》なら──魔法抜《ぬ》きなら、エマはそのまま地面に落下して少なからぬダメージを負っただろう。しかし彼女の身体は重力に逆らってそのまま上昇し、空中で一回転して地面に降り立った。

ただ上昇したのでは無く、放物線を真似《まね》た軌道《きどう》を描いて五メートルほど水平方向にも移動している。エマの力量では、一気に間合いへ踏《ふ》み込《こ》めない距離だ。

レオはここに、切り札を切るタイミングを見出した。

「ジークフリート！」

レオが高らかに音声コマンドを吼《ほ》える。手甲形態《てっこう》のＣＡＤからレオの腕に起動式が吸い込まれ、その直後、レオの全身が想子光《サイオン》を帯びた。レオの肉体に事象改変の力、魔法が作用する。

その魔法を知っているのか、エマが狼狽《ろうばい》の気配を漏《も》らしながらレオに襲《おそ》い掛かる。

エマが指を揃《そろ》えた右手を突き出《だ》す。硬化魔法「シュペーア（槍《やり》）」。指の穂先《ほさき》がレオの衣服を貫《つらぬ》く。だが戦闘用《せんとう》スーツのグローブにつつまれた指先は、レオの皮膚《ひふ》を穿《うが》つどころか窪《くぼ》ませることすらできなかった。

エマの四本貫手を左肩で受けたレオがエマの右腕をはね上げる。

ガードが開いた所を狙《ねら》った左フック。

レオの左拳とエマのヘルメットが激突《げきとつ》する。

レオのＣＡＤについているプロテクターはあくまで付属品だ。素材自体は頑丈《がんじょう》なものだが、クッションの機能はほとんど無い。

だがレオの拳は潰《つぶ》れず、逆にエマのヘルメットはバイザーにひびが入った。

エマの身体が後方に吹き飛ぶ。

慌てて立ち上がったエマがバイザーを上げたのは、ひびで視界が悪化したからか。

彼女の目は驚きをたたえている。だが「信じられない」「何が起こったのか分からない」という顔ではなかった。

エマは、レオが発動した「ジークフリート」の性能に驚愕《きょうがく》していた。

肉体不壊化魔法《ふえかまほう》「ジークフリート」。自分自身の肉体を「硬化《こうか》」する魔法。

硬化魔法とは、物体を硬くする魔法ではない。物体を構成するパーツの相対位置を狭いレンジに維持《いじ》する魔法だ。例えば「パンツァー」は身につけている物を構成する分子の相対位置を魔法発動時点のものに固定する。衣服に「パンツァー」を使った場合、布地を織りなしている一本一本の糸が間隔《かんかく》も湾曲《わんきょく》状態も固定される為《ため》、刺《さ》しても切っても穴が開かず、叩《たた》いても挟《はさ》んでも潰《つぶ》れない。ただし関節部まで同じように固めてしまうと自分が動けなくなってしまうので、あらかじめ起動式で可動部分を確保しなければならない。

それに対して「ジークフリート」の効果は「肉体を構成する分子の相対位置について外部からの変更を受けつけない」というもの。魔法発動時点の分子の相対位置を固定するのではなく、常に肉体が決定した今この瞬間の相対位置を固定するように作用する。伸縮する皮膚《ひふ》と筋肉、曲げられた骨格がそれ以上変形も変質もしないようにする、それがこの魔法の効果だ。

外部から肉体に加えられた刺激《しげき》を相殺《そうさい》する力場を作り出して、外的な力による変化をキャンセルする魔法。刺突《しとつ》、切断、打撃《だげき》、圧迫による損傷のみならず、酸やアルカリによる変質も受け付けない。皮膚と筋肉組織を透過《とうか》するものでない限り熱や電磁波の影響《えいきょう》も受けない。それが肉体不壊化魔法、ジークフリート。

絶対に変形しない拳が絶対の硬度《こうど》をもって、戦闘《せんとう》用スーツのヘルメットに損傷を与えたのだった。

レオが猛然《もうぜん》と突撃《とつげき》する。

エマに飛行魔法で逃げる隙《すき》を与えず間合いに飛び込み、相手の攻撃《こうげき》を無視してパンチを繰《く》り出《だ》す。

エマの顔が引きつる。

ジークフリートを発動中のレオとノーガードの殴《なぐ》り合《あ》いは自分に不利。

そんな理性的な判断以前に、技術を捨てた原始的な闘争《とうそう》に対する恐怖に囚《とら》われたのだ。

エマが両手で顔面をかばう。

女性だから、で片付けてはならないのだろうが、全く無関係とも思われない。

それでも彼女はパニックに沈まず、全身防御《ぼうぎょ》魔法「パンツァー」で守りを固めた。

硬化したスーツを、絶対の硬度を宿したレオの拳が打つ。

殴る。

殴る。

連打する。

鉄拳《てっけん》、否《いな》、金剛拳《こんごうけん》のラッシュ。

エマの身体《からだ》が、糸の切れたマリオネットのように崩《くず》れ落《お》ちた。

レオは油断無く身構えたまま倒れ伏《ふ》す彼女を見下ろしている。

エマが再び立ち上がってくる気配は無い。

そう見極めて、レオはその場にへたり込んだ。


リンダが遮蔽物《しゃへいぶつ》を背にして迎撃《げいげき》の構えを取る。

それを見て、エリカはリンダの正面で立ち止まった。彼我《ひが》の間合いは約九メートル。木に邪《じゃ》魔《ま》をされず直線を取れるギリギリの距離だ。

真っ向勝負か、とリンダは思った。彼女にとっても望むところだ。

馬上槍《やり》試合ジョストに臨む騎士《きし》になったような気分で、リンダはエリカの攻撃《こうげき》を待つ。

一太刀《ひとたち》浴びるのはやむを得ない。その代わり、確実に一撃《いちげき》を当てる。

リンダがそう覚悟《かくご》を決めた瞬間《しゅんかん》。

エリカの姿が消えた。

リンダは、エリカの動きを目で追えなかった。

リンダのカウンター狙《ねら》いを、エリカは正確に読んでいた。

あれほどあからさまな構えだ。エリカでなくても分かる。むしろ罠《わな》の存在を疑うレベルだ。

リンダが選んだ戦術は、エリカにとって望むところだった。

消耗《しょうもう》しているのはリンダだけではない。

向こうは何太刀《たち》浴びても戦闘《せんとう》を続けられるのに、こちらは一発もらえばアウト。そのプレッシャーは、エリカにとっても厳しいものだ。

魔法力《まほうりょく》よりも気力が先に尽きてしまう。それをエリカは恐れていた。

おあつらえ向きに、相手に躱《かわ》す意思はない。躱せる態勢にない。

（せめてミズチ丸があれば良かったんだけど……）

彼女の得物《えもの》は大蛇丸《オロチ》でもミズチ丸でもない、普通《ふつう》の特化型ＣＡＤを組み込んだ武装デバイスだ。

それが不安と言えば不安だった。

（まあ……無い物ねだりをしても仕方無いし、何とかなるでしょ）

（いいえ、何とかしてみせる！）

エリカは自身に慣性制御魔法《せいぎょまほう》を発動した。

エリカが足を踏《ふ》み出す。

彼女の磨《みが》き抜《ぬ》かれた足さばきは、エリカの身体《からだ》を目にも留まらぬ速度で前へ運ぶ。

自力で繰《く》り出《だ》す「山津波《やまつなみ》」。

敵の左脇へ踏《ふ》み込み、

脇差《わきざ》しを水平に振《ふ》り出《だ》し、
慣性制御を逆転させる。

慣性増幅《ぞうふく》効果は本物の「山津波《やまつなみ》」に比べて不十分。

だが慣性中和により初速を高められた打ち込みのスピードをそのままに、見せ掛けの慣性質量が増大した短い刃は、ファントム・アンツークの持つ衝撃《しょうげき》吸収機能の限界を超えた。

切れてはいない。

だが、得物が相手の腹に深々と食い込む感触が、エリカの手に伝わった。

エリカが脇差しを持つ右手を引き、リンダに身体を向けて残心を取る。

リンダが腹を抱《かか》えるように腰を折り、そのまま前へ崩《くず》れ落《お》ちた。

◇◇◇

エリカはしばらくの間、荒《あら》く息をつき立《た》ち尽《つ》くしていた。

結果的には完勝だが、リンダ＝ヴァールブルクとの勝負はその実かなり綱渡《つなわた》りなものだった。

決め手となった「山津波」も、本来であれば専用のＣＡＤで補助する部分まで自分で計算して組み立てたのだ。慣性中和と慣性強化を切り替えるタイミングが少しでもずれれば相手にダ

メージを与えられないか、自分の攻撃《こうげき》を己《おのれ》自身で阻害《そがい》して相手の反撃《はんげき》を許していただろう。

敵の制圧を確認して気を抜《ぬ》いてしまったのは、無理もないことと思われる。

また、それで実害も無かった。

ようやく呼吸を落ち着かせたエリカが、レオの傍《そば》へ歩いていく。彼はまだ地面にへたり込んだままだ。

「レオ、大丈夫《だいじょうぶ》？」

レオは精彩《せいさい》を欠く動作で顔を上げた。

「おお、怪我《けが》は無いぜ」

口調だけは威勢良かったが、明らかに強がりと分かるものだった。

「ただなぁ」

「どうしたのよ」

エリカが少し本気で心配してしまうほど、レオは弱っていた。

「……腹減った」

エリカはその言葉の意味が、すぐには理解できなかった。

「……はぁ？」

「いや、だからよ……腹減った」

「何それ？　ふざけてるの？」

「いや、マジ。あの魔法《まほう》を使うとすげぇ腹が空《す》くんだよ」

「魔法でお腹が空く？」

そんな魔法は聞いたことがない。少なくとも、エリカは初耳だった。

だが確かに、冗談《じょうだん》を言っている様子は無い。レオは今にも飢《う》え死《じ》にしそうな顔をしている。

ジークフリートは熱すらも遮断《しゃだん》する。ただしそれは外部から来る熱に限ったことで、肉体から放出する熱は遮《さえぎ》らない。熱交換の観点から見れば、ジークフリートを発動中の魔法師《まほうし》は厳冬期の極地の寒気に曝《さら》されているのと同じだ。この魔法を発動中、術者の細胞は体温を維持《いじ》する為《ため》に全力でエネルギーを生産している。身体に蓄《たくわ》えた栄養分が枯渇《こかつ》するのもある意味当然と言えよう。

「ちょっと待ってなさい！」

エリカは慌《あわ》てて何か食べ物を調達してこようと考えたが、ホテルの方角へ踏《ふ》み出《だ》しかけた足をすぐに止めた。

一つには、エリカとレオで一人ずつ倒した敵をこの場に放置しておくことはできないという理由。

もう一つは、十人前後の足音がこの場に迫っていたからだった。

エリカは知らないことだが、リンダとエマが二人とも倒されたことでファントム・アンツークのセンサー妨害《ぼうがい》機能が停止し、基地の警衛隊が駆《か》けつけてきたのである。

「動くな！」

エリカはいきなり怒鳴りつけられ、かつ銃を向けられてムッとした顔で声のした方へ振り向いた。

ここは国防軍の基地内で彼女たちは不法侵入者《しんにゅうしゃ》なのだから、この対応は当然のものだ。だがエリカには、お行儀良《ぎょうぎよ》く常識や良識に従う意思は無かった。

「ちょうど良かったわ。あんた、あたしの顔は覚えているわよね」

エリカに横柄《おうへい》な口調で話し掛けられた青年士官は一瞬訝《いっしゅんいぶか》しげに眉《まゆ》を顰《ひそ》めた後、「あっ」と声を上げて驚きと焦《あせ》りの表情を同時に浮かべた。

「エリカお嬢《じょう》さん……何でこんな所に」

「忘れていなかったようで結構」

エリカは満足げに頷《うなず》いた後、殊更《ことさら》に偉そうな顔をして見せた。

「学校の同級生が不審者《ふしんしゃ》に襲《おそ》われていたんで、助太刀《すけだち》していたのよ。こんな連中をむざむざ入り込ませるなんて一体どういう警備をしてるの」

リンダとエマにわざとらしい仕草で目を向け、顔を上げて元門下生の瞳《ひとみ》を視線で射貫《いぬ》く。

エリカの眼光に居竦《いすく》まった青年少尉《しょうい》は辛《かろ》うじて「申し訳ありません！」という不適切な返事を返した。

本当はエリカも不法侵入者なのだが、それに警衛隊員が気づく前にエリカは元門下生の青年士官へ、居丈高《いたけだか》な態度を意識しつつ指示を出した。

「とにかく、二人の侵入者を連行して。そのスーツは特殊《とくしゅ》な機能を持っているみたいだから注意しなさい」

「分かりました。おい」

警衛隊の隊長である青年の指示で、背後に控《ひか》えていた士卒がリンダとエマの拘束《こうそく》に掛かる。

「それからさっきも言ったようにこいつはあたしの同級生なんだけど、侵入者との戦闘《せんとう》でかなり消耗《しょうもう》しているようだから介抱《かいほう》してあげて。栄養のある物を食べさせてあげれば、それで大《だい》丈夫《じょうぶ》だと思うから」

ヴァールブルク姉妹を拘束し終えた隊員が無線で担架《たんか》を呼ぶ。それを聞いて、エリカは「もう用は無い」とばかり元来た道へ足を向けた。

「あっ、エリカお嬢《じょう》さん」

「何？」

エリカの声は、あながち演技ばかりではなく、不機嫌《ふきげん》なものだった。

「その、お嬢さんにも事情を聞かせてもらえないかと」

「そこの男から聞きなさい。あたしは助太刀しただけだから」

「ですが、その武装デバイスは……」

エリカは面倒臭《めんどうくさ》そうに脇差《わきざ》しを棍棒《こんぼう》形態に戻して、元門下生へ放《ほう》り投《な》げた。

青年少尉《しょうい》は武装デバイスを、お手玉しそうになりながら何とかキャッチする。

「これで良いでしょ」

「いえ、その」

「これで良いでしょ」

「……はい」

道場で修行していた頃《ころ》、余程しごかれた記憶《きおく》があるのか、警衛隊の隊長はエリカの一睨《ひとにら》みですごすごと引き下がった。

◇◇◇

ホテルに戻ったエリカはその足でエルンストの部屋へ向かった。

可変型脇差《わきざ》しの武装デバイスとは別に持っていた警棒形態のＣＡＤでボディガードを薙《な》ぎ倒し、無理やり扉《とびら》を開けさせる。

「君と面会する約束は無いはずだが」

エルンストはエリカを攻撃しようとする室内のボディガードを制止し、両手を挙げながら彼女にそう問い掛けた。

「あんたの兵隊にレオが襲《おそ》われていたんで、抗議《こうぎ》しに来たのよ。本人は今、ぶっ倒れて基地の人のお世話になってるからね」

エルンストが両手を挙げたまま微《かす》かに眉《まゆ》を顰《ひそ》めた。

レオの身を案じてのものか、ヴァールブルク姉妹を心配してのものか、事件をもみ消す手間を嘆《なげ》いてのものか。

エリカにその真意は分からなかったし、また、どうでもよかった。

「それで私にどうしろと？」

エルンストを相手にけりを付けることだけが、今、彼女にとって重要だった。

「へえ、とぼけないんだ」

「私の言葉に耳を貸すつもりは無いのだろう？　ならば事実関係を論じるのは時間の無駄《むだ》だ」

「ふん。確かに余計な問答は時間の無駄ね」

エリカが警棒を一閃《いっせん》する。

想子《サイオン》の剣風がエルンストに吹きつけ、彼の左胸で起動式崩壊《ほうかい》の際に見られる想子のノイズが発生する。

エルンストが後ろによろめき、慌《あわ》てて下ろした手で身体《からだ》を支えた。

「完全思考操作型ＣＡＤってやつ？　さすがは日本支社長。最新装備なのね」

今年の一月にローゼンが製品化を発表した完全思考操作型ＣＡＤ。日本ではまだ発売されていない最新モデルだが、このＣＡＤを装備した敵に不意を突《つ》かれないよう、エリカはその存在をきちんとリサーチしていた。

「無系統魔法《まほう》で起動式を破壊《はかい》したのか……」

「想子《サイオン》を剣に乗せて飛ばしただけなんだけどね。でもさっきの女には通用しなかった。機種が違うのかしら」

「魔法戦闘《せんとう》用のスーツが敵の想子波で機能を阻害《そがい》されるようでは使い物にならない」

エリカのセリフは半分以上独《ひと》り言《ごと》だったが、エルンストは律儀《りちぎ》に答えを返した。

そして彼は、もう一度両手を挙げた。

「今度は本当に降参だ。これ以上、君たちの意思に反した勧誘《かんゆう》は行わない」

エリカは彼の顔をしばらくじっと見詰《みつ》め、小さく息をついて視線を和《やわ》らげた。

「是非《ぜひ》そう願いたいものね」

エリカがクルリと踵《きびす》を返す。

「ああ、少し待ってくれないか」

「……何?」

エリカが嫌《いや》そうな顔で振り返る。

「これはあくまで君の自由意思に訴《うった》える提案なのだが……フロイライン、ローゼン家の養子になりませんか？　私が貴女《あなた》の後見を務めましょう」

何故《なぜ》か口調まで変えたエルンストを、エリカは気持ち悪そうに見返した。

「いきなりどういうつもり？」

「貴女のその天稟《てんぴん》はローゼン一族の中でも出色《しゅっしょく》のものです。この国で埋《う》もれさせるのはあまりに惜《お》しい」

「おあいにく様。あたしは埋もれているつもりはないし、ローゼンの人間になるなんて真《ま》っ平《ぴら》御免《ごめん》よ」

エリカはエルンストの提案を鼻であしらい、軽快な足取りで部屋を出て行った。

◇◇◇

八月が終わり、第一高校でも二学期が始まった。

その初日、二年Ｆ組の教室に登校したレオは、腰を落ち着ける間もなくエリカに捕まり中央階段の踊《おど》り場に連れて行かれた。中央階段は基本的に職員しか使わないのでこの時間帯は人気《ひとけ》が無い。密談には手頃《てごろ》の場所だった。

「レオ、あんたの所にローゼンから変な手紙が来なかった？」

エリカは何の前置きも無しに、いきなり用件を切り出した。

「あ、ああ。あったぜ」

レオは心の準備をする暇《いとま》が無かったこともあって、動揺を禁じ得なかった。

「もちろん、断ったんでしょうね」

「お、おう。もちろんだぜ」

「……何でそんなに慌《あわ》ててるの？」

レオは慌てているのではない。手紙の内容を訊《き》かれるのではないかと焦《あせ》っていたところに違う質問が来て、舌がもつれてしまったのである。

「いや、別に何でもねえよ」

エリカが疑いの眼《まなこ》をレオに向ける。

レオは全力で平静を装った。あの手紙の内容を知られるわけにはいかない。何故《なぜ》ならエルンスト＝ローゼンから送られてきた手紙には「エリカと結婚してローゼンの婿《むこ》にならないか」という内容がしたためられていたからである。

そんなことがエリカに知られたら、一体どんな暴力行為が待っていることか。

レオは「エリカを好きにして良い」というローゼンの誘惑《ゆうわく》をキッパリと断っている。拳に懸《か》けて拒絶の意思を示している。

ローゼンがどんなにいかれた手紙を送ってこようと、レオには一切責任が無いことだ。

だがエリカがこのことを知ったら、そんな道理は通用しない、気がする。

「ふーん……」

幸い、エリカからそれ以上の追求は無かった。

「あたしの所にも変な手紙が来たから、もしかしたらと思ったけど。やっぱりね」

どんな手紙だったんだ、と訊きそうになって、レオは危うく口を閉ざした。そんな話題になれば、自分宛《あて》の手紙の中身も話さないわけにはいかなくなるではないか。

「とにかく、どんなに甘いこと言われても絶対に頷《うなず》いちゃダメよ。腹の底で何考えてるか分からないんだから」

「あ、ああ。それくらい弁《わきま》えているぜ」

どうやらエリカの用事はこれで終わりのようだ。

レオがそう考えて油断した、次の瞬間《しゅんかん》。

「そういえばさ。例の、ローゼン一味の女が妙《みょう》なことを言っていたよね。あたしを母体にする、とか何とか。どういう意味か分かる？　あんたには説明しているような口振《くちぶ》りだったじゃん」

レオの背中に冷《ひ》や汗《あせ》が流れた。

それはもう、盛大に。

下手《へた》なことは言えない。適当に誤魔化《ごまか》せば追及《ついきゅう》される。

何と答えるべきなのか。

レオは定期考査でも入学試験でも経験したことが無いくらい、懸命《けんめい》に、必死で考えた。


（ＥＮＤＥ）

あとがき

『魔法科高校の劣等生』二冊目の短編集、如何《いかが》でしたでしょうか？　今回は本編から少し遡《さかのぼ》って、第十三巻『スティープルチェース編』と同時期のエピソードをお送りしました。第十三巻とあわせてお読み頂きますと、よりお楽しみ頂けるかもしれません。……第十三巻から二年もお待たせして申し訳ございません。

『竜神《りゅうじん》の虜《とりこ》』『ショットガン！』『一人でできるのに』『目立とうミッション』は『電撃文庫MAGAZINE』誌上で発表したものを収録しました。『薔薇《ばら》の誘惑』は書き下ろしです。ここで少し、それぞれのエピソードについて内容以外の部分を振り返ってみたいと思います。

『竜神の虜』は『電撃文庫MAGAZINE』二〇一五年一月号に発表されたものです。二〇一五年一月号にはパシフィコ横浜で開催されたイベントのレポートも掲載《けいさい》されています。私の作品であんなに盛大なイベントを開催して頂けるのは最初で最後でしょうね……。改めて振り返ると、実に感慨《かんがい》深いです。

このエピソードは『九校戦編』で言及した幹比古《みきひこ》の過去を描いたものです。電撃文庫で考えても三年越しで回収されたサイドストーリーということになります。『九校戦編』を書いた時から発表する時機をうかがっていたものですが、中々その機会がありませんでした。『電撃文庫MAGAZINE』で短編連載の誌面を頂戴しなければ、お蔵入りしていたかもしれません。

『ショットガン！』『一人でできるのに』は『電撃文庫MAGAZINE』二〇一五年三月号で発表しました。この二つは『スティープルチェース編』で九校戦の競技の模様があまり描かれていない点を補完する、二〇九六年度九校戦の表側のエピソードになります。

『ショットガン！』は番外編であることを意識して本編のメインキャラ以外を主役に据《す》えています。特に「クーちゃん」はこの短編の為《ため》に作ったキャラクターです。その所為《せい》か、性格設定が迷走気味でした。

その反動で、『一人でできるのに』の方は本編のレギュラーを主役にしています。そういう意味でも『ショットガン！』と『一人でできるのに』はワンセットのエピソードと言えるかもしれません。カラー扉絵《とびらえ》も左右反転で対になる構図でした。

『目立とうミッション』は『電撃文庫MAGAZINE』二〇一五年五月号に掲載したもので、黒羽《くろば》亜夜子《あやこ》、文弥《ふみや》の双子《ふたご》を主役にしたエピソードです。二〇一五年五月号には第十六巻『四葉継承編』の予告編（のようなもの）も載《の》せて頂きました。

黒羽家姉弟を主役にした話は第八巻『追憶編』で登場させた当時から、いずれ書こうと考えていたものでした。亜夜子＆文弥、エリカ＆レオのエピソードは機会があればまたお届けしたいですね。

『薔薇《ばら》の誘惑』は書き下ろしです。元々はエリカとレオを主役にしたスピンオフシリーズを書けないかと思って構想を練ったものでした。『スティープルチェース編』に関連した他の四編が無ければ、担当編集さんに「スピンオフシリーズを書かせてもらえませんか」と相談しに行ったかもしれません。

このエピソードでレオが使っている魔法は、電撃文庫未発表の外伝が初出です。「魔法を使うと腹が減る」という設定は結構気に入っています。……おそらく、私のオリジナルというわけではないと思いますが。

この未発表作品も、いずれ手直ししてお届けできればと考えています。

今回もここまでお付き合い頂き、誠にありがとうございました。次の第二十一巻は時間軸を元に戻した上で、少し寄り道をしたエピソードをお届けするつもりです。これまで影《かげ》が薄かった現三年生組を活躍《かつやく》させられれば良いな、と考えております。

そしていよいよ第二十二巻から『魔法科高校の劣等生』のラストに向けた新展開がスタートする予定です。読者の皆様には是非《ぜひ》最後までお付き合い下さいますよう、よろしくお願い致します。

（佐島《さとう》勤《つとむ》）

電撃文庫
西暦2400年代。
かつて「国家解体戦争」と呼ばれる、
地球全土を戦火に巻き込んだ混乱があった。
地球人口は激減。
遙か宇宙にまで手を伸ばしていた人類の生活圏拡大に、
停滞期が訪れた。
地上には国家という単位は無くなり、
要塞化した閉鎖環境都市『ポリス』で、
人類は文明を紡いでいた。
世界は、『地下資源の採掘権』と
『大気圏内外飛行手段』を独占する
『太陽系連盟』に掌握されていた。
彼らが世界の
『完全管理』を為し得たのは、
その背後に
『機動兵器』の存在があったからだ。
人類に叡智と共に
付加された「サイキック」──
『超能力』を効率よく
物理干渉力へと変換する電子回路
『サイクロニクス』を搭載した
ヒューマノイド型機動兵器。
パイロットのサイキック能力を
拡張再現するその兵器は
『ドウル』と呼ばれ、
現代戦において他兵器に
全戦全勝を誇った。
『太陽系連盟』所属の
最精鋭機動兵器部隊『ソフィア』。
最強の『ドウル』と、
その兵器を御する類い希なる才能を持つ
『エクサー』たちを擁するこの部隊こそが、
この世界の治安を管理・維持していた。
ターズ

そんな時代に、
とある二人の『ドウルマスターズ』が、
宇宙に浮かぶ人工天体都市の『高校』で、
運命の出会いを果たす。
ふとした偶然の遭遇により、
『エクサー』としての才能を開花させた、
平凡で小柄な少年、
早乙女蒼生（さおとめ・あおい）。
『ソフィア』所属のエリート・ドウルマスター、
『遮断』と『念動』の能力を持つエクサー、
玲音＝ウォード＝高城（れいね・ウォード・たかじょう）。
壮大な近未来宇宙を舞台に、
少年と少女の
『世界』を賭けた闘いが、
今始まる。
本格SFストーリー！
ドウルマス
佐島 勤
illustration／tarou2
電撃文庫より①〜③巻発売中——！！
最新第④巻は、2016年7月10日発売予定！

◉佐島　勤著作リスト

「魔法科高校の劣等生①　入学編〈上〉」（電撃文庫）
「魔法科高校の劣等生②　入学編〈下〉」（同）
「魔法科高校の劣等生③　九校戦編〈上〉」（同）
「魔法科高校の劣等生④　九校戦編〈下〉」（同）
「魔法科高校の劣等生⑤　夏休み編＋1」（同）

「魔法科高校の劣等生⑥　横浜騒乱編〈上〉」（同）

「魔法科高校の劣等生⑦　横浜騒乱編〈下〉」（同）

「魔法科高校の劣等生⑧　追憶編」（同）

「魔法科高校の劣等生⑨　来訪者編〈上〉」（同）

「魔法科高校の劣等生⑩　来訪者編〈中〉」（同）

「魔法科高校の劣等生⑪　来訪者編〈下〉」（同）

「魔法科高校の劣等生⑫　ダブルセブン編」（同）

「魔法科高校の劣等生⑬　スティープルチェース編」（同）

「魔法科高校の劣等生⑭　古都内乱編〈上〉」（同）

「魔法科高校の劣等生⑮　古都内乱編〈下〉」（同）

「魔法科高校の劣等生⑯　四葉継承編」（同）

「魔法科高校の劣等生⑰　師族会議編〈上〉」（同）

「魔法科高校の劣等生⑱　師族会議編〈中〉」（同）

「魔法科高校の劣等生⑲　師族会議編〈下〉」（同）

「魔法科高校の劣等生ＳＳ」（同）

「ドウルマスターズ１」（同）

「ドウルマスターズ２」（同）

「ドウルマスターズ３」（同）

本書に対するご意見、ご感想をお寄せください。

電撃文庫公式ホームページ 読者アンケートフォーム
http://dengekibunko.jp/
※メニューの「読者アンケート」よりお進みください。

ファンレターあて先
〒102-8584 東京都千代田区富士見1-8-19
アスキー・メディアワークス電撃文庫編集部
「佐島 勤先生」係
「石田可奈先生」係

初出

『竜神の虜』――「電撃文庫MAGAZINE Vol.41」(2015年1月号)収録
『ショットガン!』――「電撃文庫MAGAZINE Vol.42」(2015年3月号)収録
『一人でできるのに』――「電撃文庫MAGAZINE Vol.42」(2015年3月号)収録
『目立とうミッション』――「電撃文庫MAGAZINE Vol.43」(2015年5月号)収録
『薔薇の誘惑』――書きおろし

文庫収録にあたり、加筆、訂正しています。

電撃文庫

魔法科高校《まほうかこうこう》の劣等生《れっとうせい》SS

佐島《さとう》 勤《つとむ》

発　行　2016年5月10日　初版発行

発行者　塚田正晃
発行所　株式会社KADOKAWA
〒102-8177　東京都千代田区富士見2-13-3
プロデュース　アスキー・メディアワークス
〒102-8584　東京都千代田区富士見1-8-19
03-5216-8399（編集）
03-3238-1854（営業）
装丁者　荻窪裕司（META＋MANIERA）
印刷・製本　加藤製版印刷株式会社

ISBN978-4-04-865952-9　C0193　Printed in Japan

電撃文庫　http://dengekibunko.jp/
株式会社KADOKAWA　http://www.kadokawa.co.jp/

電撃文庫創刊に際して

文庫は、我が国にとどまらず、世界の書籍の流れのなかで〝小さな巨人〟としての地位を築いてきた。古今東西の名著を、廉価で手に入りやすい形で提供してきたからこそ、人は文庫を自分の師として、また青春の想い出として、語りついできたのである。

その源を、文化的にはドイツのレクラム文庫に求めるにせよ、規模の上でイギリスのペンギンブックスに求めるにせよ、いま文庫は知識人の層の多様化に従って、ますますその意義を大きくしていると言ってよい。

文庫出版の意味するものは、激動の現代のみならず将来にわたって、大きくなることはあっても、小さくなることはないだろう。

「電撃文庫」は、そのように多様化した対象に応え、歴史に耐えうる作品を収録するのはもちろん、新しい世紀を迎えるにあたって、既成の枠をこえる新鮮で強烈なアイ・オープナーたりたい。

その特異さ故に、この存在は、かつて文庫がはじめて出版世界に登場したときと、同じ戸惑いを読書人に与えるかもしれない。

しかし、〈Changing Times,Changing Publishing〉時代は変わって、出版も変わる。時を重ねるなかで、精神の糧として、心の一隅を占めるものとして、次なる文化の担い手の若者たちに確かな評価を得られると信じて、ここに「電撃文庫」を出版する。

1993年6月10日
角川歴彦

電撃文庫

魔法科高校の劣等生⑪ 来訪者編〈下〉
佐島 勤
イラスト／石田可奈

ロボットに寄生した『パラサイト』――ピクシーは、達也に付き従うことを決める。別次元からの『来訪者』を巡った激突は、魔法科高校を舞台に最終決戦を迎える！

さ-14-11 2582

魔法科高校の劣等生⑫ ダブルセブン編
佐島 勤
イラスト／石田可奈

二学年の部、開幕！ 生徒会メンバーとなった達也と深雪の前に、ユニークな『新入生』が現れる。彼らは、「七」の数字を持つ『ナンバーズ』で……。

さ-14-12 2619

魔法科高校の劣等生⑬ スティープルチェース編
佐島 勤
イラスト／石田可奈

今年の『九校戦』はひと味違っていた。新種目『スティープルチェース・クロスカントリー』への対応が急がれる中、九校戦を舞台に新たな陰謀が企てられる。

さ-14-13 2717

魔法科高校の劣等生⑭ 古都内乱編〈上〉
佐島 勤
イラスト／石田可奈

パラサイドール事件の黒幕・周公瑾の捕縛を四葉家から依頼された達也と深雪は、潜伏先である京都へ向かう。そこで、二人は『作られた天才魔法師』と運命の出会いを果たす。

さ-14-15 2801

魔法科高校の劣等生⑮ 古都内乱編〈下〉
佐島 勤
イラスト／石田可奈

パラサイドール事件の黒幕・周公瑾を追う司波達也。九島家の天才魔法師・光宣と共に、ついに潜伏先を突き止めるが、そこは意外な場所で……。一条将輝登場の下巻発売！

さ-14-17 2866

電撃文庫

魔法科高校の劣等生⑯ 四葉継承編

佐島 勤
イラスト／石田可奈

四葉本家から「慶春会」の招待状が届く。次期当主候補・深雪の内心は、乱れていた。当主になるということは、兄ではない別の「婚約者」を迎えるということで……。

さ-14-18 2924

魔法科高校の劣等生⑰ 師族会議編〈上〉

佐島 勤
イラスト／石田可奈

深雪と達也の婚約が公表された。その影響は魔法科高校内にも及び、二人の友人たちも司波兄妹に接する態度に変化が起こる。そんな中、ついに十師族選定会議が始まり……。

さ-14-19 2974

魔法科高校の劣等生⑱ 師族会議編〈中〉

佐島 勤
イラスト／石田可奈

十師族選定会議を襲ったテロの黒幕を追う達也。四葉のルートで探る彼の許に、思わぬかたちで一条将輝の助力が加わる。そして決戦は、バレンタインデー直前に勃発する！

さ-14-20 3016

魔法科高校の劣等生⑲ 師族会議編〈下〉

佐島 勤
イラスト／石田可奈

敵の黒幕・顧傑の行方を掴んだ達也だが、USNA軍によってその捕縛は阻止される。そして、この『顧傑』争奪戦は、思わぬかたちで達也を『激怒』させ……！

さ-14-22 3075

魔法科高校の劣等生SS

佐島 勤
イラスト／石田可奈

九校戦の『裏』で勃発した司波達也と人型兵器『パラサイドール』の激突。そして『表』では、魔法科高校生たちによる熱戦が繰り広げられていた。書き下ろしを含む連作短編集！

さ-14-23 3105

電撃文庫

ドウルマスターズ1

佐島 勤
イラスト／tarou2

西暦2400年代。パイロットのサイキック能力を拡張再現し、物理干渉力に変換する人型機動兵器『ドウル』を操る少年少女たちの、『世界』を賭けた闘いが、今始まる。

さ-14-14　2767

ドウルマスターズ2

佐島 勤
イラスト／tarou2

精神力を物理変換する人型兵器ドウルのパイロットである蒼生は、朱里、玲音、龍一と共に宇宙で厳しい訓練を受けていた。そして、彼らに『運命の時』がやってくる。

さ-14-16　2849

ドウルマスターズ3

佐島 勤
イラスト／tarou2

宇宙から降下し、地球の重力下訓練に励む蒼生たち。その事実を知らぬ龍一は、マクリールを駆り、敵となったソフィア軍へ襲い掛かる！　蒼生と玲音は訓練機で応戦するが……。

さ-14-21　3045

迫害不屈の聖剣練師《ブレイドメイカー》

天羽伊吹清
イラスト／ひなたもも

聖剣を造りし者・聖錬師の落ちこぼれであるジュダスは、聖錬学校への編入を巡り学園主席の美少女・イルダーネと決闘することに。結果は明らかに思われたが――。

あ-31-5　3023

迫害不屈の聖剣練師《ブレイドメイカー》2

天羽伊吹清
イラスト／ひなたもも

各国の聖錬学校がその武と技を競い合う《八紘聖戦》。ジュダスは十二歳の〝先輩〟アシュリーの裸を見た代償として、二人組で戦う《デュオ》への参加を強制されるが――

あ-31-6　3111

黒星紅白画集
noir
【ノワール】[nwa:r]
黒。暗黒。正体不明の。
などを意味するフランス語。
黒星紅白、
完全保存版画集
第1弾!

黒星紅白画集
rouge
【ルージュ】[ruʒ]
赤。口紅。革新的。
などを意味するフランス語。
黒星紅白、
完全保存版画集
第2弾！
[収録内容]
★スペシャル描き下ろしイラスト収録！★時雨沢恵一による書き下ろし掌編、2編収録！★電撃文庫『キノの旅』『メグとセロン』他、ゲーム、アニメ、OVA、付録、特典などの貴重なイラストを一挙掲載！★オールカラー192ページ！★電撃文庫20周年記念 人気キャラクター集合イラストポスター付き！
電撃の単行本

電撃文庫の人気作品『ロウきゅーぶ!』の全てが詰まった集大成!
智花たちと過ごした軌跡――。小学生道、ここに極まれり!!
著／てぃんくる
てぃんくるイラストレーションズ
Quintet Tea Party
ロウきゅーぶ!
Tinkle Illustrations Quintet Tea Party RO-KYU-BU!
てぃんくるが2009年から描き続けた『ロウきゅーぶ!』の世界。文庫、アニメ、ゲーム、イベント、びじゅあるロウきゅーぶ!などなど、さまざまなメディアで描いてきたイラスト全てを収録! ピンナップポスターには、ここだけでしか読めない蒼山サグ書き下ろし×てぃんくる描き下ろしストーリーも収録!! てぃんくる氏自身による収録イラストへのコメントも掲載。
大好評発売中!!
電撃の単行本